SLUIERS OVER BOURGONDIË

Katelijne, Veerle &
Geertrui Bervoets

SLUIERS OVER BOURGONDIË

LINKEROEVER
UITGEVERS

Bourgondië tussen 1363 en 1477

Onder Filips de Stoute en Jan zonder Vrees (1419-1467)
Verworven door Filips de Goede (1419-1467)
Verworven onder Karel de Stoute (1467-1477)
Kerkelijk gebied, door Filips de Goede onder Bourgondische invloed gebracht
Bourgondië-Nevers (1405-1491)
Duitse rijksgrens
Bourgondische gebieden na de dood van Karel de Stoute

STAD EN LAND Groningen
Leeuwarden
FRIESLAND
OVERSTICHT
Kampen · Zwolle
HOLLAND
Haarlem · Deventer
Amsterdam
Teylingen
Leiden · Zutphen
Den Haag · Gouda Utrecht GELRE
Delft STICHT Arnhem
Rotterdam · Wijk
Dordrecht
Biesbosch · Munster
's-Hertogenbosch
Kleef
ENGELAND
Middelburg · Venlo
BRABANT
Canterbury
Damme · Sluis Antwerpen DUITSE
Brugge Gent Mechelen Roermond · Neuss
Calais VLAANDEREN Maastricht Gulik · Keulen
Ieper Brussel Luik Aken
Guinegate Rijsel Kortrijk Doornik
Azincourt Bergen Namen
PONTHIEU Atrecht HENEGOUWEN Luik RIJK
BISD. Luxemburg
KAMERIJK
Amiens · Péronne LUXEMBURG
PICARDIE
Rouaan Bouillon · Trier
Compiègne RETHEL Luxemburg
Reims BISD. BISDOM
VERDUN METZ
BAR
Parijs BISD.
Montlhéry TOUL Nancy Straatsburg
FRANKRIJK
Brétigny- Montereau
sur-Orge Nemours Domrémy
LOTHARINGEN
Freiburg
AUXERRE
Dampierre
Mühlhausen
REPUBLIEK
NEVERS Dijon DER
Champmol Besançon
Nevers BOURGONDIË Dôle
FRANCHE-COMTÉ Murten
Beaune
Granson EEDGENOTEN
CHAROLAIS
S.MACON Cluny

DEEL I

Brugge 1447

I

e tocht van Perugia naar het noorden beschrijven is het verhaal vertellen van een nachtmerrie. Naarmate de karavaan hoger de bergen in trok, werd de lucht kouder en lag er meer en meer sneeuw. Een rode zon stond groot en laag aan de hemel, over enkele uurtjes zou het duister invallen.

Eindelijk bereikte het gezelschap een plek waar het halt kon houden. Ze sloegen hun kampement op aan de rand van een donker naaldbos.

De aanvoerders sprongen van hun bok, de paarden werden uitgespannen en gevoerd. Een drachtige merrie werd met een dikke deken bedekt.

Intussen was ook Bella uit haar wagen gestapt. Ze deelde die met de vier andere vrouwen van de groep. Het was een hele opluchting om na het lange rijden eindelijk de benen te kunnen strekken.

Bella had haar wollen wanten aangetrokken en bond een sjaal stevig rond haar mantelkap. Ze zag haar vader Emilio aan de kooi van Bruno de beer staan en knikte tevreden toen ze merkte dat alles in orde was met het dier.

Alessia, Bella's nichtje, liep huppelend en springend naar Emilio die net de beer uit zijn kooi bevrijdde.

Emilio streelde het dier over zijn dikke pels en gaf het te drinken. Alessia vlijde haar hoofd tegen Bruno die ver boven haar uittorende.

Ook voor de beer was de halte na het lange reizen een welkome verlichting. Hij liep nu eens op vier, dan weer op twee poten naast Emilio heen en weer. Emilio hoefde hem niet vast te maken, Bruno week nooit ver van zijn zijde. De beer groeide op in de mensenwereld. Hij was daarin helemaal geïntegreerd, en te midden van de mannen en vrouwen van het gezelschap droeg hij nooit zijn muilkorf. Alleen als ze tussen het volk optraden werd, om paniek te vermijden, de muilkorf omgedaan.

'Alessia, maak je eens nuttig, kind. Het is niet omdat je de jongste bent dat je niks hoeft te doen. Hier, schraap die wortelen schoon en help je Nona daarna met de aardappelen.' Zeborah zuchtte diep toen haar dochter deed of ze haar niet hoorde.

'Loop maar niet te ver weg, Alessia, anders duwt je moeder me straks kopje onder in haar heksenpot', grapte Emilio.

Als in een bedrijvig mierennest wijdde elk lid van de groep zich aan een duidelijke taak. Voor het duister viel moest er nog heel wat werk verzet worden.

'Waarom hebben we de uitnodiging om naar Brugge te reizen toch aangenomen?' klaagde Bella terwijl ze met ijskoude voeten en bevroren handen haar broer Matteï hielp een onmogelijk vuur aan te steken. Ze trok haar wanten uit en ging op zoek naar droge takken en bladeren onder het natte kreupelhout. Daarbij verwondde ze haar handen tot bloedens toe.

De ijzige wind sneed door de kap van haar wollen mantel. Ze verging haast van de kou. Verkleumd trok ze haar sjaal strakker rond haar hoofd.

Voor Matteï was de koude draaglijker. Hoewel ook hij niet gewend was aan deze extreme temperatuur, kon het gespierde en geoefende lichaam van Bella's broer best tegen een stootje. IJspegeltjes plakten in zijn volle wenkbrauwen en ook zijn donkere snor en de opkomende baard stonden stijf van de vrieskou. Hij zou zich scheren zodra het weer wat beter werd.

Bella voelde zich uitgeput en vuil. Haar haren waren in weken niet gewassen en ze kreeg er met moeite haar vingers door. 'Nog een paar dagen doorbijten en het moeilijkste stuk is achter de rug', had haar vader die ochtend gezegd. Ze waren de Alpen over getrokken en stonden nu op het punt de bergen achter zich te laten.

Dagen, weken na elkaar was de weg vaak slechts een ruw pad geweest. Soms was het zo smal dat een huifkar nu en dan bleef steken achter een stuk rots en ze de wagen er met vereende krachten over duwden. Daarbij moesten ze er voortdurend over waken dat de wagens niet zouden kantelen en in het ravijn belanden.

Dat kostte hen uren zwoegen. Ze moesten ook altijd uitkijken voor rovers, voor de boeren die hen zouden kunnen betrappen op het vangen van wild of voor wolven die hongerig op de loer lagen.

Uitgeput verlangden ze naar het einde van deze ontberingen.

Maar er was geen tijd om bij de pakken te blijven zitten.

Matteï slaagde er zoals gewoonlijk in het vuur aan te krijgen en Bella sleepte wat ze maar kon vinden als brandhout aan. Er moesten meerdere vuren gemaakt worden.

Ze smolt sneeuw om de dieren te drenken en het eten voor die avond te bereiden.

Later op de avond zou ze meer sneeuw smelten zodat ze het aangekoekte vuil onder haar nagels kon losweken.

Matteï merkte hoe zijn zus leed onder de koude en sloeg een sterke arm om haar heen. Hij trok Bella stevig tegen zich aan. Zijn lichaamswarmte was voelbaar tot in haar botten.

'Je moet beter voor jezelf zorgen, zusje. Kleed je warmer, kom hier, sla deze wollen deken om je heen. Die oude mantel om je lijf beschermt je te weinig tegen de gure koude. En neem ook wat rust, laat de kleine Alessia je helpen. Je nichtje kan best al wat werk verzetten.'

Ze nestelde zich dieper in haar broers armen. Ze genoot van de liefde die Matteï haar gaf. Bij hem wist ze zich veilig en beschermd.

De afgelopen nacht, zoals vaak bij volle maan, had Bella gedroomd van haar moeder. Het leek alsof haar lippen enkele woorden vormden. Woorden die Bella moesten bereiken over de grenzen van de dood heen, maar die ze niet snapte. Ze werd in tranen wakker, bevend van verlangen naar een moeder die ze nooit had gekend. Terwijl het heldergrijze licht van de ochtend op de wanddoeken van de woonwagen viel, sloot ze haar ogen om in de onmetelijke stilte haar zachte stem opnieuw te kunnen horen.

Maar de woorden kwamen niet terug en Bella liet zich troosten in de armen van haar grootmoeder, haar Nona. Nona nam het meisje in de holte van haar arm en wiegde haar zingend. Het viel haar op hoe Bella meer en meer op haar overleden dochter begon te lijken.

Toen Bella's moeder vijftien jaar geleden in het kraambed stierf, was haar vader, Emilio, zo overmand door verdriet dat hij zich volledig op zijn werk stortte en de opvoeding van Bella aan Nona overliet. Hoewel hij veel van zijn dochter hield, kon hij het niet verdragen haar te veel in zijn buurt te hebben. De uiterlijke gelijkenis met haar moeder leek de herinnering aan het tragische gebeuren des te sterker in zijn hart te prenten.

In ruil had hij zijn hart verpand aan de dieren die deel uitmaakten van *La compagnia de la canta popular*, een theatergroep met acrobaten en zangers waarvan hij directeur en oprichter was.

Bijzonder was zijn liefde voor Bruno die al jaren een trouwe metgezel was. Emilio had het dier jaren geleden, toen nog een jong beertje van enkele maanden oud, gekocht van een overzeese koopman die exotische dieren verhandelde. Ook de pratende papegaai en het pientere aapje had hij via die koopman verkregen.

Toen het duister viel, bereidden Nona, Bella's tante Zeborah en Alessia in de beschutting van de woonwagens de maaltijd. Nona's handen zagen er dik en glanzend rood uit. Diepe kloven tekenden haar duimen.

Twee grote potten soep stonden op het houtvuur te koken. Tussen de vele groenten en kruiden dreef een vette eend.

'Ah, m'n kindje, ben je opgewarmd?' knipoogde Nona naar Bella.

'Wat zou jij zonder je broertje beginnen?' mompelde ze terwijl ze controleerde of het vlees in de soep voldoende gaar was geworden. De honger knaagde.

Nona vroeg Franca de rest van het gezelschap rond het vuur samen te roepen voor het avondmaal. Franca was net klaar met het voederen van de paarden. Ze zorgde mee voor het onderhoud van de dieren en hielp de mannen graag bij het werk in de stallen.

Drie jaar geleden had ze zich, samen met haar broer Luigi, bij de groep aangesloten. Emilio had het duo in Rijsel zien optreden en was diep onder de indruk van Franca's unieke zangstem. Ook Luigi had hem niet onberoerd gelaten. Het waren allebei sublieme muzikanten. Luigi bespeelde zijn instrumenten als een ware virtuoos. Franca speelde handig op haar kleine viooltje, de vitula. Emilio's uitnodiging om zich bij de theatergroep te voegen was meteen in goede aarde gevallen. Het was immers veel veiliger dan met zijn tweeën rond te reizen.

Het tweetal bleek al vlug een meerwaarde voor het gezelschap. Ook Luigi en Franca hadden geen seconde spijt van hun keuze.

'We zullen vaker halt moeten houden om te jagen', merkte Frederico op. 'Onze voorraad slinkt zienderogen. De ontberingen van de laatste weken hebben ons geen goed gedaan. Laat ons hopen dat we niet een van onze eigen dieren hoeven te slachten.'

Giovanni beaamde de woorden van zijn vriend, haalde de zelf gesneden pijl en boog, waar hij uitstekend mee overweg kon, uit de pijlkoker tevoorschijn en scherpte de pijlpunten aan. Giovanni was de rots in de branding van het gezelschap. Hij vertoefde meestal in de buurt van de vrouwen en deelde in hun taken.

Thuis had hij een kamer boordevol stoffen waar hij uren doorbracht met het maken van kleren en schoeisel. Heel Perugia kende hem als de beste kleermaker.

Giovanni leunde in de gloed van het vuur tegen Frederico aan. Met zijn ongewoon lang en smal lichaam, zijn fijne gelaatstrekken en sterk afgelijnde lippen leek hij veeleer op een vrouw. Frederico daarentegen was stevig gespierd en goedgebouwd. Bella vond hem knap met zijn felle ogen en stralende glimlach.

Iedereen vond het normaal dat de twee mannen een koppel vormden.

Ze leefden al jaren samen in het gezelschap als geniale jongleurs en acrobaten. Bella was erg op hen gesteld.

De geur van de kruidige soep deed hen watertanden. Franca kwam aangelopen met de rest van de groep. Ze zetten zich bij de anderen rond het vuur, ongeduldig wachtend op een warme maaltijd.

Bella vulde de kommen. Uitgehongerd sopten ze hun brood in de hete soep en vulden hun lege magen met een stuk wilde eend.

Het was net genoeg om de grootste honger te stillen.

Matteï stond op en kwam na enige tijd terug met enkele instrumenten. Hij zette een kleine trompet aan zijn lippen en gaf de tonen aan voor een lied. De andere muzikanten van het gezelschap begonnen te zingen. De warme klanken van hun stem deden honger en ontbering vergeten. Luigi nam zijn lier. De klanken mengden zich in perfecte harmonie met elkaar.

Nu zongen ook Bella en Franca mee. De muziek zwol aan, de muzikanten zetten een danslied in.

Bella stond op. Zingend nam ze haar tamboerijntje en sensueel danste ze rond het vuur, terwijl ze met haar heupen wiegde. Ze liet de tamboerijn over haar armen heen en weer bewegen. Ook Alessia stond op en huppelend rond het vuur draaide ze de ene na de andere salto. 'Hoi, hoi, hoi!' klapten en riepen de mannen op het ritme mee.

Falco, de vuurspuwer, jongleerde met zes brandende fakkels. Het was een uniek schouwspel van vlammen die door de lucht flitsten.

De bard van het gezelschap sprong naar voren en declameerde luid:

'Wij kennen geen vrees voor koude en pijn
maar drinken en klinken van hemelse wijn.'

Met een breed handgebaar liet hij de grote kruik wijn zien die hij vasthield.

'Maar we zijn wel voorzichtig
En zeggen gewichtig
dat het soms 'hik' wat te veel kan zijn.'

Als woordkunstenaar van de groep gaf hij telkens nieuwe hoop en moed door zijn aanstekelijke gedichten en grappen. Hij bezong hun talenten en de vele lofbetuigingen die ze zowel van de adel als van het volk ontvingen.

Toen later op de avond het vuur smeulde en de nachtelijke koude de vermoeide lichamen binnendrong, verlieten mannen en vrouwen elkaars warme gezelschap en zochten hun slaapplaats op.

Matteï legde zich, gewikkeld in dierenhuiden, bij de gloeiende as van het dovende vuur. Falco zette zich aan de andere kant van de vuurplaats. Beide mannen namen de taak op zich te waken tijdens de nacht.

'Hoe gaat het met Falco? Hij lijkt helemaal genezen van zijn kwalijke hoest.'

Bella vlijde zich nog even naast haar broer.

'Nona heeft hem een genezende kruidendrank gegeven. Sindsdien schijnt het veel beter met hem te gaan. Gelukkig maar, onze vriend is niet gemaakt om ziek te zijn.'

'Helemaal mee eens', lachte Bella instemmend. Ze gaf haar broer een kus op het voorhoofd en liep naar Falco. De warmbloedige jongeman was bekend om zijn vurig temperament. Misschien was hij daarom vuurspuwer geworden. Hij speelde, zowel letterlijk als figuurlijk, met vuur. Hij beheerste dit element zo goed dat het wel leek of het hem gehoorzaamde.

'En, hoe gaat het met je?' vroeg Bella toen ze voor Falco stond.

'Ik voel me goed. Die lelijke hoest heeft uiteindelijk het onderspit moeten delven. De kruiden van Nona hebben hun werk gedaan.'

Bella zag dat ook Franca nog bij het vuur zat. Ze liep naar haar toe en ging naast haar vriendin zitten. Franca schoof dichterbij, sloeg haar deken rond Bella en trok haar dicht tegen zich aan. Bella legde haar hoofd tegen Franca's schouders en staarde in de gloeiende as van het vuur.

Opeens zag ze flitsen in het licht van de as. Beelden doken voor haar op. Ze zag de kom met het heilige water van haar tante Zeborah. In de spiegeling van het water verscheen een dolk met een lemmet vol bloed. Bloedspatten waren over de grond verspreid, mensen gilden en krijsten. De contouren van een beer openbaarden zich voor haar. Een reusachtige Bruno stond op zijn achterste poten, waggelde brullend tussen het publiek.

De vlammen welden plots op, hoog boven haar uit.

Krachtig knipperde ze met haar ogen om de waanbeelden te verdringen. Ze ging rechtop zitten, het vuur was bijna gedoofd. Bella's hart bonkte in haar keel. Wat betekende dit visioen? Naast zich hoorde ze de diepe ademhaling van Franca die knikkebollend in slaap was gevallen.

Emilio had zijn slaapplaats vlakbij de dieren. Hij hoorde voetstappen en herkende meteen die van zijn dochter en Franca. Wat deden ze nog op, zo laat in de nacht, terwijl de tocht toch al te veel van hun krachten vergde? Hij ergerde zich aan Bella's escapades. Was ze niet met een man, dan was ze almaar bij Franca.

Emilio was bij het minste gerucht klaarwakker, paraat om zijn kudde te verdedigen. Hij hoorde het steevast als een vreemde het terrein betrad. Nog nooit was er onder zijn nachtelijk toezicht een dier uit de karavaan verdwenen.

Bella's vader zuchtte diep. Over enkele weken zouden ze opnieuw met volle energie het publiek moeten vermaken met hun spectaculaire optredens. Ze hadden weer zachtere temperaturen nodig om te starten met hun dagelijkse trainingen.

Nog enkele dagen en dan zouden ze na weken ontbering en afzondering eindelijk hun kamp kunnen opslaan in de bewoonde wereld.

e lente brak door. Het was begin maart en de tocht verliep heel wat makkelijker nu ze het vruchtbare binnenland van Frankrijk hadden bereikt.

Het zonlicht wierp een heldere gloed over de groep die nu blijgezind en met nieuwe levenslust hun doel zag naderen.

'Water! Zien jullie dat ook, die rivier, daar wat verder, voorbij dat bosje?' riep Matteï door het dolle heen. 'Joehoehoe!' De mannen juichten, iedereen was uitgelaten bij de gedachte aan het welkome water.

Bella sprong op haar paard. Matteï, Cristiano en Falco zaten haar achterna en reden om het snelst naar de rivier.

In volle galop sprong ze recht zodat haar voeten op de rug van het dier belandden. Terwijl ze de teugels stevig vasthield, waagde ze het even achterom te kijken. Een brede lach verscheen om haar mond bij het zien van de andere mannen die nu ook fier rechtopstaand hun paard bereden. Ze miste het vertrouwde handgeklap van een enthousiast publiek maar ze was blij dat hun stramme ledematen het toelieten dit huzarenstukje uit te voeren.

Bella bereikte als eerste de rivier. Met een soepele beweging sprong ze van haar paard, leidde het naar het water en trok haar bezwete jurk en bloesje uit. Daaronder droeg ze alleen maar een gescheurd dun lijfje dat ze ongeremd uittrok.

'IJzig is dit water!' gilde ze toen ze al rillend in de rivier stond. Snel duikelde ze kopje onder en schrok van haar eigen smalle heupen en dunne benen. Waar waren haar zachte rondingen gebleven? Haar schouderbladen staken als vleugeltjes uit en haar borsten waren wat kleiner geworden.

'Met jouw voorsprong is het makkelijk om te winnen', riep Falco terwijl hij met een zwaai van zijn paard sprong. Matteï arriveerde gelijktijdig.

De jongemannen stonden haar als aan de grond genageld aan te kijken.

'Sta daar niet als onnozele ganzen te staren! Trek jullie kleren uit', riep Bella hen spottend toe.

'Je... je bent mager, zusje', stamelde Matteï.

'Ze is vooral mooi...' fluisterde Falco met hese stem.

'Ophoepelen jullie!' riep Nona driftig. De rest van de groep kwam nu ook bij de rivier. Nona had een mand met schone kleren, verschillende kruiden waaronder zeepkruid en haar houten kam mee. Ze stapte blootsvoets de rivier in, nam Bella's lange dikke haar vast en begon de lokken een voor een te wassen.

Het was geen eenvoudige klus om het vuil en de knopen die zich daar al die weken hadden genesteld er weer uit te krijgen.

Nona's benen verkleumden, het ijzige water was haar te koud. Ze trok Bella aan één arm de oever op. 'Dit water is veel te koud om je haren schoon te krijgen. Vanavond zet ik een grote pot op het vuur en maak ik dit werk af met warm water. Laat ik er nu de kam maar al eens doorhalen.'

Nona's stem klonk vastberaden. De kam stak nog maar net in een lok of Bella was ervandoor, terwijl Nona haar achterna ging.

'Blijf staan, jij bandiet!' bulderde ze, en voor ze het beseften struikelden ze over elkaar, de rivier weer in.

'Kom Nona, nu is het jouw beurt', gierde Bella. Ze trok haar grootmoeders zilveren haar los dat als een golf over haar schouders viel. Nona dook kopje onder en liet zich door haar kleindochter plagen. 'Was me dan, als je kan', giechelde Nona en weg was ze weer, verdwenen onder het wateroppervlak. Bella zwom achter haar grootmoeder aan en trok haar naar boven. Ze nam het bundeltje met kruiden, doopte het in een doek in de rivier en begon Nona's lichaam stevig schoon te wrijven.

Na afloop bekeken ze elkaar nauwkeurig en klommen tevreden op de oever.

'Alessia, liefje, kom, help even je Nona af te drogen', riep Bella haar nichtje toe.

Alessia was met haar tien lentes een zelfstandig maar frêle kind. Ze deed Bella aan zichzelf denken toen ze die leeftijd had. Van de goudkleurige haarglans, zo typisch voor Alessia, was niks meer te zien. Het vuil had er een grauwgrijze tint van gemaakt.

Met een onverwachte duw gooide Bella haar in de rivier. 'Jij dacht toch niet dat je kon ontsnappen aan deze wasbeurt. Ontsnappingsroutes zijn uitgesloten.'

'Brrrrrrr, dit water is veel te koud', gilde Alessia. 'Laat mij maar lekker vuil wezen.'

'Niks daarvan', wierp Bella tegen en Alessia's hoofdje verdween onder water.

Zeborah nam het van Bella over. Alessia's lokken werden degelijk gewassen en elke streng werd door de kam opgelicht en vervolgens in een vlammengloed omlaag gegolfd.

Nona prees zichzelf meer dan gelukkig met deze prachtige vrouwen. Ze beschouwde Bella als haar eigen dochter. Het waren zeldzame parels.

Bella lag naakt in de zon te drogen toen Franca eraan kwam met een kruik wijn en wat gedroogd vlees. Ze zette het eten voor de vrouwen neer, keerde zich naar Bella en staarde het naakte meisje aan.

Bella voelde de aanwezigheid van haar vriendin en deed haar ogen open. Met haar handen hield ze het felle zonlicht tegen en ze zag Franca voor zich staan. Franca nam Bella bij de arm en trok haar mee.

Bella protesteerde, bood heel even weerstand – daar hield Franca van – en gaf zich dan over. Ze liet zich meetrekken naar de rivier en samen zwommen ze tot ze achter een bocht uit het zicht verdwenen.

Franca trok Bella op de oever. Plots gleed ze uit en sleurde Bella met zich mee. Het meisje viel bovenop haar. Hun lach was hoorbaar tot ver in de omtrek en stierf uit toen Franca haar vriendin innig in de armen sloot.

Ze voelden zich allebei vrolijk opgewonden. De druk om te overleven waren ze nu kwijt en de lente bracht vlinders in hun buik.

Franca zoende Bella op de mond. Langzaam vonden haar lippen ook de rest van haar lichaam. Gretig gingen ze in elkaar op en verloren alle besef van tijd.

Na hun innige liefkozingen trokken ze schone kleren aan en gingen ze op de oever liggen.

De warmte van de lentezon maakte hen loom. Bella kon haar ogen amper open houden.

'Wie...? Oh, Alessia, Jezus, je deed me schrikken!'

Bella keek verbaasd om zich heen. Ze moest een hele poos geslapen hebben want de zon stond nu laag aan de hemel.

Ze rilde, het was frisser geworden. De mannen die wat verderop hadden gezeten, waren vertrokken. Alleen Franca lag nog bij haar, met de armen om haar heen geslagen.

'Wakker worden, liefje.' Bella maakte haar vriendin zachtjes van zich los.

'Iedereen is terug naar het kamp. Ze zullen onze hulp nodig hebben.'

'Heel aardig van je, Alessia, dat je ons komt verwittigen. Nona zou niet tevreden zijn als we nog langer zouden wegblijven.'

De weg naar het woonkamp was een kronkelend paadje door bosjes en velden. Het was een tiental minuutjes lopen. Ze konden hun wagens al zien staan toen Luigi onverwacht hun pad kruiste.

'Ik loop al even voorop', riep Alessia met een veelbetekenende blik naar Franca terwijl ze zich bliksemsnel uit de voeten maakte.

Als Luigi het gezelschap van Bella opzocht, wilde ze zo snel mogelijk verdwijnen. Iedereen van de groep wist hoe deze jongeman door Bella bezeten was. Franca bleef koppig naast Bella lopen.

'Bella, heb je even tijd voor mij? Ik moet met je praten', vroeg Luigi bijna smekend.

Bella keek vragend naar Franca. 'Wil je nou zeggen dat ik moet ophoepelen? Ik denk er niet aan', antwoordde Franca en richtte zich vervolgens tot Luigi. 'Alles wat je Bella te vertellen hebt, kom ik toch te weten, dus wat maakt het uit?'

'Goed', zei Luigi en hij keek het meisje aan. 'Lieve Bella, ik zag je daarstraks als een meermin spartelen in het water. Je maakt me gek! Wat kan ik je geven om nog eens met jou te mogen zijn?'

'Geef me de maan en ik zal voor altijd de jouwe zijn', antwoordde

Bella met lichte spot.

'Dat is niet grappig, Bella. Toe, wanneer kunnen we nog eens samen zijn?'

Franca hield het niet meer. 'Zie je dan niet dat zij niet wil! Ze wil jou niet, Luigi, ze heeft mij en dat is meer dan genoeg.'

'Het is al goed, Franca, ik kan zelf praten, je hoeft niet voor mij te spreken', zei Bella nors. Ze keerde zich naar Luigi. 'Morgen na het avondmaal repeteer ik nog een nieuw dansstuk. Daarna verzorg ik Nona's handen en dan kom ik naar je toe.'

Luigi maakte wijdbeens een sprongetje, nam Bella in zijn armen en danste met haar een rondedansje. Daarna stapte hij vrolijk zingend weg.

Franca haatte deze scènes, ze wist op voorhand dat ze het onderspit zou moeten delven. Bella had regelmatig escapades met een van de mannen. Franca had zich daar min of meer mee verzoend omdat ze gemerkt had dat Bella geen van hen echt wilde. Toch was het iedere keer opnieuw pijnlijk voor haar te weten dat Bella het nodig vond om met een man de liefde te kunnen bedrijven.

In het begin van hun relatie had ze er tegen gevochten. Ze was hysterisch geworden, had Bella tot bloedens toe geslagen en geschopt. Ze was gek geworden van verdriet. Tot Bella haar ervan had kunnen overtuigen dat het niks veranderde aan haar liefde voor haar. Stilaan had Franca ondervonden dat hun liefde sterker was dan al dat andere. Bella en zij waren onafscheidelijk, twee handen op één buik. Om dat zo te houden had ze ermee leren leven dat ze Bella af en toe met een man moest delen.

Het publiek applaudisseerde onder luid gejuich en bisgeroep.

Matteï nam Bella's arm aan de ene, die van Franca aan de andere kant en stak ze samen met de zijne hoog de lucht in. Luigi, Nicolaï en Cristiano maakten een diepe buiging. Zo stonden ze een tijdlang triomferend voor het volk.

'Bis-bis-bis!' bleef het aanzwellen vanuit de mensenmassa.

De muzikanten zetten zich opnieuw in een kring.

Ze speelden eigenaardige harmonieën die de harten van de mensen diep ontroerden.

Bella nam plaats in hun midden en zette een lied in. Het was geen gewoon lied, het waren eerder klanken, bovenmenselijke tonen die uit haar keel kwamen gerold en de wereld op zijn kop leken te zetten.

Sommige mannen zoemden daarbij als bijen, van ver klonk het alsof een stormwind op enorme herdersfluiten blies.

Op dat moment kwam Bruno van achter het podium op zijn achterste poten aangewaggeld. De mensen verstomden. De beer was gigantisch naast de frêle figuur van Bella. Hij stak een van zijn voorpoten naar haar uit zodat zij haar voet erop kon zetten. Met een sprong stond ze nu recht op de twee voorste poten die hij als armen voor zich uit hield. Van daaruit kon Bella haar beide voeten makkelijk op zijn schouders plaatsen. Zo waggelde de beer langs de muzikanten.

Nu was het de beurt aan Alessia, die in handstand, ronddraaiend op haar handen, het podium op kwam. De beer bukte zich en stak zijn voorste poten naar Alessia uit. Ze duwde zich op de poten af, nam de handen van Bella vast en met een soepele sprong kwam ze bovenop Bella's schouders terecht. Langzaam strekte ze haar benen.

Luid gejuich steeg op uit de menigte. Bruno, duidelijk in zijn nopjes, paradeerde met de beide meisjes op zijn schouders langs het publiek.

Sommige mensen staken hun handen uit naar zijn pels en trokken ze dan snel terug. Bruno genoot.

De groep was tevreden met dit optreden, het eerste na hun tocht door de bergen. Het publiek was erg gul geweest.

Morgen zouden ze verder trekken en opnieuw halt houden in een volgend dorp.

Enkele dagen later bereikten ze de grens met Vlaanderen.

Het zou een van de laatste haltes worden voor ze Brugge binnenreden.

'Bella, ik geloof dat we onze bestemming naderen, ik kan de zee haast ruiken.'

Nona zat met haar rug tegen een hoop kussens en dekens. Haar ogen hield ze gesloten, zoals zo vaak als ze in gedachten verzonken was.

Het vroege daglicht scheen onzeker door het dikke canvas van de wagen. Menselijke geluiden waren nog niet te horen, maar een vroeg vogelconcert kondigde triomfantelijk de dag aan.

Het was niet de eerste keer dat Nona Brugge bezocht. Als kind was ze er met haar ouders heen gereisd op uitnodiging van Jan zonder Vrees, de toenmalige graaf van Vlaanderen.

'Hopelijk is Brugge opgezet met onze komst', zei Bella bedrukt.

Ze was niet alleen bevreesd voor Filips[1], de hertog van Bourgondië, over wie vaak kwaad werd gesproken. Iets anders verontrustte haar nog meer, maar daarover besloot ze te zwijgen.

Nona keek Bella onderzoekend aan. 'Gaat het niet, m'n kindje? Vertel je Nona maar wat er allemaal in dat hoofdje van je omgaat.'

Bella voelde zich onmiddellijk gesust bij het horen van Nona's zachte stem.

'Ach, het is gewoon een gevoel van angst voor het onbekende', zei ze en ze bande de beelden die ze in het vuur had gezien uit haar gedachten.

'Misschien moeten we tante Zeborah vragen om onze toekomst te lezen?' stelde Bella voorzichtig voor.

'Nee, m'n kind', zei Zeborah kortaf. Ze had het gesprek gevolgd. 'Je kunt je lot toch niet ontwijken. Soms is het beter dingen niet op voorhand te weten.'

'Maar jij voorspelt toch vaak de toekomst voor mensen?' antwoordde Bella verbaasd.

'Natuurlijk, dat is mijn broodwinning. En het is de eigen verantwoordelijkheid van de mensen om hun toekomst al dan niet te willen kennen. In elk geval, geloof me, is niemand er ooit beter van geworden.'

Bella dacht aan de woorden van Elim, een goede vriend.

'Als angst voor de toekomst je dagen overschaduwt, zet die dan van je af. Denk aan de bloemen van het heden, die zoet zijn onder je voeten. Denk aan je familie en vrienden die aan je zijde staan en je thuis zijn, waar je je ook bevindt.'

Elim had deze troostende woorden tegen haar gezegd toen ze bij hem op bezoek was in de andere wereld.

Bella kon zich makkelijk verplaatsen naar die andere wereld die *Nevelland* werd genoemd. Die naam ontleende ze aan het feit dat ze door verschillende sluiers of nevels moest dringen om er te komen. Het was Nona die haar dat had geleerd. Zij kende het reizen naar *Nevelland* op haar beurt van haar moeder, en zo was het generatie op generatie doorgegeven.

Soms leek het of Elim in haar wereld ook voelbaar was. Dan tilde hij haar op en gaf haar vleugels terwijl ze een salto of een moeilijke acrobatie deed. Soms voelde ze zich ook door hem gedragen als ze op de rug van haar paard stond.

Het gesprek van de vrouwen had intussen ook Franca en Alessia gewekt.

Franca had een vreselijk ochtendhumeur. Ze liep naar buiten zonder een woord te zeggen. Bella ging haar achterna. 'Franca, kom nou, is het mijn afspraak met Luigi die je zo van streek maakt?'

Ze sloeg haar arm om haar vriendin maar die kaatste hem bits terug. 'Moest je zo nodig nog eens met hem afspreken? Het is de derde keer in nog geen twee weken tijd! Heeft hij je kunnen bekoren? Was het zo goed bij hem? Oh, Bella, ik vind het helemaal niet fijn.'

'Franca, jij betekent zoveel meer voor me. Gun me toch het plezier om te vrijen met een man. Het is niet meer dan dat en het zal ook nooit meer betekenen.'

Ze omhelsde Franca innig en omarmd liepen ze verder.

Alessia verbrak de stilte die tussen hen hing. 'Gaan jullie mee kruiden plukken? Ik heb gisteravond munt en rozemarijn geroken, Bella. Heb jij het hier al ergens zien staan? Nona zegt dat een eind verderop veel te vinden is, op weg naar de rivier.'

De vroege ochtend was kil. De nevel hing als een glinsterende sprei over de velden. Er was geen huis of schuur in de hele omgeving te bespeuren.

Zoekend naar de kruiden gingen de meisjes elk een kant op.

Bella was in gedachten nog steeds bij het verdriet van haar vriendin. Toch kon ze niet anders dan opkomen voor haar eigen behoeften. Ze was een vrouw en verlangde naar het lichaam van een man, ook al hield ze als geen ander van haar lieve Franca.

Wat verderop hoorde ze haar vriendin zingen. Ze wist dat het weer goed kwam tussen hen.

Ze bukte zich bij een bloempje dat de blaadjes voorzichtig open-vouwde. Er waren verschillende planten die ze nog nooit had gezien.

Verwonderd riep ze Franca om te komen kijken naar een plantje dat ze net had ontdekt.

'Bella, Franca, hierheen, ik denk dat ik munt gevonden heb, er staat hier veel tussen de... Aaaauw! Oh, help me! Bella, Franca, help me...' Met enkele stappen waren Bella en Franca bij het kind. Ze zagen nog net hoe een slang wegglipte in het hoge gras.

Alessia zat trillend en lijkbleek op de grond. De hand van het meisje begon te zwellen. De slang had haar lelijk gebeten. Bella had van haar grootmoeder geleerd dat een beet die geen bloed maar een zwelling veroorzaakt, erg gevaarlijk kon zijn.

Alessia's hand werd steeds dikker. 'Kun je nog opstaan, Alessia? Heb je nog gevoel in je lijf? Ben je misselijk?'

Bella wist niet waar ze het had. 'Franca, wat moeten we doen?' Een minuut lang stonden ze besluiteloos heen en weer te draaien. 'We kunnen hier niks doen, we moeten haar zo snel mogelijk naar het kamp brengen', riep Bella in paniek.

Franca nam Alessia's verslapte lichaam in haar armen. Alle kleur was inmiddels uit het kind verdwenen. Als de wind gingen ze er met haar vandoor.

De twee meisjes liepen de ziel uit hun lijf. Toen de woonwagens in zicht kwamen begonnen ze als gek om hulp te roepen terwijl ze verder spurtten.

Ze waren buiten adem toen een gestalte op hen toe kwam lopen. 'Wat is hier gaande? Waarom roepen jullie zo?' Het was Matteï die het kind in Franca's armen zag. Zonder nog een woord te wisselen nam hij Alessia van haar over. Samen holden ze het kamp in. Bella vertelde hijgend wat er gebeurd was.

Nona en Zeborah waren uit hun wagen gekomen en liepen gehaast op hen af.

'Zet water op en zoek de zuiverste windels die je vinden kunt. Leg Alessia hier neer', gebood Nona. Zonder aarzelen zette ze haar mond op de wonde van Alessia en probeerde het mogelijke gif eruit te zuigen.

Ze spuwde op de grond maar er was niet veel van bloed of etter te zien. Nona's blik was verontrust en ze gebaarde naar de mannen dat ze naar buiten moesten gaan.

Ze griste een drankje uit haar mand en liet het kind drinken. 'Tegen de pijn', zei ze beheerst. Ze nam een fles ontsmettend elixir en goot wat van de inhoud over de beet.

'Is het ernstig, Nona?' vroeg Bella voorzichtig.

'Heb jij dat dier gezien, Bella?'

'Het ging allemaal zo snel, ik zag wel iets wegritselen. Ik denk dat het een slang was, maar ik kan me de kleur niet herinneren, en ook niet hoe groot ze was.'

Ook Franca kon dat niet.

'In deze contreien leven naar mijn weten geen dodelijke, giftige slangen. Ik zal er alleszins voor moeten zorgen dat de wonde niet gaat ontsteken. Ik heb niet de juiste middelen bij me om een giftige beet te behandelen', zei Nona ernstig.

Intussen was het zwellen lichtjes afgenomen.

'Um-mm-umm, oooohmm-mnnooo', neuriede Bella zachtjes voor haar nichtje.

Het was een eeuwenoud gebruik in hun familie mensen en dieren te genezen door middel van klanken. Nona had dat aan Bella geleerd en zij had er op haar beurt ook vaak anderen mee geholpen.

De geur van een sterk ruikend goedje vulde de lucht in de wagen. Een zelfgemaakte zalf zou de ergste ontsteking wel afremmen.

'Laat ons tot de goden bidden dat ze in Brugge de juiste kruiden hebben om onze Alessia te helpen', prevelde Nona en ze knielde bij het meisje neer.

III

indelijk werd de pijn wat draaglijker! Catharina stond moeizaam op en sleepte haar misvormde been achter zich aan. Al vanaf haar geboorte was haar linkerbeen niet normaal ontwikkeld, waardoor ze vreselijk leed. Een hardnekkige reuma had er bovendien voor gezorgd dat het been nauwelijks nog groeide. Ze zou nooit kunnen lopen, springen en dansen zoals andere kinderen.

Van kindsbeen af had dit van haar een teruggetrokken, mijmerend kind gemaakt. Catharina wist niet of ze zich gelukkig moest prijzen met het feit dat haar vader haar een plaats aan het hof had bezorgd. Als bastaardkind van hertog Filips kreeg ze veel privileges en dat werd niet door iedereen in dank afgenomen.

Toch leek het soms dat die vader, een rijk en machtig man, werkelijk om haar bekommerd was.

Hij gaf haar een groot slaapvertrek waar ze zich naar eigen goeddunken met haar diensters kon terugtrekken.

Liefdevolle aandacht had Catharina van haar moeder, Marie Van Crombrugghe, nooit gekregen.

Moeder was hier zelfs een te groot woord. Het lievelingetje van *le grand Duc* had zich wel met andere zaken bezig te houden dan met het verzorgen van een huilende baby.

Voor Catharina leek het alsof haar moeder haar bij de geboorte kokhalzend had uitgespuugd.

De bloedband, die onmiskenbaar duidelijk gemaakt werd door het mooie goudblonde haar, was het enige wat ze gemeen hadden. Vaak genoeg had Catharina de walging op het gezicht van deze vrouw gezien als ze haar ergens in de gangen van de burcht tegenkwam.

Gelukkig was er Mina, haar min. Catharina kon een glimlach niet onderdrukken.

Ze hield zielsveel van haar lieve, rondborstige verzorgster die haar koesterde als een echte moeder. Ze genoot van de verhaaltjes die Mina heel spannend kon vertellen. Vooral de laatste nieuwtjes waren altijd interessant.

De laatste nieuwtjes! Dat herinnerde haar aan wat Mina had gezegd. Vandaag zouden ze komen!

Catharina hinkte naar het raam dat uitzag op de binnenplaats.

Haar min had gezegd dat er zigeuners onderweg waren naar de burcht. Het gezelschap zou bestaan uit een groep artiesten die de hertog kwam vermaken met gezang, dans en nog heel wat meer. Louise, haar kamenierster, vertelde dat het niet zeker was of je die lui wel kon vertrouwen. Ze had gehoord dat het ook behendige zakkenrollers waren.

Catharina wist dat het kleinste nieuwtje aanleiding kon geven tot dwaas geroddel. De arrogante hovelingen deden niks liever.

Neem nu Isabella van Portugal, haar vaders huidige vrouw. Zij was de ergste van allemaal: haar ogen schoten vuur en haar lachje was zo vals dat Catharina het er benauwd van kreeg. Om nog maar van Isabella's entourage te zwijgen. Eerst en vooral had je die enge dwerg Coquinet, die veel te vaak ongevraagd haar kamer binnenkwam met een 'boodschap van de vrouwe'!

Zijn woorden klonken vals en stroperig. 'Lief meisje, onze vrouwe is bezorgd om de koude in je vertrekken. Ik breng je nog een schapenvacht.'

Met zijn knobbelige vingers streelde hij haar misvormde been. Ze walgde daarvan, maar ze moest hem wel verdragen. Vader had haar protesten weggelachen. 'Maar meisje, hij is toch maar een ukje. Wat kan jou dat nu storen? Voel een beetje met hem mee.'

Catharina vermoedde al lang dat deze Coquinet niet te vertrouwen was. Ze deed haar best om hem te mijden.

De giechelende hofdames van Isabella maakten het haar ook niet makkelijk. Evenmin als de hertogin konden zij het verteren dat het kreupele meisje van *le Lion de Flandre* zoveel aandacht kreeg, ook al was ze zijn bastaarddochter. Ze had dan wel de weelderige goudblonde haren van haar moeder geërfd, de blik in haar ogen was onmiskenbaar die van haar vader.

Het feit dat ze haar kamer met niemand moest delen en dat haar min steeds ongehinderd in en uit mocht lopen om haar te verzorgen, wekte veel afgunst. Dat ze minachtend op haar neerkeken, daar trok ze zich niks van aan. Ze was die domme vrouwen liever kwijt dan rijk.

Intussen was het een drukte van jewelste op de binnenplaats. Toch zag ze nog geen artiesten of zigeuners of welk gezelschap dan ook.

Er zat voor Catharina niks anders op dan af te wachten en te hopen dat er vlug meer nieuws zou komen.

'Hé, wat zie ik, je hebt zowaar een blos op je wangen, het drankje heeft je deugd gedaan.' Mina stapte de kamer binnen met een dienblad. 'Ik heb nog een kruidendrankje gemaakt. Deze keer zitten er wat besjes bij, dat maakt het minder bitter. En hier is nog wat brood en kaas.'

'Je bent een schat, Mina, maar voor ik ga eten zou ik graag de laatste berichten willen horen over de groep kunstenaars die vandaag arriveert.'

Dat hoefde Catharina geen twee keer te vragen. 'Eigenlijk weet ik er niks van, *ma petite*', grinnikte Mina.

'Dat geloof ik niet, Mina, kom, nee, dat kan niet... Je zou niet zo geheimzinnig kijken als je niks wist.'

'Goed dan, ik wilde je nog wat in spanning laten', plaagde Mina. 'Diederik, de page, vertelde me dat de groep tegen de avond zou aankomen. Volgens hem is het een bont allegaartje. Er zouden ook vuurspuwers en goochelaars bij zijn. Oh ja, zelfs verschillende dieren, waaronder een beer. Een beer, stel je voor. Och kindje, ik hoop maar dat je alles zult kunnen meemaken en dat de pijn je niet zal hinderen.'

Het bedroefde de min dat Catharina zo vaak leed. Als ze het meisje op bed zag kreunen en huilen van de pijn, voelde ze zich machteloos. Haar kennis van kruiden was, hoewel niet onbeduidend, toch beperkt. Ze wist niet goed wat ze nog meer kon doen.

Het belangrijkste nieuws had de min nog voor zichzelf gehouden. Mina voelde een rilling door zich heengaan. Ze had vernomen dat er vrouwen bij het gezelschap van de karavaan waren die door sommigen als 'heksen' werden bestempeld. Ze wist wel beter.

Zij beschouwde heksen gewoon als vrouwen die beschikten over een uitgebreide kennis van geneeskrachtige kruiden. Misschien konden deze vrouwen haar helpen bij het zoeken naar een remedie voor Catharina's aandoening.

Mina kon haar lieve meisje niet verder helpen. Ze had dringend hulp nodig en ze moest een manier vinden om met deze vrouwen in contact te komen.

Het was al laat toen in de verte de eerste tekenen van een karavaan opdoemden. Vanuit de toren werd dit het eerst opgemerkt en de bode van dienst blies de hoorn.

Plots heerste op de binnenplaats een enorme bedrijvigheid, alsof er een mierennest overhoop was gehaald. In staanders langs de wanden werden fakkels geplaatst. Die zetten de binnenplaats in een flakkerend licht vol schichtige schaduwen. Mannen en vrouwen liepen kriskras door elkaar. Ze droegen schragen, planken en banken aan.

Intussen waren de wagens van het Italiaanse zigeunergezelschap vlakbij. Eerst kwamen de woonwagens: een heuse stoet, kleurrijk versierd en met zeilen en vachten overtrokken. Daarna was het de beurt aan de grote wagens waarin de kooien stonden met wilde dieren. De Italianen spanden de paarden uit en bonden ze aan bomen vast. Met hun bezwete vacht en de kop naar beneden zagen de dieren er uitgeput uit. Enkele jongeren droegen emmers en putsen water aan en de dieren werden gedrenkt.

Een drietal mannen, struise kerels met grote snorren en oorringen, ogenschijnlijk de leiders van de karavaan, stegen af en kwamen door de poort de binnenplaats op. De tatoeage van een van hen fonkelde in het licht van de toortsen. Ze zagen er angstaanjagend en vreemd uit. Er werden al roepend orders gegeven.

Als in trance keek Catharina naar dit schouwspel. Net toen ze besloot zich terug te trekken werd ze opgeschrikt door een luide schreeuw.

Er werd om haar min geroepen.

'Mina, waar ben je, Mina, je moet dringend komen, ze hebben je nodig.'

Een van de dienstmeisjes liep in paniek over de binnenplaats.

'Hier ben ik, meisje, waarom roep je zo?'

'Ze zijn gearriveerd, maar er is iets mis met een kind van het gezelschap. Ze werd gebeten, je moet meekomen.'

'Wacht hier.' Weloverwogen maar bliksemsnel graaide Mina een aantal potjes met kruiden van een houten schap, sloeg een geitenvacht over haar schouders en holde het meisje achterna, de duisternis in. Ze kwamen bij de woonwagens en een jonge vrouw stond hen op te wachten.

'Ga maar, Louise, en vertel Catharina dat ik hier nog wel een tijdje bezig ben', sprak Mina tot het dienstmeisje. De min richtte zich vervolgens tot de jonge vrouw maar deinsde achteruit bij de aanblik van de felgroene, katachtige ogen.

'In deze woonwagen ligt mijn nichtje', zei het donkerharige meisje dat blootsvoets voor haar stond. Het dikke donkere haar reikte tot aan haar lende en viel als een waterval in grote golven over een kleurrijke sjaal die haar beschutte tegen de nog koude lenteavond.

In de ruimte hing een zwoele bedwelmende geur van kruiden en essences. Een klein frêle meisje lag op een stapel vachten. Een wat oudere vrouw zat over haar heen gebogen. Melancholisch kreunde ze in een gestadig ritme een eentonige melodie. Ze zag er vermoeid en broos uit. Aangedaan knielde Mina neer.

Plots ging de vrouw rechtop zitten en kneep Mina dwingend in haar arm.

'Lieve Maïn', sprak ze de min toe, 'hoeveel levens heeft het geduurd? Eindelijk ben je daar', stamelde ze.

'Red mijn kleindochter want ze heeft een elfenziel.'

Mina begreep niet wat de vrouw bedoelde. Het verbaasde haar hoe goed de vrouw de Franse taal machtig was. Misschien was zij wel een tovenares en kon ze het leed van Catharina verzachten.

Dat kon nu wel even wachten.

Zachtjes duwde de min de grootmoeder opzij en keerde zich naar het versufte meisje dat op een geïmproviseerd bed was gelegd.

Haar hand zag er lelijk uit. Gelukkig zag het geoefende oog van

Mina dat de wonde nog vers was. Ze was nog een beetje vochtig en er was geen korstvorming.

'Welk dier heeft haar dit aangedaan?' vroeg ze zacht.

'Ze moet van het pad afgedwaald zijn. Ach, hoe vaak heb ik haar niet gewaarschuwd om voorzichtiger te zijn, maar het is zo' n eigenzinnige *ragazza*. Ik heb het beest niet gezien, maar het moet een...'

'Het was een *serpente*', fluisterde het kind plots.

'Ja, een slang dus, dacht ik het niet. Gelukkig heb ik hier een kruid dat helend inwerkt op die giftige beten', antwoordde Mina terwijl ze een van de potjes nam die ze had meegebracht.

'Dit middeltje is een mengsel van fijngewreven uien, slangenbloed, aluin en loodoxide.

Dep de wonde met het pure middel en maak ook een aftreksel van dit kruid. Laat haar dat drinken, zoveel ze maar kan. Morgenvroeg kom ik kijken hoe het met haar gaat.'

Voor de vrouw nog iets kon zeggen, was Mina al in de nacht verdwenen.

In gedachten verzonken keerde ze terug naar de burcht: 'Hopelijk kan deze vrouw me helpen met het juiste kruid om de pijn van mijn Catherina te verlichten. Ik zoek al zo lang, maar mijn kennis van kruiden reikt niet ver genoeg. Bij alle goden, laat het deze keer lukken...'

Trede na trede strompelde Catharina naar beneden. Haar nieuwsgierigheid won het van de pijn. Ze had het tumult op de binnenplaats gehoord en door het torenraam gezien hoe de hofmaarschalk van haar vader vol bravoure en met zwierige gebaren de leiders van de groep ontving. Als jonge vrouw mocht zij hier onder geen beding komen. Als haar vader hiervan zou horen, zou ze een fikse uitbrander krijgen.

Ogenschijnlijk had ze genoeg privileges, maar als het eropaan kwam, werd haar bewegingsvrijheid door haar vader of zijn vrouw netjes uitgestippeld.

De pijn kwam weer in alle hevigheid opzetten, maar Catharina wilde nog niet terug. Het gebeurde immers niet vaak dat er zo'n groot gezelschap arriveerde. Ze wilde er niks van missen.

Plots werd ze bruusk in haar dromerijen gestoord.

'Wie we hier hebben, is dat niet ons kreupele bastaardkind? Wilde je morgen met de groep optreden, of wil je dansen met de beer?'

'Coquinet, heu, ik... ik wilde absoluut weten wat er aan de hand was. *Je vous en prie*, zeg alsjeblieft niks tegen de hertogin.'

'Daar zul je dan toch iets voor moeten terugdoen, lief kind. Ik wil al lang een onderhoud met die min van je, die Mina. Zij is knapper dan een chirurgijn. Ze zou eens naar de akelige steenpuist op mijn rug moeten kijken, het is een heus gezwel. Jij kunt dat wel regelen, niet?'

Omdat ze niet veel keuze had, maar vooral omdat ze nog geen zin had om naar haar kamer te gaan, gaf ze toe. De consequenties zou ze er later wel bijnemen.

Ik moet van die vervelende dwerg afraken. De gedachte kwam nog niet in haar op of ze hoorde gebiedend: 'Coquinet, waar zit die zot nu weer...'

Kanselier Rolin[2], Filips' raadsheer, kwam met grote passen aangelopen. Hij zag er grotesk uit! De zware mantel van donkergrijs sabelbont wapperde alle kanten uit. Zijn grimmige gezicht en de vuurspuwende ogen waren ronduit angstaanjagend. Met een grote sprong kwam Coquinet tevoorschijn uit zijn schuilplaats. 'Mijn excuses, excellentie, draagt u me alsjeblieft uw orders op', antwoordde hij slijmerig.

Walgend keerde Catharina zich van hem af.

Al snel was ze haar irritatie vergeten toen ze, nu duidelijker, de mannen zag die hun paarden verzorgden. De liefde en zorg waarmee ze dat deden, ontroerden haar.

Catharina hield haar adem in bij het zien van deze knappe verschijningen. Ze zagen er heel anders uit dan de papperige dikzakken aan het hof.

Een van hen kwam wat dichterbij. Hij was groot, had donker haar en gitzwarte ogen.

Ze kon haar blik niet van hem afwenden, haar hart werd er week van. Plots werd ze overvallen door een immens verdriet. De gedachten maalden in haar hoofd: wie zou er nu een kreupele willen liefhebben, ik kan haast niet lopen, ik crepeer het grootste deel van mijn leven van de pijn en ik lig bijna altijd in bed. Natuurlijk kan ik goed borduren en heb ik best mooi haar, maar wie wil nu iemand die zo broodmager en frêle is?'

Ze wist dat mannen geen aandacht voor haar hadden. Alleen uit medelijden en nog meer omdat het Filips' connecties ten goede kwam, was Catharina uitgehuwelijkt aan Gilbert de Lannoy[3], een belangrijke diplomaat en ridder in de Orde van het Gulden Vlies.

Ze had haar echtgenoot na de huwelijksgelofte maar één keer teruggezien en daar kon ze best mee leven.

Maar dat de hovelingen het als een evidentie zagen dat Gilbert nooit haar vertrekken bezocht, kwetste haar diep. Regelmatig ving ze flarden van gesprekken op, die altijd gingen over haar handicap, onmacht en onkunde om de liefde te bedrijven. Gisteren nog was ze in de wandelgangen een hofdame gepasseerd die zich fluisterend over haar vriendinnen had gebogen: 'Die arme heer de Lannoy. Logisch dat hij het bed van zijn vrouw nooit bezoekt. Ze is met haar vijftien jaar niet eens tot het liefdesspel in staat.' Die woorden hadden de littekens in haar ziel pijnlijk opengereten.

Ze rilde hevig. De koude bracht haar weer naar de realiteit.

Strompelend verbeet ze de stekende pijn in haar benen om dichter bij de mannen en de paarden te komen. Ze ging de smalle gang door en kwam bij de deur die naar de binnenplaats leidde. Terwijl haar hart in haar keel klopte, kwam ze hinkend dichterbij.

Voor ze het goed en wel in de gaten had, stond ze oog in oog met de knappe man. Wat zag hij er nog jong uit. Hij keek haar intens in de ogen. 'Ooh, *ma bella donna*', zei hij met diepe stem.

Ze begreep er niks van en stamelde.

'Pa... pardon *monsieur*, ik begrijp u niet...'

De jongeman keek haar vertederd aan en totaal verward stapte Catharina achteruit, draaide zich om en liep zo snel ze maar kon weg. Haar been sleepte ze achter zich aan.

De vernedering was nog nooit zo groot geweest. Daar stond ze, halfnaakt in haar nachtkleed, haar haren ongekamd, tegenover het mooiste wezen dat ze ooit in haar leven had aanschouwd.

Dat hij lief naar haar gelachen had, moest wel uit medelijden zijn.

Terug in haar kamer viel ze snikkend op bed, uitgeput en met een hart vol pijn.

Ze zonk dieper en dieper weg in haar eigen wereld.

Catharina begreep niet dat één enkele persoon een dergelijke impact op haar leven kon hebben. Het beeld van de jongen bleef op haar netvlies gebrand.

De ochtend na haar ontmoeting met de vrouwen van de karavaan was Mina meteen naar de kamer van Catharina gegaan om haar het laatste nieuws te vertellen.

Ze was als een waterval beginnen te tateren. 'Er is een klein meisje gewond. Ze werd gemeen gebeten door een slang. Gelukkig had ik de juiste kruiden bij me. Het was alleszins een flink kind. Je had moeten zien hoe ze haar pijn verbeet.

Oh, Catharina, ik denk dat ik deze keer echt hulp kan krijgen voor jou. Luister je wel, mijn liefje? Hé, wat is er toch met je? Ben je plots niet meer geïnteresseerd in de artiesten?'

In plaats van met een gretige blik keek Catharina haar min met betraande ogen aan.

Ze antwoordde niet en Mina werd nu echt bezorgd.

'Dit kan niet meer, ik ga meteen terug en vraag iets tegen jouw pijn.'

Mina kon het lijden van haar meisje niet langer verdragen. Ze moest iets ondernemen.

In allerijl verliet ze Catharina's kamer, raapte haar spullen bijeen en vertrok naar de karavaan.

De wonde van het kind zag er veel beter uit. De kruiden hadden duidelijk gewerkt.

De min wendde zich opgelucht tot de oudere vrouw. 'Vrouwe, ik vermoed dat u ook bedreven bent in het werken met kruiden, hier hangen immers allerlei takjes. En ik zag ook potjes met gedroogde planten. Ik zou u om een gunst willen vragen.'

In één adem vertelde Mina het verhaal van Catharina's jeugd. Ze sprak over het misvormde been dat door de reumatische aandoening niet normaal kon ontwikkelen. Ze vertelde vooral over de alles overheersende pijn in Catharina's leven. Wat ze ook probeerde, ze kon de krampen maar voor een korte tijd wegnemen.

'Het meisje houdt zich meestal kranig om mij niet ongerust te maken, vrouwe.'

'Noem me maar Nona, zo noemen ze me hier allemaal', zei Bella's grootmoeder. 'Voor ik weet of ik kan helpen, moet ik Catharina zien. Breng me bij haar.'

Die reactie kwam onverwacht. Het was Mina niet toegelaten om met een onbekende het paleis binnen te gaan. Gelukkig had haar moeder haar het geheim van de onderaardse gang toevertrouwd. Slechts een enkeling aan het hof was op de hoogte van deze doolhof van gangen onder het kasteel.

In stilte bedankte Mina haar moeder. Ze nam Nona bij de hand en samen gingen ze op weg.

Een vage schim werd zichtbaar in het sombere licht van de wagen. Bella kwam voorzichtig achter het gordijn vandaan. Ze had elk woord van de vrouwen opgevangen. Hoewel ze er niet veel van begreep, was ze vastbesloten er alles over te weten te komen.

IV

et vlugge tred haastte Marie-Ange zich door de gangen van het Prinsenhof naar de vertrekken van de hertog. Ondanks het vroege uur bruiste de binnenplaats van leven. Er was duidelijk iets op til. Filips zelf had haar ontboden.

Ze kon haar ongerustheid nauwelijks bedwingen. Monseigneur wist immers dat ze tijdens de ochtendstond nooit gestoord mocht worden. Toch had Sofie haar zojuist, tijdens het oefenen van een nieuw gecompliceerd motet, bruusk onderbroken. Met een verontschuldigende blik liet haar kamenierster weten 'dat de vrouwe met grote spoed in de residentie van de hertog werd verwacht.'

Wat kon er zo belangrijk zijn dat zijne excellentie haar weghield van haar noodzakelijke studie? Het kon toch niet waar zijn dat *le Duc* weer uit was op een vluggertje?

'Lieve God, bespaar me zijn eindeloze lusten die hij te pas en onpas op me wil botvieren', prevelde ze zachtjes.

Marie-Ange was nog erg klein toen de hertog haar vanuit Parijs naar de Nederlanden liet overkomen. Haar moeder, een schoonzus van Filips en tevens een zus van Karel VII van Frankrijk, was aan een darmziekte gestorven. Haar vader had zich niks van zijn dochtertje aangetrokken en *le Duc* had zich over zijn verwante ontfermd.

Zo was ze onder zijn bescherming opgegroeid aan dit hof.

Al was ze hem dankbaar, zijn uitgesproken libido beviel haar allerminst.

Marie-Anges lichaam verkrampte bij de gedachte die haar net te binnen schoot: was ze misschien uit de gratie gevallen? Had iemand kwaad bloed gezet bij Filips en stond haar positie als hoofdharpiste op het spel? Nee, dat was onmogelijk. Ook al wekte haar talent bij velen aan het hof jaloezie en afgunst op, monseigneur zelf wist maar al te goed hoe loyaal en trouw ze hem diende. Hij had haar niet zonder reden benoemd tot hoofd van het harpsextet.

Het was op zich al heel uitzonderlijk dat de hertog haar, een vrouw, dirigent van deze groep had gemaakt. Uiterst vereerd en met vreugde had ze deze positie aangenomen. Maar de dames die Filips haar voor dit harpensemble had toevertrouwd, bleken al vlug geen grote talenten. Ze waren niet gekozen voor hun knappe prestaties op de harp maar eerder, en meer waarschijnlijk, voor hun uitzonderlijk vermogen zich in te leven en te schikken naar de extreme seksuele fantasieën van *le Lion de Flandre*.

Gelukkig was het geen vast groepje. Het was een komen en gaan van muzikanten aan het hof en de dames zouden in het najaar weer verdertrekken naar andere oorden.

Intussen zat ze opgescheept met stuntelige harpistes en kon ze niet anders dan Jean de la Court[4] opzoeken.

Jean was de belangrijkste minstreel aan het hof en een briljant harpist.

Hij gaf haar de raad om het ensemble enkele eenvoudige chansons aan te leren, waarbij zij de melodieuze bovenstem voor haar rekening zou nemen en de andere dames de zeer eenvoudige ondersteunende melodie konden spelen.

Zelfs dat bleek moeilijker dan verwacht, maar na dagen intens oefenen was ze erin geslaagd drie mooie chansons en een prachtige *basse dance* af te werken.

Ze had de opdracht volbracht, waarom was het dan nodig haar tijdens de ochtendoefeningen te onderbreken?

Zenuwachtig liep ze verder. Zweetdruppels gleden als pareltjes langs haar slanke hals naar beneden.

Mon dieu, ze zou er wat voor geven om nu terug in de koelte van haar kamer te zijn en het gesjirp van de vogels na te bootsen op de harp. Ze kon zich uren verliezen in het bespelen van dit meesterlijke instrument.

Marie-Ange kreeg ook boodschappen van God, gebracht door engelen die aan haar verschenen, telkens als de klanken van de harp haar meevoerden, ver weg van dit bestaan. Haar harp was haar leven, haar alles.

Genoeg gemijmerd, Marie.

Ze was nu vlakbij de vertrekken van *le Bon*. De wachter van dienst maakte een stramme buiging en opende de grote koperen deur.

Ze werd bijna omver gelopen door meneer Duval.

'Ah, daar bent u, vrouwe, eindelijk, u bent veel te laat', sprak de kamenier van de hertog haar berispend toe. 'Monseigneur zit al op u te wachten.'

Hij loodste haar door het voorvertrek tot in een luxueus ingerichte kamer. Dit salon, dat vol stond met pendules en klokken, was Marie-Ange maar al te bekend. Regelmatig werd ze hier gevraagd om harp te spelen voor de hertog en evengoed om hem tegemoet te komen in zijn ontembare lust. Het ene sloot het andere niet uit.

Een onverwacht geluid deed haar opkijken: 'Pardon, excellentie, ik had u niet gezien.' Beleefd maakte ze een reverence: 'U hebt me ontboden?'

Le grand Duc zag er met zijn vijftig jaar nog opvallend goed uit. Zijn voorhoofd was hoog en breed maar nog niet doorgroefd. Hij had bruin haar dat aan de slapen was weggeschoren, een lange neus en een mond met volle, rode lippen.

De hertog was slank van gestalte, met fijne handen en smalle voeten. Zijn fraai postuur was zoals altijd gehuld in zwart. Een nauwsluitend vest met opstaande kraag viel open over een wit hemd. Daarop hing een enkel sieraad in de vorm van een kruis.

Met twee zwierige passen was hij bij haar. '*Ma belle*, ik weet dat ik je gestoord heb tijdens je ochtendoefeningen. Kom, zet je even neer.'

Zijn stroperige toon voorspelde niet veel goeds, maar gehoorzaam liet ze zich meevoeren.

'Gisteren is het theatergezelschap uit Perugia gearriveerd en ik heb een belangrijke opdracht voor je.'

'Een theatergezelschap, heer, hier in Brugge?' stamelde ze verward. Wat bedoelde hij?

'Maar vrouwe, heb je dan niks gemerkt van de drukte op de binnenplaats? Heb je nog geen vreemd geklede mannen ontmoet, of vuurspuwers en goochelaars? Is dat alles je dan ontgaan?'

Vol ongeloof keek Filips haar aan.

'Het... het spijt me, monseigneur, in mijn haast hierheen...'

'Het is al goed, kind', onderbrak hij haar. 'Ik heb maar weinig tijd. Binnenkort vieren we het jaarlijkse feest van de Orde van het Gulden Vlies[5]. Dat weet je toch nog, mag ik hopen?'

'Natuurlijk, heer, u hebt me gevraagd om voor deze gelegenheid verschillende nieuwe stukken in te oefenen met mijn harpgroep.'

'Welnu dan, bij het gezelschap dat gisteravond aankwam zijn er enkele uitstekende muzikanten. Ze zijn op mijn verzoek helemaal uit het verre Italië hierheen gekomen om de feestelijke viering van de Orde mee op te luisteren. Over enkele ogenblikken zul jij de leider van de karavaan persoonlijk ontmoeten.'

Ze wist niet wat ze hoorde.

'Maar excellentie, hier ben ik totaal niet op gekleed. Ik kan toch niet in dit gewaad voor hem verschijnen.'

Een bulderende lach vulde de kamer. De hertog nam haar hand, beroerde die met zijn lippen en zei theatraal: 'Ach dame, u bent zo mooi als de gouden zon in haar volle ochtendgloren.'

Marie-Ange verstijfde. Had hij toch de kolder in zijn kop en was dit alles weer een schijnvertoning om haar in zijn bed te krijgen?

'Wees niet bezorgd, lieftallige vrouwe, ik plaag je maar een beetje. Je hebt nog ruim de tijd om je te kleden. Pas tegen de noen word je verwacht bij de heer Emilio en zijn muzikanten. Jij zult, als mijn persoonlijke harpiste, dit gezelschap ontvangen.'

Met een ernstig, bijna streng gezicht keek Filips haar aan.

'Ik verwacht van jou dat je de komende festiviteiten met hen bespreekt. Deze Italiaanse groep is al bekend tot in Vlaanderen. Daarom vraag ik je uitdrukkelijk om op het feest een mix van zuiderse klanken en hoofse muziek te brengen. Zorg dat jullie optreden de mensen vermaakt. Dat is jouw taak. Kom, ga nu maar, ik heb nog werk te doen. Mijn hofmaarschalk haalt je tegen de middag op. Zorg ervoor dat je klaarstaat.'

Verbouwereerd staarde ze hem aan. Dacht hij nu echt dat hij haar hiermee kon opzadelen?

'Vraagt u nu van mij om tijdens het komende feest samen met een... een groep zigeuners te musiceren? Is het dan de bedoeling dat er een nieuwe compositie wordt gemaakt, mijn heer? Waarom gaat u niet te rade bij meneer Binchois? Hij is tenslotte onze huiscomponist.'

Filips keek geërgerd, maar ze ging dapper verder: 'Monseigneur, als ik zo vrij mag zijn, Gilles is een meester in het componeren van chansons en ballades. Hij heeft het talent om muziek vanuit verschillende culturen samen te brengen. Hij is toch de aangewezen persoon om deze taak naar behoren uit te voeren.'

Ze vond het verontrustend dat de hertog haar vroegere muziekleraar negeerde. Ze keek erg op naar Gilles Binchois[6]. Zij was zoveel jaar zijn muze geweest en hij noemde haar 'zijn geniale harpiste'.

Een edele dame behoorde enkel de kunst van het weven en borduren te kennen, maar hij had haar aangemoedigd om verder te studeren en nooit op te geven.

'Excellentie, ik kan toch niet in plaats van meneer Binchois contact leggen met deze vreemde muzikanten?'

'Zo is het wel genoeg, Marie, hou je mond. Gilles is te oud voor deze taak! Ik gaf je een duidelijke opdracht en ik verwacht dan ook dat je die naar behoren uitvoert. Ga je klaarmaken', vloog hij uit.

De hertog draaide zich om en verliet met krachtige stappen de ruimte.

Met een korte knik verliet ze de vertrekken van *le Bon*. Zijn uitbarsting kon haar nauwelijks raken. Al sinds haar kindertijd was ze getuige van zijn gecompliceerd karakter. Hij kon zo razend worden dat hij wel krankzinnig leek. Monseigneur was grillig van aard, maar als je daar doorheen kon kijken, viel hij best mee.

Toch ergerde het haar dat hij meneer Binchois over het hoofd had gezien. Haar hoofd tolde en ze voelde een stekende, drukkende pijn boven haar ogen opkomen. Ze herkende de pijn en werd overmeesterd door paniek.

Nee, God toch, laat het niet waar zijn.

Ze wist dat ze op het punt stond weer een aanval te krijgen die haar dagenlang aan haar bed gekluisterd zou houden. Sinds ze haar maandelijkse stonden had gekregen, werd ze regelmatig overvallen door erge hoofdpijn.

Dit kon ze zich nu niet veroorloven. Ze moest Catharina dringend om hulp vragen. Haar nichtje had genoeg middeltjes in voorraad om die stekende hoofdpijn te onderdrukken.

Ze liep verder door de wirwar van gangen en klopte op de deur van Catharina's kamer.

'Cath, ben je daar?'

Geen reactie. Vreemd. Voorzichtig drukte ze de deurklink naar beneden en glipte stilletjes de kamer binnen. Catharina zat rechtop in bed en staarde voor zich uit.

'Lieve nicht, het spijt me dat ik zo onaangekondigd kom binnenvallen, maar ik heb dringend je hulp nodig.'

Afwezig keek Catharina haar aan.

Marie-Ange schrok van de pijnlijke blik in de ogen van haar nichtje. Maar ze had geen tijd om daar bij stil te staan.

'Cath, moet je horen, Filips heeft me gevraagd om samen met die groep zigeuners op te treden tijdens het feest van de Orde. Ik heb op de noen een ontmoeting met de leider maar ik verga van de hoofdpijn. Ik heb dringend een pijnstillend kruid nodig.'

Met een diepe zucht trok Catharina haar bedsprei steviger over zich heen. 'Laat me met rust, ik wil slapen.'

Ontzet deed Marie-Ange een stap achteruit. Wat was hier aan de hand? 'Cathi, toe, luister nu even, je weet toch wel dat er een karavaan is aangekomen?'

'Hmm... en of ik dat weet. Het is al goed, in die commode daar naast het bed liggen verschillende flesjes. Het is het flesje met een blauw opschrift. Drink de helft ervan leeg en laat me met rust.'

Marie-Ange keek verrast. Zo had ze haar nicht nog nooit gezien. Snel bedankte ze Catharina.

'Rust goed, tegen valavond kom ik nog even bij je langs.'

Met het kostbaar brouwsel in haar handen verliet ze de kamer. Ze negeerde de vlijmscherpe steken in haar hoofd en rende terug naar haar eigen vertrekken. Hopelijk zou de pijn vlug verdwijnen.

'Sofie, wat denk je, is dit gewaad geschikt om te dragen voor mijn ontmoeting met de bohemiens?'

Marie-Ange stond voor een gigantische spiegel en drukte een scharlakenrode jurk tegen zich aan. Uit haar mooi versierde kist was het ene na het andere kleed de revue gepasseerd. Op zich waren het prachtige juweeltjes, maar ze wist gewoon niet welke kleren geschikt waren voor een bespreking met een groep vreemde, wilde mensen. Ze wilde hen met haar voorkomen overtreffen en omverblazen, maar aan haar kamenierster had ze ook niks.

'Sofie, doe eindelijk je mond eens open!'

'Vrouwe, als ik zo vrij mag zijn, dit gewaad is prachtig en de rode kleur geeft het een koninklijk allure.'

Verbaasd stond Marie-Ange voor de spiegel, haar kamenierster had gelijk.

Ze had de stof bij een Italiaanse handelaar gekocht en er heel wat munten voor neergeteld. Rood kleurpigment was bijna onvindbaar in de stad en daardoor peperduur geworden. Goed, ze zou dit kleed dragen.

'Kom, help me bij het omkleden, Sofie.'

Voorzichtig trok het kamermeisje haar het fragiele gewaad over het hoofd. Het zat strak tot onder de borst en bolde mooi op ter hoogte van de buik. De breed uitlopende mouwen waren afgewerkt met bont en haar frêle handen staken mooi af tegen de kleur van het hermelijn. Aan de ringvinger van haar rechterhand droeg ze een grote robijn en rond de linkerwijsvinger een carneool. Een rijk versierde broche prijkte als een lichtende ster ter hoogte van haar hart.

Zo, ze was bijna klaar, nu haar hoofdtooi nog.

Ze hield ervan om haar lange haar naar de laatste mode op te steken en de gouden lokken te vlechten in een vernuftige constructie van stof en metaaldraad. Maar dat zou een eeuwigheid duren en die tijd had ze niet. Ze droeg Sofie op haar weelderige haar in een losse knot op te binden en te versieren met een sluier van zijden brokaat.

Tevreden bekeek ze zichzelf in de spiegel. Rond haar hals hing een ketting met een kleine pomander, gevuld met heerlijke geurstoffen. Mooi zo! Ze was klaar om samen met de hofmaarschalk het Italiaanse gezelschap te ontvangen.

'Vrouwe, u hebt uw huwelijksketting vergeten, die dient u toch te dragen!'

Marie-Ange voelde een pijnlijke steek en haar maag trok samen.

Een jaar geleden was ze verliefd geworden op Antoine de Croy[7], een belangrijke edelman aan het hof. Antoine was ridder van de Orde en raadsman van Filips. Ze had hem meermaals op festiviteiten ontmoet, zonder enige aandacht aan hem te schenken.

Maar tijdens de wapenspelen van vorige zomer had zijn stoer en knap uiterlijk haar plots in vuur en vlam gezet. Hoewel hij in leeftijd bijna haar grootvader kon zijn, had ze vurig gehoopt dat dit gevoel wederkerig was.

Maar Antoine was gehuwd en deed geen poging haar voor zich te winnen. Verdrietig was ze weggevlucht in haar eigen wereld tot hij, totaal onverwacht, haar vertrekken had bezocht. Antoine had haar overladen met complimentjes en haar vol passie gezegd dat hij gevoelens voor haar koesterde. Die avond was ze zijn maîtresse geworden.

Marie-Ange joeg haar dienster de kamer uit en liep naar de spiegel. Ze nam haar huwelijksketting uit een houten kistje op het dressoir. Het was een mooi sieraad maar ze kon het niet opbrengen het te dragen.

Na die eerste nacht met haar minnaar had Filips haar bij zich geroepen. Hij liet haar weten dat ze met haar vijftien jaar rijp was voor het huwelijk. 'Mijn mooie harpiste heeft dringend de bescherming van een echtgenoot nodig.'

Marie-Ange was er na een jaar nog steeds van overtuigd dat iemand haar nachtelijk avontuur met Antoine had ontdekt en haar bij Filips had verraden.

De hertog had geen tijd verloren laten gaan en haar enkele dagen later uitgehuwelijkt aan René Defau, een van zijn diplomaten. Ze verachtte haar echtgenoot. Hij was een ongemanierde bruut die stonk naar zure wijn. Bovendien was hij totaal niet geïnteresseerd in haar muzikale bezigheden.

Gelukkig was René zelden aanwezig en hoefde ze nauwelijks aan de echtelijke plicht te voldoen. Momenteel was hij uitgestuurd naar Dijon om daar toezicht te houden op de bouw van het nieuwe paleis. Wat haar betrof mocht hij voorgoed wegblijven.

Haar hart behoorde Antoine toe, ook al was ze een gehuwde vrouw.

Ze werd opgeschrikt door een luid gebonk op de deur.

'Vrouwe, bent u klaar?' Met zwierige pas betrad de hofmaarschalk de kamer en kuste haar licht op de hand. 'U ziet er prachtig uit, dame, kom, laat ons gaan.'

Zenuwachtig volgde ze Henri Bourbon naar buiten.

Marie-Ange keek naar de kleurrijke wagens die opgesteld stonden op het stuk grond vlak voor de burcht.

Een jongeman kwam hen over de ophaalbrug tegemoet en met een lichte buiging heette hij hen welkom.

'*Signora*, mijn naam is Falco. Wilt u zo vrij zijn mij te volgen naar de woonwagen van onze leider?'

Hij sprak langzaam in gebrekkig Frans.

Ontdaan keek de hofmaarschalk hem aan. 'Daar komt niks van in huis, jongeheer. De edele vrouwe zal jullie in het kasteel, op de binnenplaats, ontvangen. In de schaduw van de grote eik staat een tafel met schragen. Haal je troep muzikanten en kom daarheen. Kom, vrouwe.'

Meneer Bourbon nam Marie-Ange bij de arm en begeleidde haar tot aan een zware, met snijwerk verfraaide houten zetel. Nerveus zette ze zich neer.

Enige tijd later zag ze een groepje mannen haar richting uitkomen. De oudste was een grote struise man met een zware snor.

'*Saluti, signora*. Ik ben Emilio, de directeur van het gezelschap. Mag ik u voorstellen aan mijn zoon Matteï?'

Naast hem verscheen een jongeman met gitzwart haar. '*Nobile dama*', zei die met een innemende lach.

'En dit is Luigi,' ging Emilio verder, 'met naast hem Cristiano en Falco.'

Ze had zich in gedachten een heel andere voorstelling gemaakt van de zigeuners en werd overdonderd door het knappe uiterlijk van deze mannen.

'*Padre?*' klonk plots een meisjesstem. Het groepje week uiteen en een jonge vrouw kwam naar voren.

'*Signora*, dit is mijn dochter Isabella', zei Emilio.

Marie-Ange kon geen woord meer uitbrengen. Voor haar stond het mooiste, meest merkwaardige wezen dat ze ooit had gezien. Ze staarde haar aan. Twee felgroene ogen staarden terug.

'Gegroet, zigeunermeisje', zei ze voorzichtig. 'Wat hebt u prachtig lang haar.'

'Noem me maar Bella, hoor', zei het meisje. 'Ik ben geen zigeunerin, ik ben een van de artiesten uit dit gezelschap.'

Het verbaasde Marie-Ange dat het meisje zo vlot Frans sprak.

'Goed, Bella, als jullie geen zigeuners zijn, waarom zijn jullie dan...'

'Wij zijn een theatergezelschap, vrouwe', onderbrak Emilio haar. 'We reizen rond en geven optredens. Als u me nu wilt excuseren, ik heb nog werk te doen.'

'Maar heer Emilio!' Marie-Ange sprong overeind.

'Ik ben de hoofdharpiste van het hof en de hertog gaf me de opdracht de muziek voor het komende feest met u te bespreken. Hebt u hiervoor wel een geschikt repertorium?'

'Daar hebt u mij niet voor nodig, vrouwe. Bella en de jongens zullen met plezier iets voor u spelen.'

Met een korte buiging ging Emilio ervandoor.

Onzeker keek ze naar het groepje muzikanten.

Bella gaf een teken en Matteï begon uit volle borst te zingen. Hij had een warme basstem en hoewel ze de woorden niet verstond, werd ze ontroerd door de melodie.

Uit het niets toverde Bella een tamboerijntje tevoorschijn. Zingend en spelend danste ze sensueel rond de grote eik.

Vol bewondering en onder de indruk bekeek Marie-Ange dit schouwspel van klank en dans.

De speciale muziek beroerde en raakte haar recht in het hart.

De twijfel of ze de haar opgelegde taak wel naar behoren kon uitvoeren, verdween als sneeuw voor de zon. Ze applaudisseerde enthousiast en hoorde in gedachten de fijne klanken van haar harp in één vloeiend geheel samensmelten met deze onbekende maar intense melodieën.

Ze zou Bella en de anderen voorstellen zo vlug mogelijk samen te repeteren.

V

Mei 1447

Is er één ding was waar Catharina troost uit kon putten, dan was het haar borduurwerk. Ze was bezig aan een wandtapijt waarvoor de hofschilder van Eyck het motief had geschilderd. Steek na steek, kleur na kleur zweefde de naald over het portret van de madonna. Het werk vroeg veel concentratie. Eén foute steek en het patroon klopte niet meer. Catharina was daar erg bedreven in. Op dit moment was de afleiding meer dan welkom. De emoties hadden haar volledig uitgeput. Het tafereel met de Italiaanse man speelde zich onophoudelijk voor haar ogen af.

De ergernis was duidelijk van Catharina's gezicht af te lezen toen Mina de kamer binnenkwam met in haar kielzog een al wat oudere vrouw.

'Verdorie, nu lost mijn draad, waarom kom je zo onverwacht binnengestormd?' Catharina keek wrevelig naar de min. 'Wie heb je meegebracht, je weet toch dat ik niet van ongewenst bezoek hou. Wat ziet ze er vreemd uit, zulke kleren heb ik nog nooit...'

Kordaat snoerde Mina haar de mond. 'Ik weet dat je niet graag gestoord wordt bij het borduren, kind. Deze vrouw hoort bij het theatergezelschap. Ze heeft een gave, Catharina! Ze kan helende drankjes maken en ze zal je helpen. Eindelijk, na al die tijd, is er iemand die je pijn kan verlichten.'

De vrouw kwam rustig dichterbij en vroeg Catharina zich uit te kleden. 'Leg je even neer, kind.'

Vragend staarde Catharina naar haar min, maar na een goedkeurende blik deed ze wat er van haar gevraagd werd.

Intussen had Nona olie vermengd met een kruidenessence. Ze wreef het goedje in haar handen terwijl ze ritmisch een melodie neuriede.

Voorzichtig raakte ze Catharina's voorhoofd aan: 'Lief meisje, je leven is niet eenvoudig. Er is een heel bijzonder doel voor je weggelegd, weet je dat?'

Catharina schrok van deze aanraking en de diepe emoties van de voorbije dagen namen opnieuw en overweldigend bezit van haar.

'Ja, je hebt zojuist kennis gemaakt met het warme gevoel van de liefde', ging Nona verder. 'Weet dat deze hunkering je nooit meer zal loslaten. Ik zal je helpen, mijn kind.'

Deze woorden raakten Catharina diep.

Nona's magische handen zorgden ervoor dat alle spanning uit haar wegvloeide en voor het eerst in dagen viel ze in een diepe slaap.

De volgende ochtend kwam Mina opnieuw de kamer binnen, deze keer in het gezelschap van Marie-Ange en het Italiaanse meisje. Catharina, die diep in gedachten verzonken was, kwam met een schok overeind toen ze het meisje zag. 'Dit kan toch niet echt zijn, het lijkt wel...'

Haar gedachten maakten bokkensprongen.

Catharina kon geen woord uitbrengen. Ze moest kalmeren. Dit meisje leek sprekend op de jongeman van de karavaan aan wie ze steeds moest denken. Ze had hetzelfde mooie gitzwarte haar en diezelfde sprekende ogen. Ze droeg zelfs een gelijkaardige ketting waaraan een medaillon hing. Een cirkel met daarin een zwarte roos geweven.

'Mina, wie is...' kon ze uiteindelijk fluisterend uitbrengen.

'Ik ben Bella, de kleindochter van Nona, de vrouw die hier gisteren was', sprak het meisje haar langzaam maar duidelijk verstaanbaar toe. 'Ze vroeg me je deze drank te geven.'

In werkelijkheid had Bella bijna moeten smeken om zelf naar Catharina te mogen gaan. Ze moest en zou de vrouw zien waar haar broer zo vol passie over vertelde.

'Drink maar', fluisterde ze zacht.

'Is... is het niet gevaarlijk? Het zal me toch niet nog meer pijn bezorgen, of misselijkheid? Heb jij het zelf al eens gedronken?' vroeg Catharina bezorgd.

'Het is goed tegen de pijn. Nona is erg handig met kruiden.'

Bella wist niet welk effect deze drank op Catharina zou hebben. Maar omdat Nona haar deze thee meegaf, konden er geen nefaste gevolgen zijn, daarvan was ze overtuigd.

Met kleine slokjes dronk Catharina van het brouwsel tot haar kopje leeg was.

Heel de wereld draaide. De allesomvattende duisternis was beangstigend. Toen kwamen de lichtflitsen. Eerst een, dan nog een, weer een volgende, tot een explosie van licht haar volledig verblindde. Plots werd ze opgetild, naar boven geduwd, hoger en hoger. Haar mond voelde kurkdroog, haar maag lag in een knoop.

'Nee, dit kan toch niet het einde zijn. Auw...!' Met een smak kwam ze op de grond terecht. Verdwaasd krabbelde ze overeind. 'Wat is dit toch, waar is mijn bed? Hier klopt echt iets niet.'

Haar lichaam was anders, langer, perfecter. Ze betastte zichzelf, haar huid voelde glad en soepel. Toen keek ze naar beneden, naar haar benen, haar twee volmaakte benen.

'Mina, wat is dit.' Haar trillende stem bleef als een bel echoën boven haar hoofd.

Ze probeerde te stappen, het ging als vanzelf. Het maakte haar gek van angst.

'Dit kan niet, dit ken ik niet, Mina, wat gebeurt er? Ze hebben mij iets verkeerds laten drinken.'

Het gevoel dat ze plots bevrijd was van pijn en onvolmaaktheid, was als een slag in haar gezicht. Haar lichaam beefde hevig. Totaal verward probeerde ze van haar angst weg te lopen, steeds sneller, tot ze rende als een opgejaagd dier. Eindeloos leek het te duren. In de verte hoorde ze water stromen. Het geluid had een kalmerende werking. Iets rustiger liep ze verder.

Beetje bij beetje durfde ze haar zintuigen weer te activeren. Nu pas merkte ze dat ze door een bloemenweide liep, het vreemde parfum was bedwelmend. De bloemen leken niet op de bloemen die ze kende. Ze waren oogverblindend fel van kleur en heel mooi, maar onwezenlijk, zo leek het. Catharina rende verder, had ze haar verstand verloren?

Plotseling stond ze oog in oog met een jongeman. Was dit wel een mens? Het wezen had groen haar dat achter zijn puntige oren was vastgemaakt. Zijn kleding leek over te gaan in zijn lichaam. Vreemd genoeg voelde zijn aanwezigheid vertrouwd aan.

Toen zag ze de dikke groene ketting aan zijn hals. Daaraan hing een medaillon waar de horens van een ram in waren gevlochten, het was zo groot dat het haast zijn hele bovenlichaam bedekte. Ze kende dit toch?

Plots begon het wezen te spreken. 'Ik ben de poortwachter, geef mij de sleutel, dan mag je verder.'

Wat vreemd dat dit wezen haar taal sprak.

'Euh, wat bedoelt u?'

'Zonder sleutel kom je er niet in, dat weet je toch. Komaan, geef hem aan me.'

'Maar ik heb geen sleutel', antwoordde ze bang.

De jongen verdween even vlug als hij verschenen was. Verbouwereerd bleef ze staan.

Ze voelde dat de atmosfeer subtiel veranderde: de geur van de bloemen was weg en ze hoorde het water niet meer. Het leek ook donkerder.

Toen voelde ze iets glibberigs aan haar benen en de angst kwam weer in alle hevigheid opzetten. Ze wist niet meer wat te doen en zette het op een lopen. 'Blijven rennen, blijven lopen... dan komt alles goed', dreunde een stem ritmisch door haar hoofd. Ze rende en rende tot plots een waterval van klanken haar stokstijf deed stilstaan. Dit kristalheldere geluid gaf vertrouwen. Was dat niet een harp die ze daar hoorde? De melodie leefde en de klanken leken wel draden van een spinnewiel die zich als touwen naar haar uitstrekten. Catharina hoorde weer diezelfde stem vragen om de touwen vast te grijpen.

'Klem je stevig vast en los onder geen beding, Catharina', sprak de stem dwingend. Ze kon niet anders dan gehoorzamen en nam de touwen stevig beet. Een grote wervelwind slingerde haar door de lucht en ze vloog door een tunnel de duisternis in.

Met een geweldige smak kwam ze neer. Een seconde stond haar hart stil. Dan begon ze te beven.

Toen het trillen eindelijk stopte, waagde Catharina het haar ogen voorzichtig te openen. Ze merkte tot haar grote opluchting dat ze in haar bed lag. Mina en Marie-Ange stonden over haar heen gebogen. Lijkbleek, met tranen in hun ogen keken ze haar aan.

VI

Bella stond te trillen op haar benen. Wie dachten die hofda-
metjes wel dat ze waren?
Ze had al vaker in haar leven argwanende, zelfs vijandige
blikken moeten incasseren, maar deze keer was het anders. Wat
ze daarnet gevoeld had toen ze in de gangen van het paleis een
groepje dames kruiste, was ronduit vernederend. De minachtende blik
in hun ogen, het hautaine gedrag, het uitgelachen worden achter haar
rug. Bella voelde de woede opnieuw opwellen.

'Prijs jezelf gelukkig dat je niet een van hen bent, m'n kind.'

Nona nam het meisje in de armen. 'Laat je niet zo snel op stang
jagen, het is beter dat we neutraal blijven. Die dames zitten vol nijd
en jaloezie, dat was me van het eerste moment duidelijk. Het is beter
ons daar verre van te houden.'

Bella was het daar niet mee eens. Ze had zich moeten inhouden om
haar handen niet als klauwen uit te steken en die feeksen in het gezicht
te krabben als een wilde kat. Ze zou die verwaande nesten maar al te
graag een lesje leren.

Met opgeheven hoofd en opzettelijk vriendelijk, alsof niks haar kon
deren, was ze hen voorbijgestapt. Inwendig kookte ze. De repetities
met de hofmuzikanten zouden haar nog vaak confronteren met deze
arrogante vrouwen. Ze wist niet of ze zich een volgende keer even goed
zou kunnen beheersen.

'Zet je even, kind, ik zal je een verhaal vertellen.' Nona schonk hen
een kop warme geitenmelk in.

'Lang geleden leefde er ergens in het oosten een jonge vrouw. Ze was
al vele jaren de trouwe dienster van een Arabische prinses. Tijdens een

verre tocht in de woestijn trapte het paard van het meisje in een diepe kuil. De karavaan stopte en ze probeerden het dier uit de put te krijgen. Toen dat veel moeilijker bleek dan gedacht, gebaarde de prinses om de stoet verder te laten trekken en het arme dier in de put achter te laten.

Maar de dienster was het daar niet mee eens en stond erop dat het dier gered zou worden. Het paard was haar kostbaarste bezit en dat wilde ze niet zomaar opgeven. De prinses wilde geen tijd meer verliezen en gebood haar dienaren om de put met zand te vullen. Het paard begon luid te hinniken. Na een tijd werd het stil. De mannen keken in de put en stonden compleet versteld over wat ze zagen. Elke schep zand die de rug van het paard raakte, schudde het dier van zich af. Telkens deed het een stap omhoog tot het tot ieders verbazing ongedeerd uit de put kwam.

Het leven zal altijd vuil over je heen gooien, Bella. Allerlei soorten vuil. De kunst om uit de put te komen is het van je af te schudden en een stap omhoog te doen. We kunnen uit de diepste put stappen door niet te stoppen en nooit op te geven.'

Bella werd er stil van. 'Wat een mooi verhaal, Nona, ik zal de boodschap ter harte nemen.'

'Heel goed, mijn kindje.' Nona keek haar kleindochter liefdevol aan.

'Welnu, vertel me eens, hoe is het gegaan met het toedienen van de kruiden aan het blonde meisje?'

'Natuurlijk, door dit alles vergeet ik je het belangrijkste nog te vertellen. Onmiddellijk na het drinken van de kruiden viel Catharina in slaap. Eerst was ze rustig, maar dan draaide ze plots hevig met haar hoofd, steeds sneller, heen en weer. Later trilde haar hele lichaam en zwaaide ze wild met haar armen alle kanten op. Het is op dat moment dat ik besloot zelf door de nevelen te gaan om haar te helpen. Ik stapte door de sluiers en riep het meisje bemoedigende woorden toe. Marie-Ange speelde een lied dat haar nichtje goed kende, en dat heeft haar ook geholpen. Ik heb Catharina's hand vastgenomen en heb haar teruggebracht. Mina was opgelucht dat het meisje veilig terug was. Ze vroeg zich af of het wel goed was om de kruidendrank regelmatig te geven. Ik heb Mina verteld over mijn eigen ervaring met de kruiden. De min was onder de indruk en opgetogen omdat deze kruiden een lange pijnstillende nawerking hebben.'

'Dat heb je verstandig gedaan, Bella', zei Nona en ze keek haar kleindochter trots aan.

'Catharina en Marie-Ange zijn heel anders dan de meeste vrouwen aan het hof, Nona. Het lijkt alsof ik ze altijd al gekend heb. Uiterlijk zitten ze dan wel in eenzelfde keurslijf, maar uit hun ogen spreekt goedheid in plaats van haat en jaloezie. Ook bij Mina voel ik me veilig en geborgen. Ze lijkt op jou, mijn lieve Nona.'

'Ik ben ervan overtuigd dat deze vrouwen ons goedgezind zijn, meisje. Je zou hen zielsverwanten kunnen noemen.'

Franca, die hun gesprek gevolgd had, kwam morrend tussenbeide.

'Een volgende keer ga ik mee, Bella, ik wil die meisjes ook leren kennen.'

'Morgen na de repetitie neem ik je mee naar Catharina's kamer. Ik zal je met plezier aan hen voorstellen. Ik durf er om te wedden, Franca, dat ze ook jou bekoren.'

VII

oen Mina Catharina's kamer binnenkwam, lag het meisje nog vredig te slapen. De min zette zich op de rand van het bed. Ontroerd streelde ze de mooie goudblonde haren.

Slaperig opende het meisje haar ogen en keek de vrouw verwonderd aan: 'Mina, is het nu al ochtend?'

'Het is bijna middag, schat.'

Catharina rekte zich uit. 'Ik kan me niet herinneren ooit zo diep en zonder pijn te hebben geslapen. Toch wil ik dit niet meer meemaken, Mina, ik was echt bang.'

'Ik begrijp dat het voor jou niet eenvoudig was. Ik zal Nona om raad vragen.'

Het deed Mina eraan denken dat ze de wonde van het kind moest gaan bekijken.

Voor Catharina ging de tijd tergend langzaam voorbij. Het borduren vlotte niet zoals andere dagen. Was Marie-Ange maar bij haar. Haar nichtje had het zeker te druk met de voorbereidingen voor het feest.

Het grote feest! Ze wilde al het mogelijk doen om erbij te zijn. Het theatergezelschap zou optreden!

Ze zou de Italiaan die haar *bella donna* genoemd had, terugzien.

Er klonken voetstappen in de gang. Lachend betraden Bella en Franca de kamer.

'Het doet me plezier je gezond en wel te zien, Catharina. Je hebt je eerste kennismaking met *Nevelland* blijkbaar goed doorstaan.'

Weer moest Catharina naar adem happen toen Bella in de zetel tegenover haar ging zitten. Wat een gelijkenis.

Ze wilde haar vragen of ze misschien een broer had, maar Bella was haar voor.

'Mag ik je voorstellen aan mijn boezemvriendin Franca. Met mijn broer Matteï heb je al kennisgemaakt, heb ik vernomen. Ik moet zeggen dat hij behoorlijk onder de indruk was.'

Veelbetekenend knipoogde ze naar Franca.

Catharina voelde het bloed naar haar wangen stijgen. Ze verborg haar hoofd in haar handen en stotterend begon ze: 'Wat heeft hij dan gezegd?'

Bella nam Catharina's hand en zette zich naast haar.

'Ik heb mijn broer nog nooit met zoveel passie over een meisje horen spreken. Jij moet wel bijzonder zijn. Ik word bijna jaloers als ik eraan denk dat ik hem moet delen', voegde ze er lachend aan toe.

'Hé daar, je hebt mij toch, liefje?' Franca trok Bella naar zich toe.

'Hoe gaat het nu met de kleine Alessia?' Catharina zette zich rechtop in bed. 'Ik heb nog vaak aan haar gedacht.'

'Mijn nichtje maakt het prima. De kruidenzalf van jouw min heeft wonderen verricht.'

Opgelucht namen de meisjes afscheid van elkaar.

'Kus ik Matteï van jou?' Bella gaf de blozende Catharina een veelbetekenende knipoog.

Als in trance bleef Catharina nog lang in haar zetel nagenieten. Het kreupele bastaardkind van Filips de Goede voelde zich het gelukkigste schepsel ter wereld.

VIII

Augustus 1447

et was half augustus en het beloofde een bloedhete dag te worden. Van vroeg in de ochtend heerste er een grote bedrijvigheid aan het hof.

Naar jaarlijkse gewoonte werd de Orde Van het Gulden Vlies met grote luister herdacht. Het was zeventien jaar geleden dat de Orde, ter gelegenheid van Filips' huwelijk met Isabella van Portugal, werd opgericht.

Volgens de kerkelijke instanties verwees 'het Gulden Vlies' naar de sage van Jason en zijn Argonauten. Zij moesten een gouden ramsvacht, het zogenaamde Gulden Vlies, bemachtigen. Maar er werd ook een veel sappiger verhaal verteld: de hertog zou bij deze naam gedacht hebben aan 'het poesje van Marie van Crombrugghe'. Zij was een van Filips favoriete minnaressen en gezegend met prachtig goudblond haar.

Het mooie weer zou een extra dimensie geven aan de feestvreugde.

Hoewel de hertog zelf heel sober leefde, hield hij van extravagante festiviteiten. Hij betrok het gewone volk mee in die weelde. In de Brugse straten waren fonteinen neergezet die witte en rode wijn spuwden. Elke burger kreeg de hele week lang gratis brood en gebraad, en Filips deelde met gulle hand aalmoezen uit. Hoffelijk en vriendelijk trad hij iedereen tegemoet, van de eenvoudigste burger tot de hoogste edelman.

Die ochtend had de hertog zijn kamenier geboden een bad voor hem klaar te maken en zijn mooiste tuniek klaar te leggen. Verwachtingsvol keek hij door het venster op de binnenplaats.

Le grand Duc was zich bewust van het belang van deze grote dag.

Tegen valavond verwachtte hij een selecte groep gasten voor een uitgebreid feestmaal in de burcht.

Onder hen bevonden zich de dertig ridders van de Orde, met *le Bon* als grootmeester aan het hoofd. Het waren mannen van hoge adel en uitgekozen voor hun moed, dapperheid en discipline: nooit mocht een ridder van het Gulden Vlies voor de vijand wijken, ook niet als de toestand hopeloos was en tot de dood kon leiden.

Een legertje bedienden was druk in de weer met het verslepen van vaten bier en bakken voedsel van de binnenplaats naar de keuken.

Daar deelde de grootkok met brullende stem bevelen uit.

'Pierre, waar ben je in godsnaam mee bezig? Die kip moet geplukt worden en niet in stukken gereten!' Verschrikt liet de jongen het gevogelte uit zijn handen vallen.

'Onnozele snotaap!' brieste de kok hem toe. 'Denk je dat we de hele dag tijd hebben? Er ligt nog een berg kippen en fazanten op je te wachten.'

Geïrriteerd richtte hij zich tot een andere jongeman die in een grote pot roerde.

'Jacques, laat die soep voor wat ze is en help dit stuk ongeluk met het plukken van de vogels.'

De kok veegde het zweet van zijn gezicht. Het was nog maar ochtend en ze hadden nog heel wat werk voor de boeg.

Hij smeerde enkele hazenruggen in die de dag voordien waren gestroopt en in stukken verdeeld. Bij haas hoorde een exquise saus waarvoor het braadvocht werd opgevangen en in een grote ketel gesmoord met rundsbouillon en een scheut wijn. Nadien werd er een hoop broodkruim aan toegevoegd om de saus aan te dikken.

Geërgerd keek hij op. 'Waar is het brood?'

'Pierre, rep je naar de bijkeuken en vraag aan meneer Benoit waarom het brood nog niet geleverd is. Die verdomde broodmeester ook.'

Benoit Dalmeijer had zesenveertig assistenten onder zich om de broden te kneden, te bakken, en uiteindelijk aan te snijden in la chambre ducale[8].

Toch slaagde hij er niet eens in een tiental broden op tijd in de keuken af te leveren.

Uitgeput zeeg de grootkok op een krukje neer.

Intussen gaf kanselier Rolin, in een andere uithoek van het paleis, bevelen aan de kamerknechten van Filips.

Le Bon was net opgekleed door zijn persoonlijke kamenier en stond op het punt te vertrekken naar de hofkapel.

Tot zijn grote ergernis merkte Rolin dat de hertog geen hoofdtooi droeg.

Het moest meneer Duval ontgaan zijn monseigneur de sierlijke *bourrelet* op het hoofd te zetten.

De kamenier was intussen verdwenen dus sprak Rolin de knechten aan. Het kon immers niet dat Filips met onbedekt hoofd de kapel zou betreden.

Ongeduldig stond *le Duc* aan de deur van het voorvertrek te wachten.

'Haast je, Rolin, ik heb geen tijd te verliezen, dit is een zeer belangrijke dag.'

De kanselier plooide zich dubbel: 'Vergeef me, excellentie, maar dit is toch een onmisbaar attribuut.'

Nicolas Rolin was de beste medewerker van Filips en de enige man in wie de hertog honderd procent vertrouwen had. Hij had een stuurs en grillig karakter, maar tegenover monseigneur was hij nederig en gedienstig.

Op zijn teken zette een van de knechten de lange lierepijp als een tulband op het hoofd van de hertog.

Samen gingen ze op weg naar de hofkapel. Daar werd gebeden voor het zielenheil van de hertog. Zelfs de abt bad elke dag om vergeving van Filips' zonden.

Aan de feestelijke herdenking van de Orde ging eerst een plechtige mis vooraf die bijgewoond werd door de hertogelijke familie.

Le Duc stond erop dat iedereen te biechten ging en had daarvoor bisschop Aldenburg als biechtvader uitgenodigd.

IX

enuwachtig verliet Marie-Ange de kapel. Ze vond het haar plicht elke ochtend de mis bij te wonen, maar het had eindeloos lang geduurd.

Over enkele minuten verwachtte meneer Dentale haar in de feestzaal en dat haalde ze nooit op tijd.

Bryant Dentale wilde de muziek voor het feest met haar bespreken. Hij was als *grand-maître de l'Hôtel* de eindverantwoordelijke van elke feestelijke gebeurtenis die aan het hof werd georganiseerd.

De voorbije weken had ze verschillende keren met de muzikanten van de Italiaanse groep geoefend. Het harpsextet was voor haar van ondergeschikt belang geworden.

Totaal in de ban van de zwoele, exotische muziek van het theatergezelschap had ze deze vreemde klanken in notenschrift proberen vast te leggen en te verweven met de Nederlandse polyfonie. Ze wist dat de uitvoering adembenemend zou worden en keek vol ongeduld uit naar het feest.

Nu het bijna zover was, keerde haar maag zich om.

Ze liep de feestzaal in, die plaats bood aan meer dan driehonderd personen, en keek verrukt om zich heen: ontelbare tafels waren neergezet.

Een vaatwerk van bestek en glazen schitterde als goud en zilver in de eerste zonnestralen. De eretafel stond enkele treden hoger en was overkoepeld door een met gouden borduursel afgeboord baldakijn.

Aan weerskanten van de zaal waren twee reusachtige luchters opgehangen. Ze draaiden om hun as en weerkaatsten zich in de spiegels die tegen het plafond waren aangebracht.

De zaal was versierd met blauwe en witte linnen banden en de muren waren bekleed met kostbare wandtapijten.

Ze schrok van een opgezet hert dat aan de ingang was neergezet. Uit de muil van het dier liep een straal vloeistof. Voorzichtig doopte ze er haar vinger in. 'Hmmm... kruidenwijn, heerlijk...'

'Ah, vrouwe, daar bent u, net op tijd, zou ik zeggen. Kom, laat ons even plaats nemen in de erker hiernaast.'

Dentale troonde haar mee naar een uithoek van de zaal en ze vleide zich neer op het zachte kussen van een bankje aan het venster.

'Vrouwe, laat ons even de avond doorlopen. Daar vooraan, achter de tafels, is de plaats waar uw *musique de la chambre* zich dient op te stellen. Met de muziek van uw harpsextet verwelkomt u de genodigden en u blijft spelen tot elke gast aan tafel zit en de hertog zijn intrede doet.'

'En de Italianen dan, monsieur? Ik heb weken met hen geoefend en het is toch nodig...'

'Laat me uitspreken, vrouwe', onderbrak Dentale haar.

'Als het banket in volle gang is en er al heel wat drank is geschonken, komen de zigeuners erbij. Tussendoor kunt u dan zelf aan de hertogelijke tafel plaatsnemen. Het grote bal later op de avond zal opgeluisterd worden door de *musique de la chapelle*, dus vanaf dan bent u vrij van uw verplichtingen.'

Ze bedankte de hofmeester en verliet de zaal. Als haar optreden met het theatergezelschap pas op het einde van het banket plaatsvond, had ze toch de kans om aan het feestmaal deel te nemen. Opgelucht ging ze naar haar kamer. Een beetje platte rust zou haar deugd doen. Ze had immers nog ruim de tijd om zich op te maken voor het feest begon.

In een gestage stoet arriveerden de genodigden. Ze werden aangekondigd door een heraut die met luide stem hun namen declameerde.

Dienaren liepen heen en weer om de gasten van het nodige te voorzien. Op elke plaats werd een ronde, dikke homp brood gelegd.

De sommeliers en hun hulpjes schonken bourgogne en rhônewijn in prachtige drinkbekers uit. De bekers waren voorzien van noppen en glasdraad.

Marie-Ange was blij dat ze, dankzij het advies van de minstreel Jean de la Court, alleen maar eenvoudige chansons hoefde te brengen. Zo kon ze haar aandacht bij haar muziekgroepje houden en tegelijk ook regelmatig een blik werpen in de zaal.

Daar kwamen net de ridders van de Orde aan. Ze werden met trompetgeschal verwelkomd, het teken om de harpisten tot stilte te manen.

De Vliesridders gingen gekleed in prachtige, goudrode tunieken. Daarover droegen ze een wijde purperen mantel waarop kentekens van het Gulden Vlies geborduurd waren. De kappen van de ridders leken op reusachtige rode schelpen.

Rond hun hals droegen ze een gouden ketting.

Ze wist van Filips dat deze ketting symbool stond voor de Orde en ze kende de details uit het hoofd: de ketting bestond uit tweeënvijftig schakels met het Bourgondische vuurslagmotief. Onderaan had je de afbeelding van een kleine gouden ramsvacht met kop en poten, door een ring gehaald.

De ridders werden gevolgd door vier officieren[9] en door de buitenlandse bondgenoten.

De leden van de Orde zetten zich aan tafel en werden onmiddellijk bediend.

Pages knielden met een schaal voor hen neer en goten met een kan water uit over hun handen. Rond de hals van de pages hing een fijne handdoek en met grote zorg depten ze hiermee de handen van de ridders.

Geïrriteerd draaide Marie-Ange zich om. 'Wat een komedie, tijd voor een vleugje achtergrondmuziek.'

Ze wilde de aanzet geven voor een nieuw chanson toen opnieuw luid trompetgeschal weerklonk.

Daar stond Anton[10], *le grand-bâtard de Bourgogne*. De lievelingsbastaard van Filips was met zijn zesentwintig jaar een knappe verschijning. Hij was tevens bijdehand, verstandig en uitgekookt.

Ingenomen en zelfzeker betrad hij de zaal en kwam met grote stappen haar richting uit. Sneller dan ze voor mogelijk hield stond hij voor haar en gaf haar een lichte kus op de hand. 'Dierbare nicht, het doet me plezier dat jij de aanvang van dit feest verblijdt met je lieftallige harpmuziek.'

Ze keek op en wilde hem van repliek dienen maar als een wervelwind verdween hij terug de zaal in.

Weerom schalde de trompet. Deze keer lang en krachtig.

De grote, zware gordijnen aan de inkom van de zaal die tot nu toe half gesloten waren, schoven helemaal open. Het teken dat Filips was aangekomen.

Marie-Ange vergat Anton en keek reikhalzend uit naar de hertog.

In volle glorie betrad *le Lion de Flandre* samen met zijn eega Isabella van Portugal de grote feestzaal.

Adembenemend keek ze toe. Wat zagen ze er majestueus uit!

De zwarte kleding van Filips was van de fijnste stof gemaakt en Isabella droeg een schitterend gewaad. In het satijnweefsel zat gouddraad en op het kleed zelf waren lelies en andere bloemsoorten geborduurd.

Op haar hoofd droeg ze een sierlijke *henin*. De punthoed was misschien al wat uit de mode maar zij droeg hem met zoveel gratie dat het leek of ze de allernieuwste hoofdtooi aan het hof introduceerde.

Isabella was klein van gestalte, vergeleken met de vrouwen van de Nederlanden, maar Marie-Ange moest toegeven dat ze een prachtige verschijning was.

Achter hen volgde Karel[11], de veertienjarige zoon van Filips en Isabella. Hij was de halfbroer van Anton en graaf van Charolais.

Karel droeg een zwartfluwelen tuniek met pofmouwen en zijn grijze puntschoenen staken mooi af tegen een nauwsluitende broek.

Zijn intrede in de feestzaal deed menig vrouwenhart sneller slaan.

Als wettige zoon van Filips was hij erg in trek bij de jonge vrouwen aan het hof. Daarbij was hij vriendelijk en attent maar ook roekeloos en zonder vrees. Het verleende hem de bijnaam 'de stoutmoedige', en het maakte hem bijzonder populair.

Marie-Ange lachte stilletjes. Ze kon het goed met Karel vinden, hij lag haar nauw aan het hart.

Statig schreed Filips met vrouwe Isabella verder door het gangpad naar het hoofd van de hertogelijke tafel.

Met een korte knik werden de genodigden begroet en sierlijk zette het echtelijke paar zich neer op de imposante koninklijke zetels.

Het teken voor haar om zelf aan te schuiven voor het diner.

Ze wilde zich net een weg banen tussen de tafels, toen de groteske figuur van Coquinet met bruut geweld tegen haar aan tuimelde. Verontwaardigd keek ze naar de dwerg die grijnzend voor haar op en neer sprong.

'Coquinet, dwaas, ga uit de weg.'

Een wit gezicht met felrode lippen en zwart aangemaakte wenkbrauwen staarde haar met een grimas aan, maakte een buiteling en belandde voor haar voeten.

'Edele dame', knarste zijn stem, 'wat hebt u de harp betoverend bespeeld.'

De dwerg had zich als nar verkleed en zag er burlesk uit in zijn strakke broek en wambuis. Zijn jak was gestreept in rode en gele kleuren en zijn broekspijpen hadden elk een andere kleur.

Een bulderend gelach steeg op uit de zaal en ze voelde een rode blos over haar wangen trekken. 'Laat me met rust, Coquinet', siste ze fluisterend.

Hij negeerde haar en zwaaiend met zijn narrenstok draaide hij zich om naar het publiek. 'Edele dames en heerschappen, laat ons het banket inzetten met een vreugdevol lied.'

Zijn scepter draaide in het rond en de belletjes aan zijn zotskap rinkelden mee met de beweging van zijn hoofd.

Nu de dwerg zich van haar had afgekeerd, ging Marie-Ange er vlug vandoor.

Ze vond nog een vrij plekje naast Catharina. Wat een geluk dat haar nichtje aan haar had gedacht.

Catharina zag er opvallend mooi uit: ze droeg een amberkleurig kleed dat met kleine edelstenen was bezet. Haar gouden lokken waren ingevlochten en hoog opgestoken zodat de fijne gelaatstrekken helemaal tot hun recht kwamen.

Hier moest een bijzondere reden voor zijn die Marie-Ange graag te weten wilde komen. Dankbaar kuste ze haar nichtje en opgelucht nam ze plaats aan tafel.

Coquinet bleef met zijn grappen en grollen de mensen vermaken tot kanselier Rolin opstond en met ferme pas op hem afstevende.

'Zot, zo is het wel genoeg, verdwijn!'

De dwerg keek verschrikt en huppelde naar de eretafel waar hij zich bij Isabella, zijn meesteres, voegde.

De hofmeester klapte kort en krachtig in de handen en een rij lakeien betrad de zaal.

Met grote schotels op hun schouders serveerden ze de eerste gang.

Een page boog voor Marie-Ange en legde een mengsel van gepelde kastanjes en gekookte eieren met een stukje varkenslever op het bord van droog brood voor haar neer.

Deze dis werd een *subtil brouet d' Angleterre* genoemd en stond bekend als een echte delicatesse.

Ze nam een hapje maar het smaakte haar niet.

Die ochtend had ze in de kapel tot God gebeden dat haar minnaar Antoine de Croy na het feest haar slaapvertrek zou bezoeken.

Onrustig ging haar blik door de zaal. Waar bleef hij toch? Ze had nog geen glimp van hem opgevangen.

Zachtjes stootte ze haar nichtje aan. 'Cath, weet jij misschien waarom de heer de Croy niet aanwezig is? Hij is toch een Vliesridder en ik zou denken dat...'

Catharina lachte zachtjes. 'Bedoel je jouw *amant* Antoine?'

Maries mond viel open.

'Trek niet zo'n gezicht Marie, ik weet al lang dat jullie geliefden zijn, ik heb toch ogen in mijn hoofd. Schaam je liever dat je mij zo weinig vertrouwt dat je er nooit iets over hebt gezegd.'

Catharina boog zich naar haar toe. 'Vader heeft me verteld dat meneer de Croy naar Engeland is vertrokken, meer weet ik er ook niet van.'

Marie-Ange voelde zich gekwetst. 'Antoine heeft mij niks laten weten, maar jij bent op de hoogte?'

'Waarschijnlijk heeft hij de kans niet gehad, Marie. Kom, laat ons van deze avond genieten.'

Marie-Ange keek Catharina met een brede glimlach aan. 'Je hebt gelijk, Cath, bedankt.'

Catharina kon haar nichtje niet in de ogen kijken. Het was haar al dikwijls opgevallen hoe naïef Marie-Ange was. Zelf had ze haar bedenkingen bij Antoine de Croy. Ze vond hem een meedogenloze man en het zou haar niet verbazen als zijn liefde voor Marie-Ange gespeeld was. Maar ze kon het niet over haar hart krijgen haar nicht hierover aan te spreken.

De pages kwamen met kleine kommetjes water langs om de handen van de gasten te verfrissen en af te drogen met linnen handdoeken.

Een bel rinkelde luid. Daar kwamen de dienaren al met de volgende gang.

'Excellentie, mag ik u de *gigot de mouton*¹² presenteren?' zei de grand-maître met luide stem.

Marie-Ange zag hoe Anton met vieze vingers een stuk lamsbout in de saus op zijn homp brood dopte. Het vet droop uit zijn mond. Hij spuwde een stuk vlees uit over tafel en maakte zijn tanden schoon met de punt van zijn servet.

Intussen nam de minstreel Jean de la Court tegenover de hertogelijke tafel plaats en zette een ballade in op zijn luit.

De derde gang werd gepresenteerd: hazenrug met spek, pepertjes, peterselie en komijn.

Dit was haar lievelingsgerecht, maar ze kon er niet van genieten. Waar was Bella? Ze had er al lang moeten zijn.

Nog maar twee gangen te gaan voor ze samen met de Italianen het podium moest betreden. Waar bleven ze toch?

Plots werd de zaal muisstil. Alle hoofden draaiden zich gezamenlijk naar de grote hal.

Nieuwsgierig keerde ook Marie-Ange zich om. Wat ze aanschouwde, tartte elke verbeelding.

Daar stond Bella. Zelfzeker en trots betrad ze de zaal. Monden vielen open, mannen en vrouwen keken als betoverd naar haar excentrieke verschijning.

De witte blouse die haar fijne schouders ontblootte, stak fel af tegen haar bronzen huid. Haar soepele karmozijnrode rok met aangenaaide heupdoek was van een dunne stof en had een inzet van kant aan de zij.

Grote gouden ringen sierden haar oren en een vurig rode hoofdsjaal hield haar weelderige zwarte haar in bedwang.

Marie-Ange zag dat Bella blootsvoets was, op een kleine enkelketting na, die zachtjes rinkelde bij elke stap die het meisje zette. Lichtvoetig, bijna zwevend danste ze het podium op en keek uitdagend in het rond.

Marie-Ange merkte hoe de afgunstige blikken rondom haar Bella bijna van het podium bliksemden.

De spanning in de feestzaal was te snijden. Ze kreeg het onbehaaglijke gevoel dat ze deze jonge vrouw zou moeten beschermen. De jaloezie en intriges, eigen aan dit hof, zouden Bella het leven behoorlijk lastig kunnen maken.

Als om haar gedachten te bevestigen werd de stilte plots doorbroken. 'Bravo, bràvo, bravissimo', klonk het met luide stem.

Le grand Duc richtte zich op van zijn troon en begon enthousiast in de handen te klappen. Uitgelaten en met twinkelende ogen bleef hij Bella toejuichen.

Marie-Ange schoot in de lach. Wat een potsierlijke vertoning! Het optreden was nog niet eens begonnen. Wist hij zelf wel hoe belachelijk hij zich maakte? Met ingehouden adem keek ze van Filips naar zijn eega.

Langzaam stond Isabella van Portugal op. Ze wierp een minachtende blik op haar echtgenoot en keerde zich naar Bella: 'Kind, waar zijn je muzikanten? Of denk je dat je hier alleen je kunstjes kunt opvoeren?' Het venijn droop van haar stem.

'*Mi scusi*, vrouwe', zei het meisje met een zwierige buiging en klapte licht in haar handen.

Als uit het niets verschenen de muzikanten vanachter het zware gordijn.

Trots keek Marie-Ange hen aan. Ze herkende Franca, Matteï en Luigi. Breed lachend en met fiere pas kwamen ze binnen. Wat zagen ze er weer prachtig uit.

Franca droeg een goudkleurig hesje en een lage, losse broek die een deel van haar buik bloot liet. Ze had een olijfgroen sjaaltje rond de hals gewikkeld. Vurig rode lippen accentueerden de donkere huid en het korte krulhaar was glanzend zwart. Haar blote voeten staken in kleurige slippers.

Franca liep brutaal door de zaal en sprong lenig het podium op.

De mannen droegen over hun lange hemden een open vest met een schouderriem waaraan een buidel was vastgemaakt. Kleurige pofbroeken staken in rijlaarzen die klepperden op de stenen vloer.

Falco wierp haar een charmant kushandje toe en voegde zich bij Bella en de anderen. Luigi nam zijn lier en zette langzaam enkele akkoorden in. Met heldere stem zongen Bella en Franca een lied. Dat was de aanzet voor Matteï om met zijn hoge, krachtige tenor, in te vallen.

Marie-Ange zuchtte diep. De muziek voerde haar mee naar zwoele, exotische oorden.

Weldra was het haar beurt om met haar trouwe harp deze ontroerende klanken nog een extra dimensie te geven.

Ze verwijderde zich van de hertogelijke tafel en ging stil op weg naar het podium.

X

atharina was in vervoering.

Ze had de minachtende blikken van hertogin Isabella achter zich gelaten en was volledig in de ban van de klanken die alleen voor haar bestemd leken.

Matteï's ogen hadden de hare gevonden. In gedachten reisde ze met hem naar een plek waar liefde en tederheid hen vasthield en nooit meer zou loslaten: ergens tussen hemel en aarde waar ze elkaar beminden.

Haar lichaam werd warm en koud tegelijk en haar hart leek het uit te schreeuwen: Matteï!

'Catharina, kijk me aan! Waar zit jij in hemelsnaam met je gedachten! Het Italiaanse gezelschap heeft het podium al verlaten.' Marie-Ange schudde haar nicht stevig door elkaar tot ze eindelijk weer tekenen van herkenning gaf.

'Mijn God, je leek wel mijlen ver weg', sprak Marie-Ange ontzet.

Catharina schrok op en keek verbaasd om zich heen. 'Waar zijn de Italianen naartoe?'

Ze voelde tranen achter haar ogen prikken.

'Ik begrijp het al. Je zoekt Matteï, de broer van Bella, is het niet? Rustig maar, Cathi, ze kunnen niet ver weg zijn.'

Het feest bereikte zijn hoogtepunt. Marie-Ange keek zoekend om zich heen. 'Daar bij de fontein staan Bella en Franca. We zullen Matteï wel vinden.'

'Hoor ik hier mijn naam?' Met een zwierige beweging sprong de Italiaan voor hen.

'Als jullie zo goed willen zijn me te verontschuldigen. Ik wil Bella even bedanken.' Met die woorden liet Marie-Ange de twee jongelui achter. Glimlachend bedacht ze dat ze haar nichtje geen uitleg meer hoefde te vragen. Het was overduidelijk waarom het meisje zich voor deze gelegenheid zo had opgemaakt.

Verlegen en met haar ogen naar de grond gericht fluisterde Catharina: 'Je hebt een prachtige stem.'

Teder draaide Matteï met zijn hand haar gezicht naar zich toe en glimlachte breed.

'Je hebt me betoverd, Catharina. Jammer genoeg kan ik nu niet langer blijven. Ik zou je graag weerzien.'

'Jullie lijken elkaar wel gevonden te hebben. Nog nooit heb ik mijn broertje zo stralend gezien.'

Bella voegde zich bij hen.

'De plicht roept me terug naar het kamp. Dat geldt ook voor jou, Franca, kom je mee?'

Met een laatste liefdevolle blik nam Matteï afscheid van Catharina.

Slecht gehumeurd slenterde Franca Matteï achterna. Ze benijdde Bella die juist vandaag niet van dienst was.

Gelukzalig keek Catharina Bella aan: 'Gebeurt dit werkelijk? Zeg me dat ik niet droom.'

'Op de liefde', kwam Marie-Ange tussenbeide. Ze hief haar beker hoog in de lucht.

'Op de liefde', herhaalden Catharina en Bella in koor.

Hun bekers klonken luid tegen elkaar en de drie vriendinnen schaterden het uit.

Enkele uren en vele bekers wijn later genoten de meisjes nog steeds van elkaars gezelschap.

'Ik stel voor dat we hier weggaan.' Marie-Ange keek zenuwachtig om zich heen.

'Hebben jullie ook in de gaten hoe vrouwe Agnes en haar clan ons begluren? Ze zijn vast weer iets van plan, ik vertrouw het niet.'

Bella keek Marie-Ange vragend aan.

'Je hebt al gemerkt, Bella, hoeveel jaloezie hier onder de vrouwen heerst. Wel, Agnes is een meesteres in het manipuleren. Achter haar vriendelijke lach schuilt een ware intrigante. Hoed je voor haar, ik heb uit verschillende bronnen vernomen dat ze het op jou gemunt heeft.'

Catharina boog zich naar het meisje toe en vervolgde fluisterend: 'Mijn vader houdt van vrouwelijk schoon, dat is zowat zijn grootste zwakte. Iedereen wil zoveel mogelijk in zijn gunst staan. Ze profiteren ervan om hem te verleiden en misleiden en elkaar onderling zwart te maken om toch maar hoger in aanzien te komen. Ze zouden het niet verkroppen als jij zijn aandacht te veel zou trekken.'

'Wat vindt zijn vrouwe, de hertogin daarvan?' reageerde Bella.

'Zij? Ze is wellicht de grootste manipulator van de hele bende, ze zet iedereen tegen elkaar op en misbruikt haar macht. Een goede raad, Bella: mijd haar zoveel je kunt!'

'Anderzijds is Isabella ook een trotse en intelligente vrouw. Ze kent het karakter van haar echtgenoot en zolang de dames in kwestie geen bedreiging voor haar vormen, laat ze de escapades van Filips oogluikend toe.'

Marie-Ange keek nog eens rond. 'Laat ons hier weggaan', herhaalde ze nogmaals. 'Als ik nog maar denk aan de priemende blik die de hertogin op Bella wierp, slaat de angst me om het hart.'

Ze richtte zich tot het meisje: 'Je hebt een uitzonderlijk talent en dat is ook Filips niet ontgaan. We moeten voorzichtig zijn.'

Marie-Ange griste een karaf wijn van de tafel en samen liepen ze de feestzaal uit.

'Niet zo vlug, nicht', riep Catharina haar na. Met een verontschuldigende blik zette Marie-Ange enkele stappen terug en haakte haar arm in die van haar nichtje.

Uitgelaten en vrolijk kwebbelend wandelden ze door het labyrint van gangen de binnenplaats op.

Al gauw voelden de drie vrouwen zich door de drank prettig beneveld.

Toen Bella al zingend en vol bravoure een Italiaanse verleidingsdans bracht, konden Marie-Ange en zelfs Catharina niet blijven stilstaan. In het begin wiegden ze zachtjes mee op het ritme van de sensuele muziek. Bella voerde het tempo op door sneller en sneller met haar tamboerijntje op de heupen te slaan. De dans werd wild en opzwepend.

Om Catharina mee te laten genieten sloegen de vrouwen hun armen rond elkaar en huppelden, terwijl ze Catharina optilden, al lachend in het rond.

'Ik voel me vrij.' Catharina schreeuwde die woorden de nacht in.

'Helaas, meisjes, ik kan niet meer, ik ben uitgeput', hijgde ze. Ook de vele wijn eiste zijn tol.

Met z'n drieën zetten ze zich op een houten bankje naast de hooischuur. Marie-Ange hing half over haar nichtje heen en Bella zat aan de andere kant, haar arm rond Catharina's middel geslagen.

Marie-Ange stond op en rekte zich uit. 'Hoog tijd om naar bed te gaan', zei ze geeuwend.

'Deze schuur lijkt mij geschikt om een tukje te doen.' Bella opende de krakende deur van de schuur en liet zich op een baal hooi vallen. 'Kom er toch bij liggen, het slaapt zacht.'

'Het is ons ten strengste verboden hier te komen.' Marie-Ange voelde zich als oudste verantwoordelijk. Ze wilde niet dat ze betrapt werden.

'Ik denk niet dat ik nog de kracht heb om tot in mijn kamer te geraken', wierp Catharina tegen.

'Waarom ook niet', lachte Marie-Ange opgewekt. 'Als we zorgen dat we tegen het ochtendgloren in onze kamers zijn, kunnen we dit riskeren.'

Ze kroop dicht tegen Bella en Catharina aan, legde zich in het midden en sloeg haar armen rond hen heen.

Catharina glimlachte gelukzalig. Samen met haar nichtje had ze in Bella een gelijkgezinde gevonden. Dromerig sloot ze haar ogen. Ze dacht aan de knappe Matteï en aan wat hij tegen haar had gezegd. Al was ze dan kreupel, hij wilde haar weerzien!

Met die gedachte viel ze, intens gelukkig en tussen de andere meisjes, in een diepe slaap.

DEEL II

1447-1448

I

Brugge
eind augustus 1447

et zomerde intens in Vlaanderen. De hitte hing zinderend in de lucht.

De hofdames verkozen de koele vertrekken van het paleis.

De Italianen, gewend aan de warmte, werkten van zonsopgang tot op het heetste moment van de dag. Daarna verfristen ze zich en hielden ze een siësta. Hun opdracht in het Bourgondische Rijk liep alvast tot de volgende zomer. Als het de hertog beviel, zouden ze nog minstens een jaar aan het hof verblijven.

Bella had zich net gebaad in een grote kuip die de mannen in de schaduw van een grote eik hadden geplaatst.

Ze zette zich op een boomstronk en leunde met haar hoofd achterover om de zonnestralen door het bladerdek op te vangen. Nona oliede haar lange golvende haren om ze tegen de droogte te beschermen. Een heerlijk aroma van lavendel en jasmijn vulde de lucht.

Alessia lag languit op een sprei van katoenen doeken naast haar en wachtte haar beurt af. Bella bekeek het meisje aandachtig. Ze was gegroeid, haar borstjes waren als muggenbeetjes zichtbaar door haar kanten bloes. Binnenkort zou ze haar maandstonden krijgen. Bella voelde een steek in haar borst. Zelf was ze elf jaar toen haar borsten zichtbaar werden. Ze werd twaalf en toen dertien en toen ze volledig ontwikkeld was, had ze nog steeds niet gemenstrueerd. Nona bereidde allerlei drankjes, zocht kruiden die zouden kunnen helpen om haar menstruatie op gang te brengen, maar het baatte niet. Een bekende heelmeester in Perugia werd er bij gehaald. Zelfs hij kon geen oorzaak vinden voor het uitblijven van haar maandelijkse bloedingen. Het lukte hem niet het probleem op te lossen. Bella bleek onvruchtbaar. Het was een troost te weten dat ze de last van het bloeden en de pijn die daar vaak mee gepaard ging, niet moest ondergaan. Gelijktijdig besefte ze dat ze nooit kinderen zou baren, en dat was een kwelling voor haar.

Ze probeerde er niet bij stil te staan en veegde de traan die uit haar oog glipte snel met haar hand weg.

Er waren vijf maanden voorbij sinds hun aankomst. Bella voelde zich eindelijk thuis in Vlaanderen. Er bloeide een mooie vriendschap tussen haar, Catharina en Marie-Ange. Zelfs Franca leek zich te verzoenen met de innige band die de drie meisjes hadden. Zij genoot op haar manier van de twee bijzondere dames die ze *bijoux* noemde.

Bella, gedrevener dan ooit, probeerde de moeilijkste acrobatische trucjes onder de knie te krijgen. Het was hard werken, van 's morgens vroeg tot vaak middernacht.

Ook haar nichtje Alessia leek zich inmiddels goed thuis te voelen. Van de kwalijke slangenbeet was er, behalve een klein litteken, niks meer te zien. Bella genoot ervan haar nichtje te zien evolueren in dans en acrobatie. Ze had op korte tijd veel bijgeleerd. Alessia was werkelijk een talent, bijna geniaal. Ze doet het beter dan ik op die leeftijd, dacht Bella trots. Het vroeg veel van hun krachten maar dat werd ruim gecompenseerd door de bewonderende blikken van een tevreden publiek.

Het Vlaamse volk lag aan hun voeten. Zelden hadden ze zulke enthousiaste toeschouwers gehad.

Emilio, Bella's vader, voelde zich als hoofd van het gezelschap helemaal in zijn nopjes. Hij genoot van het respect en het aanzien van het volk, maar bovenal was hij trots dat de hertog zelf hen op handen droeg.

Het leverde het gezelschap, afgezien van het feit dat ze makkelijk contacten legden binnen het paleis, ook andere voordelen op. Ze werden heel goed betaald en hadden nooit iets tekort. Ook kregen ze toegang tot de hertogelijke stallen. Emilio en Matteï kregen zelfs de gelegenheid om hun eigen paarden te kruisen met nieuw, koninklijk bloed.

Onlangs had Filips een Arabische volbloedhengst uit het oosten geïmporteerd. Het dier was een pronkstuk, een juweel tussen de andere paarden. Zowel Karel de Stoute als Anton, de bastaardzoon van de hertog, deden hun best om de nieuwkomer op zijn gemak te stellen. Tot beider ongeloof had Filips aan Emilio en Matteï de opdracht gegeven om deze hengst zadelmak te maken.

'Vader, deze volbloed geef je toch niet uit handen aan dit stelletje onbenullen!' reageerde Anton woedend, maar Filips bleef bij zijn standpunt.

'De Italianen kunnen als geen ander omgaan met paarden. Het lijkt wel of ze hun taal spreken. Als ze dit tot een goed einde brengen, mogen ze hun merries laten bevruchten door deze hengst.'

'Dat meen je niet! Vader, ik zweer je dat je hier spijt van krijgt', had Anton luid vloekend geroepen en was er stampvoetend vandoor gegaan.

Bella raakte in de ban van een grote zwarte hengst die toebehoorde aan Karel de Stoute. Het dier straalde van pure schoonheid en kracht. Zijn zwarte vacht schitterde als een pas geslepen diamant. Bij elke beweging strekten de spieren zich stoer maar toch elegant.

Bella vertoefde vaak bij de koninklijke stallen die maar een boog-scheut verwijderd waren van de grote schuur waar de gezellen hun eigen paarden hadden gestald.

Op een ochtend, toen ze nog even langs wilde lopen om de machtige hengst te bewonderen, bleef ze geschrokken aan de toegangspoort staan. Een jongeman, die ze vaag herkende als Karel, zadelde zijn hengst op. Eerst dacht Bella dat er nog iemand aanwezig was in de stal. Tot ze merkte dat Karel tegen zijn paard sprak. Ze lachte binnensmonds, dit had ze niet verwacht van een kille hoveling. Voorzichtig sloop ze wat dichterbij, tot ze op hoorafstand stond. Haar hart bonsde zo luid dat ze dacht dat Karel het zou horen. Snel vergat ze haar eigen opwinding bij dit ontroerende tafereel.

'Ah, beste vriend, wat ben ik trots op je', hoorde ze Karel zeggen. 'We zullen die benen van jou eens laten strekken. Ben jij ook toe aan een...'

'Wat krijgen we hier... een spionne!' Een man sprong van achter de staldeur tevoorschijn. Het was Anton, de bastaardzoon van Filips. Hij greep Bella bij het haar en sleurde haar naar Karel toe.

'Laat me los, verdomde idioot. Wie denk je wel dat je bent? Laat me los of ik schop je in elkaar.' Bella schold en schopte in het rond.

Verbaasd maar ook geamuseerd door het gedrag van het meisje

kwam Karel tussenbeide.

'Laat haar los, Anton. Zie je niet hoe boos je haar maakt?' Karel kon een lach niet bedwingen.

'Je vindt het blijkbaar nog grappig ook dat je bespioneerd wordt', antwoordde Anton geërgerd. 'Ik zal nog eens moeite voor je doen.'

'Doe dat vooral niet meer Anton, dankjewel', vervolgde Karel grijnzend. Anton maakte zich uit de voeten terwijl hij Bella minachtend aankeek.

'Vertel eens, meisje, wat brengt jou hier?'

Bella, anders zo bedreven met woorden, wist niet wat te zeggen. De warmte van Karels stem en de kracht die hij uitstraalde, deden haar verstommen.

'Ik... ik kom vaak hierheen... voor het paard. Voor dit paard. Het is het mooiste dier dat ik ooit zag.'

Terwijl ze dit zei voelde ze hoe de wereld rond zijn as draaide. Even leek ze weg te glijden van deze aardbol, maar algauw kwam ze weer terug toen zijn sterke warme hand haar schouder raakte.

'Voel je je wel goed, meisje? Je zult wel erg geschrokken zijn van die bruut. Anton kan nogal heftig uit de hoek komen, maar volgens mij ben jij ook geen katje om zonder handschoenen aan te pakken.'

De warme hand trok plots weg en koude overviel haar.

'Het spijt me, heer Karel, zoals ik al zei was ik op weg naar het paard. Toen zag ik jou en bleef ik kijken. Je bent lief met het dier, het doet me denken aan mijn eigen volk. Wij praten ook met onze dieren, we houden van ze en respecteren ze. Daar krijgen we veel vriendschap voor terug.'

Karel voelde hoe de haren op zijn huid overeind kwamen. Het meisje beroerde hem. Hij had haar al een paar keer bewonderd tijdens een van haar optredens. Nu stond ze vlakbij hem en merkte hij eens te meer hoe aantrekkelijk ze was. Haar stem klonk als een melodie in zijn oren en ook wat ze zei liet hem niet onverschillig. Met haar vader en haar broer had hij al kennisgemaakt. Voor Matteï koesterde hij veel bewondering. De jongeman had talent en hij bleek ook erg joviaal.

'Zin om mee een ritje te gaan maken?' vroeg hij Bella impulsief.

Hoewel Bella meer dan wat ook zin had om op dit voorstel in te gaan, kon ze zijn aanbod niet aannemen.

'Heel graag, heer Karel, maar mijn broer verwacht me. We hebben nog een heleboel werk, maar als je wil kan ik me morgen, heel vroeg, wel vrijmaken.'

Het was eruit voor ze het besefte.

'Goed, dan verwacht ik je morgen bij zonsopgang aan de stallen', antwoordde Karel kort terwijl hij zijn paard de sporen gaf.

Zand stoof de lucht in, de grond daverde onder haar voeten. Bella bleef hem nastaren tot hij uit het zicht verdwenen was.

Morgen bij zonsopgang hier aan de stallen, mijmerde ze. Ik vraag het paard van Matteï en daag Karel uit voor een nek-aan-nekrace. Hij zal het zwaar te verduren krijgen. Matteï's paard heet niet voor niks *Pilota veloce*[13].

Ze kon niet wachten tot het zover was.

'Dacht je zo snel van me af te raken, wilde kat!'

Antons zwaard tegen Bella's borst maakte abrupt een eind aan haar fantasie.

'Hé... Wat heb ik jou in hemelsnaam misdaan? Ben je helemaal gek geworden? Laat me toch met rust', riep ze kwaad.

De druk van het zwaard duwde Bella verder achteruit tot ze met haar rug tegen de houten poort stond. Anton sloot haar met beide armen in, ze kon geen kant meer op. Ze verzette zich en wrong zich in allerlei bochten om tussen zijn armen door te geraken.

'Laat me gaan, man, wat is er met je? Wat wil je van me?'

Anton bekeek haar met boosaardige spot.

'Ik wil je hier aan de stallen nooit meer zien, heb je dat begrepen?' Hij had zijn vuist nu om een lok van haar haren gedraaid en hij trok haar hard naar zich toe. Zijn lippen raakten haast de hare.

Ze gilde het uit en schopte hem zo hard in zijn kruis dat hij zijn greep wel moest lossen. Bella zette het op een lopen. Ze rende de ziel uit haar lijf en durfde pas om te kijken nadat ze haar eigen terrein had bereikt. Anton was niet meer te zien.

Het was duidelijk dat er iets met Bella aan de hand was. Ze deed haar werk niet naar behoren en stond vaak voor zich uit te staren, een gelukzalige glimlach om haar mond. Franca durfde haar vriendin er niet over aan te spreken. Wat als het meisje haar iets zou vertellen wat ze niet wilde horen?

Die ochtend besloot ze het raadsel zelf op te lossen. Geruisloos sloop ze Bella achterna toen die in de vroege uurtjes de woonwagen verliet. Franca's ademhaling versnelde toen ze Bella in de richting van de stallen zag gaan en haar enkele minuten later op Matteï's paard zag wegdraven. Ze holde er achteraan terwijl ze zich verschuilde in de schemer van de ochtend.

Op een kleine heuvel verderop stond het silhouet van een ruiter. Hij stond Bella op te wachten. Franca kon niet zien wie de ruiter was maar één ding wist ze nu wel zeker: Bella was verliefd.

Ze wilde zo snel mogelijk te weten komen wie de man in kwestie was. Ze zou niet wachten tot Bella het haar vertelde. Zenuwachtig liep ze naar de stallen en verborg zich achter het opgestapelde hooi. Na wat voor haar uren leek, hoorde ze eindelijk hoefgetrappel. De ruiters kwamen dichterbij, hielden halt aan de stal en stegen af. Ze hoorde stemmen en herkende die van Bella. Plots vielen hun woorden stil en was er alleen nog het dieper worden van hun ademhaling. Voorzichtig, zonder geluid te maken, kwam Franca van achter het hooi tevoorschijn. Alle kleur trok uit haar weg toen ze zag dat het Karel was die Bella hartstochtelijk op de mond kuste. Bella kreunde en ging volledig op in zijn liefkozingen. Tranen welden op in Franca's ogen. Wat moest haar vriendin met de zoon van de hertog? Die bekakte lui konden haar gestolen worden. Deze keer leek het geen onbeduidende vrijage. Ze kende haar Bella door en door. Zou ze haar geliefde verliezen aan deze man?

Twee weken lang kreeg Franca amper een hap binnen. Ook slapen lukte haar niet. Uren lag ze wakker met een bang hart, denkend aan het moment dat ze zou afgewezen worden.

Franca slaagde er niet langer in de spanning voor zich te houden en besloot Bella te confronteren met de woede en het verdriet die haar hart verscheurden. De momenten die de meisjes gewoonlijk bij elkaar doorbrachten, gingen nu naar Karel, zodat ze nog zelden samen waren.

Bella merkte niet hoe zwaar Franca hier onder leed, zozeer was ze door de liefde gebeten.

Franca's hoofd bonsde en haar oren gonsden alsof ze midden in een zwerm bijen zat. Toen ze zich op haar zij rolde, stootte ze tegen Bella aan. Haar hand gleed onder de deken en betastte Bella's borsten. Bella kreunde en nestelde zich tegen haar vriendin.

'Ik weet het van jou en Karel, Bella', fluisterde Franca. 'Waarom heb je het me zelf niet verteld? Ben je verliefd op hem?'

Franca schraapte haar keel. 'Bella, waarom doe je mij dit aan? Je hebt me beloofd dat dit jou nooit zou overkomen. Zeg me dat ik me vergis, dat het niet waar is. Ik wil jou niet delen, en zeker niet met iemand zoals hij.'

'Stttt, Franca, wees toch stil, het is midden in de nacht.' Bella verlegde zich.

'Is dat alles wat jij daarop te zeggen hebt?' Franca's stem brak en woedend sloeg ze met haar kussen op Bella's hoofd.

'Stop daarmee, Franca. Straks wordt iedereen wakker. Kom, trek iets aan, dan gaan we naar buiten.'

Rillend stond Franca in het licht van de volle maan. Bella keek ontzet naar het magere lichaam van haar vriendin. Hoe kon het dat ze dit niet gezien had? Ze nam Franca bij de hand en trok haar mee op de grote steen die als zitbank diende.

Het bleef een tijdlang stil, tot Bella eindelijk sprak. Met een krop in de keel stamelde ze: 'Franca, je hebt gelijk, ik ben verliefd. Het is me overkomen, liefje, ik had nooit gedacht dat dit zou kunnen gebeuren. Ik houd van Karel, hij maakt me compleet, bij hem voel ik me vrouw. Het spijt me echt dat ik je dat niet eerder verteld heb.'

Franca kromp ineen bij die onthulling. Ze wenste vurig dat ze Bella verkeerd begrepen had.

'Maar jij, liefje,' ging Bella verder, 'jij blijft voor mij de allerliefste vriendin die ik me wensen kan. Wees dus niet boos op me. Er hoeft niks te veranderen tussen ons. Jij bent mijn liefdesvriendin, voor altijd.'

Ze nam Franca in haar armen en zoende haar lang en teder op de mond.

'Jouw zoete lippen, je warme lichaam naast het mijne in bed. Geloof je echt dat ik dat zou willen missen? Ik heb je de laatste tijd verwaarloosd en dat spijt me verschrikkelijk. Het zal niet meer gebeuren, Franca, dat beloof ik je. Karel vertrekt morgen naar Frankrijk. Ik verzeker je dat ik niet vaak bij hem zal kunnen zijn.'

'Bovendien is hij de zoon van de hertog en zeker geen partij voor jou', dacht Franca voldaan.

Ze voelde zich opgelucht dat ze eindelijk over Karel had durven praten. Het zou haar veel leed hebben bespaard als ze dat eerder had gedaan.

'Laat ons naar binnen gaan, Bella, ik heb honger.'

'Er staat nog melk, brood en honing. Ik zal ervoor zorgen dat je gauw weer aansterkt. Ga morgen met me mee naar het paleis, het gezelschap van Catharina en Marie-Ange zal je deugd doen.'

Tevreden gaf Franca zich over aan de goede zorgen van haar vriendin.

Nona had die nacht nauwelijks een oog dichtgedaan. Ze had de meisjes horen kibbelen en voelde onheil in de lucht. Haar kleindochter gedroeg zich vreemd de laatste dagen.

Ze herkende de symptomen. Zou het iemand uit het gezelschap zijn? Dat was wat Nona vurig wenste, maar haar hart wist beter. Bella was duidelijk smoorverliefd, en niet op iemand van hen. Dit was om problemen vragen en dat konden ze best missen. Nona probeerde zichzelf te troosten met de gedachte dat Bella wel vaker een avontuurtje had met een man, en dat Franca haar grote liefde was. Maar de ruzie van afgelopen nacht bevestigde wat ze diep vanbinnen wist. Deze keer was het anders.

'Ik zal vanmiddag weer een uurtje langer wegblijven', had Bella haar eerder op de dag gezegd.

Het werd tijd dat ze met het meisje praatte, maar eerst zou ze Matteï uitvragen.

Ze vond de jongen terwijl die bezig was enkele stevige touwen te knopen.

'Aha, Nonaatje, kom erbij zitten. Wat nieuws?'

'Dat kwam ik jou eigenlijk vragen, jongen. Wat is er met je zus? Ik herken haar niet meer, volgens mij is er een man in het spel.'

'Natuurlijk is er een man in het spel, Nona, daar is toch niks verkeerds mee?'

'Weet jij wie het is, Matteï? Het bezorgt me slapeloze nachten. Ik heb haar hier al vaak zien rondlopen met een man. Het is iemand van het hof en hij schaamt zich niet om zomaar rond de woonwagens te hangen.'

'Je bedoelt Anton, de zoon van *le Duc*. Hij heeft Bella een keertje bedreigd toen ze bij de koninklijke stallen stond, maar onze Bella heeft zich niet laten doen. Wat hem betreft hoef je je geen zorgen te maken, Bella kan haar mannetje wel staan. Intussen lijken ze wel met elkaar te kunnen opschieten, hoewel er voor Bella geen sprake is van verliefdheid. Die Anton daarentegen lijkt wel een grote boon voor haar te hebben, hij is niet bij haar weg te slaan en hij is er niet blij mee dat haar hart naar een ander uitgaat.'

Matteï kon een grijns niet onderdrukken.

'Ja, daar begint de miserie al. Had ik het niet gedacht. Matteï, jij weet toch ook dat er niks goeds komt uit een verliefdheid met iemand van die stand. Ik voel het in m'n oude botten. Dit komt niet goed.'

Bedrukt liep Nona weg. Met pijn in het hart dacht ze terug aan haar eigen passionele jeugdliefde aan het Franse hof.

'En dan weet je nog niet wie de gelukkige is op wie Bella haar zinnen heeft gezet', grijnsde Matteï zachtjes, toen Nona buiten gehoorsafstand was. Het was beter dat zij dat nog niet te weten kwam. Nona wist net als hijzelf maar al te goed dat er geen toekomst was weggelegd voor zijn zus met de troonopvolger van Filips. Matteï was er van overtuigd dat ook Bella verstandig genoeg was om dat te beseffen.

'Dat ze maar van elkaar genieten zolang het kan. Ooit komt de dag dat Bella ook een man voor het leven zal vinden.'

Glimlachend dacht hij aan zijn geliefde Catharina.

Matteï liep op een drafje naast de hengst, stopte plots onverwacht en keerde zich om. Onmiddellijk daarop draaide het paard zich met een sierlijke beweging om en kwam in galop opnieuw naast de jongeman lopen. Die floot tussen zijn tanden en de Arabische volbloed kwam abrupt tot stilstand. Opgehitst bleef het dier ter plaatse trappelen.

'Wat een prachtige hengst. Nooit zag ik zoveel gratie en kracht tegelijk. Wanneer probeer je hem te berijden?'

Emilio keek met ontzag naar Matteï. Hij werd zelf ooit paarden-fluisteraar genoemd omdat hij een paard zijn wil kon opleggen. Toch had hij nooit gekund wat hij zijn zoon zojuist zag doen. De jongen leek dat paard wel te betoveren. Zacht fluisterde hij het iets in het oor en als bij wonder zag Emilio hoe het dier leek te grijnzen. Het trok de lippen naar boven en hinnikte daarbij genoeglijk.

'Over een paar weken is het zadelmak, vader, dat garandeer ik je. Had jij ooit durven dromen dat we toestemming zouden krijgen om dit paard te kruisen met onze merries?'

Emilio genoot van Matteï's enthousiasme. Toch bezwaarde het hem als hij dacht aan de bastaardzoon van de hertog die afgelopen nacht bij de stallen rondhing. Hij zou zweren dat het Anton was die aan het hek van de volbloed stond. Gelukkig had hij de indringer verjaagd. Vanaf nu zou hij dag en nacht waken over het dier tot het terugkon naar zijn meester.

II

p het einde van de zomer was de rust eindelijk weergekeerd in het paleis.

Marie-Ange zat met enkele hofdames in haar voorvertrek. Ze voelde zich uitgeput en lusteloos.

Het feest van de Orde had meer dan een week in beslag genomen. Gedurende acht warme augustusdagen hadden steekspelen en eetmalen elkaar afgewisseld. Alle dagen verliepen volgens hetzelfde patroon: van de steekbaan ging het naar de feestzaal, waar hovelingen en genodigden aanschoven voor het zoveelste overvloedige banket.

De hertog had in het midden van de zaal een naakt vrouwenbeeld laten plaatsen. Uit de borsten spoot hypocras[14].

De herinnering aan de uitwerking van deze opwekkende drank, ontlokte een glimlach op Marie-Anges vermoeide gezicht. Naar goede gewoonte waren de hovelingen keer op keer zo dronken geworden dat ze Filips eender wat hadden beloofd: de ene zou nooit meer op een zaterdag uitslapen, een andere zou nooit meer wijn drinken.

Le Duc, die sober in eten en drinken was, had vol leedvermaak naar zijn ondergeschikten geluisterd.

Elk banket werd afgesloten met een dansfeest dat tot in de ochtenduren had geduurd.

Marie-Ange ondernam meerdere pogingen om na middernacht stilletjes te verdwijnen, maar altijd was er wel een edelman die haar ten dans vroeg. Die augustusweek was ze nauwelijks in haar slaapvertrek geweest.

Ze hield van de dagelijkse toernooien, van de pracht en praal van dit schouwspel en van de kracht die de ridders uitstraalden. Na een korte, vermoeiende nacht gaf het naderende steekspel haar telkens nieuwe energie. Ze had vooral uitgekeken naar de *joute*, waarbij twee ruiters elkaar uit het zadel probeerden te lichten. Het kwam er voor dit onderdeel van het toernooi op aan te winnen en zo de show te stelen om in de gunst van de dames te komen.

Ze rekte zich uit en legde haar borduurwerk opzij. Onmiddellijk veerde een van de hofdames recht.

'Marie-Ange, is alles in orde? Is er iets wat...'

Ze legde haar met een korte knik het zwijgen op. 'Alles is goed, Maria, ik heb alleen wat beweging nodig, laat me nu maar even.'

Het irriteerde haar hoe deze dames elkaar in het oog hielden. Ze verwijderde zich van het gezelschap en wandelde naar het open raam.

Met een warm gevoel dacht ze terug aan de laatste dag van het feest. De belangrijkste toernooivechter van Filips was op een prachtig strijdros naar de eretribune gereden. De ridder was een knappe verschijning en ze had haar blik niet van hem kunnen losmaken.

In gedachten verzonken verliet Marie-Ange het voorvertrek, opende zachtjes de deur van de muziekkamer en zette zich comfortabel achter de harp.

Zodra haar vingers de snaren raakten, verdween de wereld rondom haar. De heldere klanken voerden haar terug naar het strijdtoernooi en ze beleefde die zwoele zomerdag opnieuw.

Met een korte groet vroeg de toernooiridder aan de hertog de toestemming om te spreken. Marie-Ange dacht dat hij vrouwe Isabella zou aanspreken, maar hij richtte zich tot haar.

'Edele vrouwe, u bent waarlijk een engel en uw muziek beroert menig hart. Mag ik daarom zo vrij zijn dit steekspel aan u op te dragen en u verzoeken deze met goud geborduurde wimpel ter ere van mijn overwinning te dragen?'

Sprakeloos gaf ze een kort knikje en drapeerde het stukje stof rond haar pols.

Na een saluut wendde de ridder zijn paard en stelde zich op aan het begin van het veld. Het paard was prachtig versierd met een lang dekkleed dat ook de kop bedekte. De lans stak in een steunhaak aan de rechterzijde van zijn borstpantser en de stompe punt was nauwkeurig gericht op het schild van zijn tegenstander.

Marie-Ange herkende zijn tegenstander niet, maar voor ze zich daar druk in kon maken, hief de wapenkoning Jean Le Fèvre zijn herautsstaf op. De trompetten gaven het sein voor de aanval. De geharnaste strijders troffen elkaar midden in het schild van de ander. De lansen braken en allebei wankelden ze in het zadel. Ze vochten om hun evenwicht te hervinden. De ridders toomden hun paarden in en keerden onder het gejuich van de toeschouwers naar het begin van de baan terug.

Opnieuw hief Jean Le Fèvre zijn staf en de tweede ronde begon. Op het moment dat de paarden van draf in galop gingen, kruisten ze elkaar en zag ze hoe haar ridder, herkenbaar aan de rode veer op zijn helm, zijn lans tegen de helm van zijn tegenstander stootte. Die viel van zijn paard en werd snel uit de arena weggevoerd.

De trompetten schalden opnieuw en haar favoriet kwam als overwinnaar naar de eretribune gereden. Hij maakte een korte buiging en wendde zich tot Filips de Goede. 'Mijn heer en meester, als overwinnaar van dit steekspel vraag ik uw toestemming om vrouwe Marie-Ange tijdens de avondfestiviteiten te vergezellen.'

Le Duc keek haar met een lachje aan en wendde zich tot de ridder. 'Het zal mij een eer zijn', sprak Filips hem plechtig toe.

Marie-Ange keek verschrikt op en het tafereel voor haar ogen spatte als een zeepbel uit elkaar. Een hevig kabaal had bruusk haar dromerij verstoord.

Ze liet de harp los en draaide haar gezicht naar de deur. Wat was er nu weer aan de hand?

Met een zucht stond ze op. Kon ze die mooie avond met haar toernooiridder maar herbeleven. Uiteindelijk had hij haar met het grootste respect behandeld en was het een passionele nacht geworden. De ridder was er ook in geslaagd haar voor even Antoine de Croy te doen vergeten.

Antoine, haar minnaar, was al sinds de aanvang van de festiviteiten in het buitenland en ze had nog steeds niks van hem vernomen. Zou hij haar vergeten zijn? Resoluut zette ze die gedachte van zich af, hij hield echt van haar, daar was ze zeker van.

Ze keek uit over de binnenplaats die door de avondzon werd verlicht. Het tumult in het voorvertrek klonk nu zo luid dat ze Liliane woedend tegen een andere hofdame hoorde uitvaren: 'Maria, hoe durf je mij daarvan te beschuldigen. Neem die woorden onmiddellijk terug of ik ga dit melden aan de gemalin van de hertog.'

Vermoeid keerde Marie-Ange zich van het venster af. De feestdagen hadden veel van haar krachten gevergd. Ze had nauwelijks nog energie over en nu zat ze ook nog opgescheept met een troep verwende vrouwen. Het waren net kleine kinderen. Gehaast liep ze naar het voorvertrek.

'Dames, waar zijn jullie manieren. Een edelvrouwe hoort zich zo niet te gedragen.'

Ze ging naast Liliane zitten en keek haar vragend aan. Die keek met een kwade blik terug. 'Ik hoef jou niets te zeggen, mevrouw de harpiste, jij krijgt zoveel privileges dat ik je voor geen haar vertrouw.'

Rustig stond Marie-Ange op.

'Goed, het is toch de hoogste tijd voor het avondmaal. Mag ik jullie verzoeken mijn vertrekken te verlaten. Bedankt voor jullie gezelschap.' Ze sprak de woorden kalm en gedecideerd uit maar voelde een rilling van onrust over zich heen trekken. Toen ook Maria het voorvertrek wilde verlaten, hield ze haar tegen en raakte zacht haar schouders aan. 'Kun jij me zeggen wat dit zojuist te betekenen had?'

Ontzet keek Maria haar aan. 'Ik kan hierover niets zeggen, vrouwe...'

Het gezicht van Marie-Ange vertrok, ze schoof een stoel bij en nodigde Maria uit om zich naast haar te zetten.

'Hou op met dat 'vrouwe', Maria, we zijn hier onder elkaar. Als er in mijn kamers een onderling dispuut tussen jullie ontstaat, is het alleen maar gepast dat mij verteld wordt waarover het gaat.'

Maria verschoof zich ongemakkelijk op haar stoel. 'Vrouwe... Marie-Ange, ik weet niet hoe ik het moet zeggen... Het gaat over dat vreemde meisje, dat meisje uit die Italiaanse groep, de groep die hier sinds de lente zijn intrek heeft genomen.'

'Bella? Bedoel je Bella? Wat is er dan met haar?'

Onzeker keek Maria haar aan. 'Ze zeggen... ze zeggen dat ze een heks is. Een tovenares die elke man betovert. Tenminste, dat zegt Liliane. En die praatjes gaan rond in heel het hof. Ik zei haar daarnet dat ik het ongepast vond dat ze zulke dingen over die zigeunerin verkondigt...'

Marie-Ange snoerde haar de mond. 'Zij is geen zigeunerin, maar een jonge vrouw die met het theatergezelschap van haar familie de wereld rond reist.'

De onrust die ze voordien had gevoeld kwam nu eens zo hevig opzetten. 'Het is goed dat je mij dit hebt toevertrouwd. Ga nu maar.'

Maria liep naar de deur maar draaide zich plots om.

'Nog één ding. Liliane heeft deze roddels gehoord van vrouwe Agnes. Ik hoef je niet te zeggen wat dit betekent. Een goede avond, vrouwe, en tot weldra.'

De eerste zonnestralen zetten het Prinsenhof in een gouden gloed. Het beloofde opnieuw een stralende dag te worden.

Marie-Ange sloop door de tuinen van het kasteel. Ze hoopte de residentie ongemerkt te kunnen verlaten. Een wandeling door de Brugse straten, zonder het gekwebbel van ergerlijke hofdames, zou haar deugd doen. Aan de poort van de Moerstraat stonden maar enkele wachters. Die kon ze gemakkelijk met een smoes rond haar vingers draaien.

Opgewekt liep ze de Moerstraat uit, langs de reien, op weg naar het Minnewater. Dat meertje was een betoverende plek.

Enkele zwanen scheerden kwetterend over het water. Ze wierp hen de korsten brood toe die ze die ochtend in haar buideltas had gestopt.

In de verte hoorde ze de klokken van het Belfort het begin van de werkdag inluiden. Ze versnelde haar pas om voor de ochtenddrukte in de hallen onder de toren te zijn.

Ze had Catharina beloofd uit te kijken naar enkele mooie stoffen voor een nieuw gewaad.

De rest van de ochtend bracht Marie-Ange op de markt door.

Toen de drukte overweldigend werd, baande ze zich snel een weg naar buiten.

De zon stond al hoog aan de hemel, het was tijd om terug naar de residentie te gaan.

Toch voelde ze de drang om de majestueuze Onze- Lieve-Vrouwekerk

III

Brugge
september 1447

oquinet sloop stilletjes de kamer binnen. Onopvallend kroop hij in een hoek en keek toe hoe Catharina's dienster het dienblad met de zilveren bekers plechtig voor zich uit hield.

'Voor uw gasten, vrouwe.' Lichtjes boog de dienstmeid in de richting van Catharina. Het was druk in de kamer. Niet alleen waren de twee Italiaanse meisjes er, ook Marie-Ange en een van haar gezelschapsdames, de dwergvrouw madame d'Or.

Madame d'Or kwam het kreupele meisje om raad vragen.

Het dienstmeisje reikte het dwergvrouwtje een beker aan, maar die was druk in gesprek met Marie-Ange en ze negeerde de meid.

'Madame, wilt u uw dorst niet lessen?' drong de dienster aan.

'Geef maar aan mij, ik verga van de dorst.' Brutaal trok Franca de beker uit haar handen.

'Wat een onbeschaamdheid!' Diep geschokt trachtte de dienstmeid de beker opnieuw te pakken te krijgen. Franca ontweek haar grijpende handen, zette snel de beker aan haar mond en goot hem in één teug achterover.

De dienster werd lijkbleek en keek in paniek de kamer rond, op zoek naar een glimp van Coquinet. Ze zag hem nog net de kamer uit glippen en liep hem zonder één woord te zeggen achterna.

'Wat bezielt haar?' lachte Bella vragend. Ze nam een andere beker en schonk zichzelf in.

'Wedden dat die dwaas van een Coquinet hiermee te maken heeft?' klaagde Catharina. 'Hij grijpt werkelijk elke kans om bij me in de buurt te komen. Gisteren nog betrapte ik hem achter het gordijn in de borduurhoek. Het beangstigt me hoe vaak hij me bespioneert. Die verliefde dwaas lijkt wel bezeten van mij. Helaas valt er weinig tegen te beginnen. Het bazinnetje, je weet wel, houdt hem een hand boven het hoofd.'

'Hebben jullie geen zin in een verzetje?' antwoordde Bella. 'Kom mee met ons, vader gaat Bruno nieuwe kunstjes aanleren. Het zal zeker voor wat afleiding zorgen, Catharina!'

Het was Nona die het meisje vond. Zoals elke ochtend molk Nona de geit en bracht de verse melk mee voor het ontbijt. Voorzichtig stapte ze met de volle tinnen kan naar de woonwagen. Ze had haar doel bijna bereikt toen ze plots tegen iets aanliep, haar evenwicht verloor en daarbij de halve inhoud van de kan over zich heen kreeg.

'*Madre dios!*' riep ze toen ze met moeite haar evenwicht herstelde zodat ze net niet op de grond terechtkwam en de rest van de melk gespaard bleef. Trillend op haar benen herpakte ze zich en toen pas zag ze wat haar bijna de geitenmelk had gekost. Vol ongeloof staarde ze naar het lichaam van Franca dat daar roerloos op de grond achter hun woonwagen lag. Ze draaide het meisje op haar rug en zag dat ze onder het braaksel zat. Witgeel schuim hing rond haar mond. Nona voelde geen hartenklop in Franca's pols. In paniek nam ze het meisje op en droeg haar naar binnen. Ze schrok ervan hoe weinig ze woog.

De oude vrouw herkende de symptomen duidelijk. 'Vergiftiging! Bij alle goden, Franca, hoe kon dat gebeuren? Waarom? Wie heeft jou zoiets aangedaan?'

Nona waste het meisje en trok haar schone kleren aan. Ze begreep het niet, het ingenomen vergif was duidelijk niet iets wat zij zelf gebruikten. Dit was het gevolg van een zware vergiftiging met vingerhoedskruid, bedacht ze. Het witte schuim op Franca's mond deed haar dan weer aan gevlekte schering denken. De gevlekte schering had een catastrofaal, heel pijnlijk effect op het zenuwstelsel, wist Nona. Ze zou achterhalen hoe dit gebeurd was en wie dit op zijn geweten had.

Nu wachtte haar de vreselijke taak Bella in te lichten.

Bella stormde de woonwagen in. Ze vloog op het lichaam van Franca af en drukte het tegen zich aan. 'Franca, word wakker, alsjeblieft! Ik ben het, Bella.' Bella trok Franca overeind en probeerde haar rechtop te zetten. Het meisje viel slap in haar armen. Ze wilde haar opnieuw opheffen maar het lichaam van haar vriendin zakte in elkaar. Bella kermde het uit. Uitzinnig van verdriet drukte ze zich tegen Franca aan. Nona hield op een afstand haar kleindochter in het oog. Ze wilde haar de kans geven om afscheid te nemen en haar verdriet de vrije loop te laten.

Toen na een tijd het snikken stopte, kwam de grootmoeder dichterbij en zag dat Bella in slaap was gevallen, de armen rond het meisje geklemd. Ze liet haar nog een tijdlang liggen en maakte haar dan voorzichtig van Franca los.

Bella werd wakker. 'Nee, Nona, laat me met rust. Ik wil dood, ik ga met Franca mee.'

Bella's stem stokte, haar keel leek schuurpapier, ze dacht dat ze zou stikken.

'Stop daarmee, mijn kind.' Nona was kordaat.

'Nu is het aan jou om opnieuw te kiezen voor het leven of om stilletjes weg te kwijnen. Besef wel dat je Franca op die manier niet terugkrijgt en dat je haar daar evenmin plezier mee zou doen.'

Nona wilde haar kleindochter koste wat het kost helpen.

'Ik ga dit grondig uitzoeken, Bella, en o wee diegene die hier verantwoordelijk voor is. Waar heeft Franca de afgelopen uren uitgehangen? Ik moet onze mensen dringend waarschuwen niks meer te eten of drinken dat niet door onszelf bereid is.'

Bella barste opnieuw in snikken uit.

'Nu moet jij voor twee leven, Bella. Franca zou niet anders gewild hebben.' Die woorden raakten het meisje diep. Ze droogde haar tranen, zette zich naast haar vriendin en keek naar het levenloze lichaam. 'Lieve Franca, vanaf vandaag neem ik jou met me mee.'

Bella ademde diep in. Het was alsof de ziel van Franca met die ene ademteug in haar vloeide. 'Vanaf nu zal ik door het leven gaan als Bella-Franca, jij zult voor altijd bij mij zijn.' Een gevoel van diepe vrede overspoelde Bella. Ze was nu Bella-Franca en ze zou die naam voor de rest van haar leven waardig dragen.

IV

atharina hoorde van haar min over de tragische dood van Franca. Het had haar diep geraakt.

Franca was vergiftigd, zoveel was duidelijk. De meisjes waren tot de vaststelling gekomen dat de vergiftiging in Catharina's kamer was gebeurd.

Marie-Ange herinnerde zich nog levendig hoe Franca de beker die bestemd was voor madame d'Or, had leeggedronken.

Bella was ervan overtuigd dat iemand de dwergvrouw had willen vergiftigen en dat Franca in haar plaats gestorven was.

Catharina geloofde steevast dat Coquinet hier achter zat. Hij had haar dienstmeid voor zijn kar weten te spannen, dat was in het verleden wel vaker gebeurd, maar nooit viel er iets te bewijzen. Nona en Mina maanden de meisjes aan zich verder niet met de zaak te bemoeien, het zou hen alleen maar in gevaar kunnen brengen.

Catharina kon met moeite haar ogen openhouden. Vanaf de noen had ze zich in de erker van haar kamer voor het open raam geïnstalleerd. Ze genoot van de laatste warme zonnestralen op haar huid en ze was vastbesloten een ingewikkeld borduurwerk af te werken. Zo vergat ze de tijd. De avond viel al vroeg op deze late septemberdag. De kille herfstlucht was haar voor en drong pijnlijk in haar stramme botten. Catharina sloot het raam. Vermoeid strekte ze haar stijve ledematen en sleepte zich naar haar bed.

'Vrouwe, er is iemand voor u, ze zegt dat ze een afspraak heeft voor *het oog*.'

'Laat haar nog even wachten in de voorplaats, Ik waarschuw je meteen als ik klaar ben', riep Catharina bits. Kon ze dan nooit met rust gelaten worden?

Uitgeput nam ze een slokje van de versgemaakte kruidenthee en zette zich wat comfortabeler tussen de kussens die haar kamermeisje zonet had opgeschud. Zoals steeds lag de schapenvacht warm onder haar.

Door de krachtige werking van de kruiden werden haar gedachten meegezogen naar het verleden en mijmerend dacht ze terug aan die eerste keer. Amper tien jaar was ze toen die indringende ervaring haar hele leven veranderd had. Het was de pijn, de soms ondraaglijke pijn die alles in gang had gezet. Ze kon het zich nog levendig herinneren.

Het was begonnen met een knagend gevoel, dat als een zeurend kind aan haar been bleef trekken. De rek- en ontspanningsoefeningen die Mina haar had aangeleerd, brachten geen soelaas. Ze voelde zich vreemd en ijl. Het leek alsof haar bewustzijn zich had losgemaakt van haar lichaam.

Plots merkte ze dat ze niet meer in haar eigen kamer was, maar in de muziekkamer van Marie-Ange. Ze dacht dat ze gek werd.

Ze merkte een vrouw op die geknield voor de grote harp van haar nicht zat. Haar nieuwsgierigheid won het van haar angst en behoedzaam stapte ze naar haar toe.

Catharina zag hoe de vrouw nerveus om zich heen keek terwijl ze de schroeven van de harp losmaakte.

Geschokt keek Catharina toe. Niemand, maar dan ook niemand, mocht de geliefde harp van haar nichtje aanraken. Dit instrument was heilig voor Marie-Ange.

'Wil je daar wel eens afblijven!' riep ze woedend. Maar haar stem loste op in de atmosfeer.

Ze stormde op de vrouw af en trok heftig aan haar mouw, maar haar hand gleed door de stof heen. Ondanks meerdere pogingen gaf de vrouw geen enkele reactie.

Plotseling voelde ze zich wegglijden.

De vertrouwde pijn drong zich weer in alle hevigheid aan haar op en met een schok werd ze zich opnieuw bewust van de werkelijkheid.

De vrouw die ze in de muziekkamer had gezien was een van de

lustobjecten van haar vader en een belangrijke harpiste aan het hof. Haar positie veranderde toen Marie-Ange als Filips' hoofdharpiste werd aangesteld.

Had deze vrouw uit afgunst Maries harp gesaboteerd? Was het mogelijk dat iemand zich zo kon verlagen?

Al was het een vreemde ervaring en leek het allemaal onwerkelijk, dit kon ze niet zomaar laten voorbij gaan. Zo snel ze kon liet ze Marie-Ange bij zich komen.

'Catharina, dat kan toch niet, je zult door je pijn gehallucineerd hebben', antwoordde haar nichtje verbaasd.

'Nee, het was echt, geloof me. Even werkelijk als je mij hier ziet staan.

Marie-Ange, ga zo snel mogelijk kijken of je harp nog intact is! Beloof me dat je alles goed zult controleren? Het gaat hier om sabotage, daar ben ik zeker van. Geloof me alsjeblieft.'

'Maak je niet zo druk, Cath. Als je dat echt wilt, ga ik wel kijken. Het komt allemaal goed, neem jij maar wat rust.'

Totaal verbijsterd stelde Marie-Ange vast dat de onrust van haar nichtje niet voortkwam uit haar rijke fantasie of een dagdroom bij het borduren. Catharina's verhaal klopte perfect en was tot in detail juist beschreven: de schroeven van haar harp waren inderdaad losgemaakt. De snaren zouden springen en het komende optreden onmogelijk maken. Dat was wat deze vrouw wilde bereiken.

Samen lichtten ze Filips in over het voorval.

Na een duidelijke confrontatie bekende de vrouw schuld. *Le Duc* moest haar wel straffen, ook al was ze een van zijn favorietes.

Door deze gebeurtenis veranderde Catharina's leven grondig.

Het verhaal deed de ronde en algauw werd duidelijk dat 'het kreupele meisje' een gave had.

Niet alleen de hofdames konden hun nieuwsgierigheid niet bedwingen, ook Filips zelf was plots erg geïnteresseerd. Op een dag stond hij in Catharina's vertrek. Haar anders zo zelfzekere vader richtte zich stotterend tot haar: 'Dochterlief, zou het waar zijn wat er te gebeuren staat? Mogen we oogsten of is de tijd van het zaaien nog niet voorbij? Zeg het me.'

'Wees toch iets duidelijker, vader', antwoordde ze.

Rood aangelopen draaide de Grote Hertog van het westen zich om en beende de kamer uit.

Ze beklaagde haar vader. Zowel door zijn gemengde gevoelens van ongeloof, wantrouwen en nieuwsgierigheid, als door het besef dat haar gave, haar toekomstbeeld de waarheid omvatte, kon hij het niet verdragen op deze manier met haar te praten.

Later die dag kwam kanselier Rolin haar kamer binnen.

'Gegroet, Catharina, ik kom in opdracht van je vader met de volgende vraag. Een van Filips' spionnen is net terug uit het oosten en hij zegt dat de tijd nu rijp is. De schepen zijn klaar, we zijn paraat. Is het waar Catharina? Is de tijd gekomen?'

Catharina vertelde over de coalitie tegen de Ottomanen en welke positie ze hier het best innamen.

Vanaf dat moment stuurde *le Lion de Flandre* regelmatig een van zijn afgevaardigden naar haar.

Zo werd ze, aan haar bed gekluisterd, een groot talent. Ze werd van toen af geconsulteerd voor *het oog*.

Steeds meer mensen vroegen haar om raad en dat bleef niet beperkt tot de hogere klasse. In ruil werden er geschenken gegeven of werd er beloofd dat ze zouden bidden voor haar heil en genezing.

Zuchtend rekte Catharina zich uit. De kruidenthee had haar in deze roes terug naar het verleden gebracht. Ze had hoofdpijn en riep haar kamermeisje om de kussens opnieuw op te schudden. Het meisje herinnerde haar aan de vrouwe die al een hele tijd in de voorplaats wachtte. Catharina rukte zich los uit het verleden. Ze had werk te doen.

'Laat de vrouwe dan binnen', sprak ze het meisje geërgerd toe.

Terwijl de hofdame binnenkwam, ving Catharina nog net een glimp op van Coquinet. De dwerg werkte haar danig op de zenuwen. Waar hij maar kon bespioneerde hij haar om de informatie die zij doorgaf als een schoothondje over te briefen aan zijn vrouwe Isabella. Zou hij er misschien ook een koekje voor krijgen? bedacht ze sarcastisch.

Wat Catharina nog het meest ergerde, was zijn opdringerigheid.

De viezerik raakte haar aan wanneer hij maar kon. Als ze zich door de gangen van de burcht bewoog, sprong hij vaak onverwacht uit een nis tevoorschijn. Hij botste dan bijna letterlijk tegen haar op. Eén keer had hij geprobeerd haar te zoenen. Toen ze hevig tegenstribbelde, kwam hij met het excuus: 'Lieve vrouwe, wij zijn allebei toch anders dan de anderen, wij zijn voor elkaar geboren, zie je dat dan niet?'

Kokhalzend was ze weggestrompeld. Zodra ze haar rug had gedraaid, mompelde ze nog 'vunzige smeerlap'.

Ze voelde de aanwezigheid van de jonge vrouw in haar kamer.

'Vrouwe Hildegard, zet u. Wat kan ik voor u betekenen?'

De vrouw begon aarzelend

'Hoe zal ik het zeggen. Er is iets, met mij, maar ook met iemand anders.'

De vrouwe begon hevig te blozen.

Glimlachend zei Catharina: 'Dat is tamelijk vaag, maar ik heb een klein vermoeden. Gaat het misschien over een liefdeskwestie?'

'Ja... euh... Hoe kunt u dat al zo snel weten? U bent zeer bijzonder, zou u kunnen zien of het positief is?'

'Beste vrouwe, dan zult u me toch wel iets meer moeten vertellen. Hebt u iemand ontmoet en kent u zijn naam?'

'Ik ken de man amper, vrouwe Catharina... Hij is muzikant, heel knap, charmant, en dan zijn stem...'

Nu begreep Catharina waarom deze vrouw zo rond de pot draaide: donker, knap, charmant... Dat moest iemand uit het theatergezelschap zijn. De liefde moest haar sterk in de greep hebben dat ze zich zo durfde te verlagen door dit aan haar te onthullen. Het zou toch niet over Matteï gaan? Nee, dat kon niet. Matteï zou later op de dag naar haar vertrekken komen.

Catharina kreeg het warm bij de gedachte aan hem.

Ze richtte zich terug tot de edeldame voor haar. 'Beschrijf die man eens duidelijker, Hildegard? Ken je zijn naam?'

'Ik ken zijn naam niet, maar hij is breed gebouwd, en heeft lang haar dat hij vastgebonden draagt.'

Oef, het gaat over Guiseppe... de neef van Matteï, dacht Catharina opgelucht.

Ze sloot haar ogen en zoals gewoonlijk kwamen de beelden en gevoelens als vanzelf bij haar binnen. De informatie die ze kreeg was deze keer veel duidelijker. Ze ving zelfs een glimp op van de poortwachter die ze had gezien na het drinken van de kruidendrank van Nona.

Dit moest ze met Bella bespreken.

V

Bella sloot de zware deur voorzichtig achter zich. De gedachten aan de zachte liefkozingen van Karel deden haar opnieuw huiveren van verlangen. Ze rende lichtvoetig de lange eenzame gangen van het paleis door tot ze in het meer bewoonde deel kwam. Catharina's vertrekken waren nu vlakbij.

Dromerig opende ze de deur van de kamer en ze kreeg meteen een rake uitbrander van het kamermeisje. 'Beleefdheid is ook niet jouw sterkste kant. Nooit geleerd om te kloppen? Dat heb je met die wilde...' sprak het meisje sissend tussen haar tanden.

'Buiten jij!' brulde Catharina. 'Laat je vandaag hier niet meer zien.'

'Ach, laat maar, Cath, het wordt een gewoonte. Weet je, ik begin het zelfs leuk te vinden dat ze me hier zo noemen.'

'Misschien moet je de knopen van je kleed maar eens dichtmaken. En je haar, Bella-Franca, dat is ook niet om aan te zien. Het is overduidelijk waar jij gezeten hebt!' lachte Marie-Ange die op Catharina's bed zat.

'Wees toch maar voorzichtig, Bella, de reactie daarnet van de dienster is niet mis te verstaan. Je weet dat Karel enorm begeerd wordt door de dames, zelfs bij het personeel. En geloof me, zowat iedereen in het paleis fluistert dat jij de arme man rond je vingers draait en hem behekst', zei Catharina ernstig.

'Larie! Het kleinste kind ziet toch dat hij dolverliefd is op mij.' Bella draaide in het rond, zwierde verleidelijk met haar heupen.

'Genoeg, Bella. Waar is de kruidendrank?'

'Hier heb je hem, vers gebrouwen vandaag.' Bella reikte het kreupele meisje de beker aan.

De pijn had Catharina de laatste dagen weer stevig in de greep, haar eigen dagelijkse kruidendrank was niet afdoende geweest en ze hoopte dat het drinken van Nona's kruiden haar weer voor enige tijd uit haar lijden zou verlossen.

Maar er was moed voor nodig om deze drank opnieuw te drinken. Het betekende ook hallucineren, verdwijnen, opgeslorpt worden in een onbekende wereld.

'Jij drinkt toch mee van de kruiden?' vroeg ze Bella argwanend. 'Hoe kun je anders aan mijn zijde blijven en op dezelfde plek terechtkomen als waar ik heen zal gaan?'

Hoe bevrijdend het voor haar de eerste keer ook was geweest geen pijn meer te voelen, toch bleef die angstige ervaring in haar geheugen gegrift. Zou het deze keer gemakkelijker gaan?

Bella probeerde het meisje te kalmeren. Ze vertelde Catharina over haar eigen reizen naar *Nevelland*. Het was een wereld die ze goed kende. Zij hoefde er geen kruidendrank voor te drinken. Ze hoefde alleen maar de zeven sluiers die haar van deze wereld scheidden op te roepen en er eenvoudigweg doorheen te stappen. Er was niks beangstigends aan voor haar, maar haar woorden konden Catharina niet helemaal geruststellen.

Die wilde haar nichtje erbij om haar met de klanken van de harp weer naar haar lichaam op het bed te krijgen.

Marie-Ange beloofde bij hen te waken en hen te vergezellen met haar betoverende harpspel.

Catharina beet in haar hand van spanning, bracht dan langzaam de beker naar haar mond, wachtte enkele seconden en dronk hem in één teug leeg. Bevend zocht ze Bella's hand en trok haar naast zich op het grote bed, met de sprei als enige bescherming.

Bella keek vol verlangen uit naar wat komen ging. Rustig sloot ze de ogen en stelde haar geest en hart open voor de reis naar *Nevelland*.

Met een eenvoudig handgebaar opende ze de zeven sluiers die voor haar opdoemden en stapte er vastberaden door.

Voor Catharina was het anders. Zij duikelde kopje onder de duisternis in. Rollend en vallend suisde ze naar beneden door een koker die eindeloos leek. Nu en dan zag ze een paar ogen die haar in het donker begluurden. Net voor ze helemaal zou bezwijken aan een angstaanval, trok de duisternis weg en werd ze omringd door de mooiste kleurschakeringen. Hoe was dit mogelijk? Haar stem weergalmde in de leegte.

Terwijl ze door de ijle lucht gleed, slikte ze en riep met moeite: 'Be-llaaa, Bella-Francaaaa.'

Haar armen werden net vleugels en ze dook pijlsnel naar omlaag. Ze landde plots bij een heldere poel glinsterend water. De poel ging over in een rivier die kronkelend een grot in stroomde. Catharina was overdonderd. Het duurde enkele minuten vooraleer ze bij haar positieven kwam. Net toen ze de energie kon opbrengen om Bella opnieuw te roepen, hoorde ze: 'Catharinaaa.'

Het leek van vlakbij te komen. Uit een dichte nevel doken de contouren van Bella op. Met bonkend hart stortte Catharina zich in haar armen. 'Bella, je hebt me niet in de steek gelaten, hoe kon ik aan je twijfelen.'

Bella drukte het meisje stevig tegen zich aan. 'Wees gerust, Catharina, ik blijf dicht bij jou.'

Ze liet Catharina weer los en begon vreemde keelgeluiden te maken die ze telkens weer herhaalde.

In de verte klonk ritmisch geplens op het water. Een bootje voer op hen af. Het kwam aan de oever toe en een groenachtig wezen stapte uit. Hij stond breed lachend voor hen en stelde zich voor als Prang.

Catharina was als aan de grond genageld. Dit was de man die ze eerder had ontmoet als de poortwachter. Een koude rilling trok door haar heen. Was dit alles dan toch echt gebeurd? Was de klank die Bella maakte misschien de sleutel die ze nodig had om door de poort te geraken? Waren ze werkelijk in een andere wereld of droomden ze dit samen? Maar hoe was het mogelijk dat ze opnieuw droomde over deze vreemde snuiter, deze Prang?

Een luid gelach doorbrak haar gedachtestroom. 'Pas maar op met wat je allemaal denkt, want hier praat iedereen via gedachten.' De poortwachter klopte van plezier op zijn leren broek die met fel gekleurde bretellen werd opgehouden.

Bella kon het niet laten en lachte hartelijk mee.

Prang hielp de jonge vrouwen in zijn bootje en met z'n drieën peddelden ze de rivier af tot ze aan de rand kwamen van iets wat op een oerwoud leek.

Het licht veranderde, de kleuren leken intenser. Alles was onwezenlijk mooi.

Hier nam Prang afscheid van de meisjes en hielp hen uit de boot te stappen.

'Ik zie jullie later', riep hij hen na en hij verdween op het water dat zich plots in een dichte nevel hulde.

Catharina voelde zich niet gerust. Alles was haar vreemd en de angst om te verdwalen overviel haar weer.

'Wees niet bezorgd, Cath, ik ken het hier op mijn duimpje', kalmeerde Bella haar. Ze nam Catharina's hand en samen baanden ze zich een weg door de dikke bladeren van de tropische planten die hoog boven hun hoofden uitstaken.

Na een poos bereikten ze een open plek waar ze halt hielden. Bella haalde diep adem en opnieuw maakte ze een betoverende klank die ijl door het woud galmde.

Als bij wonder verscheen een knappe jongeman in een aura van licht. Toen hij de meisjes zag, fonkelden zijn heldere ogen die omkranst waren door een natuurlijk zwart lijntje dat in de hoeken naar boven krulde. Zijn kastanjebruine haar werd grotendeels bedekt door een groen, vilten hoedje waar zijn puntige oren trots uitstaken.

'Elim!' riep Bella verheugd en ze vloog hem in de armen. 'Elim, mijn lieve, goede, beste elfenvriend. Wat heerlijk om je terug te zien!'

'Elfenvriend?' Catharina trok haar wenkbrauwen op.

'*Nevelland* is het land van de elfen maar net zo goed van trollen, kabouters, nimfen en zoveel meer schoon volk. Kijk goed om je heen, dan zul je hier en daar zeker een van hen achter een struik zien zitten, rond een geurige bloem zien fladderen of ergens aan een tak in een hoge boom zien hangen.'

Elims armen schoten alle richtingen uit. Hij keerde zich opnieuw naar Bella, nam haar bij haar middel en gooide haar over zijn schouder. Hij draaide haar een paar keer in het rond. Catharina schoot spontaan in de lach bij het zien van deze allesbehalve gewone begroeting.

'Het is wel duidelijk dat jullie elkaar kennen', proestte ze na.

'Al eeuwen, mooie edele dame', antwoordde Elim en hij gaf haar een handkus. Zijn stem klonk zacht en melodieus. 'Kom, volg me, ik wil jullie iets laten zien.'

Nieuwsgierig stapten Bella en Catharina achter Elim aan.

Van achter een steen schoot een klein wezen voor hun voeten weg. In het voorbijlopen groette hij hen met een hartelijke glimlach.

Ze kwamen bij een heuvel die ze beklommen. Onder zich zagen ze een groen dal dat vol stond met de mooiste bloemen. Ondanks het feit dat het pad oneffen en steil was, voelde Catharina geen vermoeidheid. Net zoals haar vorige bezoek aan deze wereld zat ze weer in een perfect lichaam.

'Vergeet niet dat dit de niet-dagelijkse realiteit is, Catharina', riep Elim achter zijn rug om naar haar.

De zon stond recht voor hen in het midden van de hemel. Ze bereikten het hoogste punt van de heuvel en gingen op een geriefelijke steen zitten. Catharina keek haar ogen uit. Dit was geen gewone plek, dit was een magische plek.

Telkens als Bella in *Nevelland* kwam, werd ze opnieuw overweldigd door de aantrekking en de schoonheid van deze wereld, die zo anders was dan de hare.

Ook Catharina was sprakeloos. Lange tijd zaten ze zo, Bella, Catharina en Elim. Ze staarden naar de natuur die zich in alle perfectie aan hen toonde. Ze keken naar de schoonheid vóór hen. Die was niet in menselijke termen te beschrijven.

'Zien jullie die pieken voorbij het dal verderop?' verbrak Elim de stilte. 'Daar, in het binnenste van dat gebergte, is het Gulden Vlies verscholen.'

'Het Gulden Vlies?' Catharina was in de war. Ze kende 'de Orde van het Gulden Vlies' en ze was heel verbaasd dat er in deze wereld ook over gesproken werd.

'Binnenkort neem ik jullie mee naar onze elfenkoning, Alberon', antwoordde Elim. 'Ik laat aan hem de eer om jullie uitgebreid over het Gulden Vlies te vertellen.'

Het gebergte schitterde als kristal in het zonlicht. De meisjes keken vol ontzag. Bella worstelde met de vraag of ze dit Gulden Vlies ooit van dichtbij zou kunnen aanschouwen.

'Alleen met je hart kun je het zien. Wat wezenlijk is, is voor de ogen niet zichtbaar', antwoordde Elim.

Daar moest ze het mee doen. Voldaan liet ze zich achterovervallen in het gras, maar ze schoot met een sprong weer recht toen een majestueuze witte eenhoorn het hoofd tegen haar schouder duwde. Geschrokken keek ze op.

'Mara!' riep Bella enthousiast. 'Mijn allerliefste, prachtige Mara.'

Ze omhelsde het paard innig. Deze eenhoorn kende ze heel goed. Maar de komst van het dier betekende dat het tijd was om terug te keren. Terug naar de mensenwereld, naar het bewustzijn van hun lichamen op het bed van Catharina.

Bella keek Elim verdrietig in de ogen. Eén uur in deze wereld betekende minstens enkele uren in hun eigen leven. Ze wist dat hun tijd hier heel beperkt was en dat stemde haar treurig.

'De volgende keer dat jullie hierheen reizen, neem ik jullie mee naar mijn vrienden.'

Elim richtte zich nu tot Catharina: 'Ik zal je dan aan ze voorstellen. Geloof me, ze staan te popelen om jou te zien. We zullen dan ook een bezoek brengen aan mijn leermeester, de elfenkoning Alberon. Hij verwacht jullie persoonlijk.'

Elim nam Bella op, zoende haar teder en gooide haar met een sierlijke zwier op het paard. 'Dag liefje, wees waakzaam in jouw wereld.'

Hij nam ook afscheid van Catharina, hielp haar op de eenhoorn en wuifde de beide meisjes na.

Mara bracht hen in een mum van tijd tot bij de rivier. Daar maakte Bella opnieuw de klanken om de groenachtige poortwachter Prang te roepen. Ze hoefden niet lang te wachten. Al na enkele minuten loste de mist op en zagen ze het bootje dat naar hen toe kwam varen.

Bella streelde Mara's flank en zoende het dier op de zachte vacht. Ze keek dankbaar in de ogen van de eenhoorn en kuste de snuit. 'Dag, lieve Mara, weldra zien we elkaar weer. Het ga je goed.'

Bella werd als eerste wakker. Ze strekte haar ledematen en wreef haar ogen uit. De klanken van de harp brachten haar heel snel terug bij bewustzijn. Bezorgd bekeek ze Catharina die ook langzaam ontwaakte. Die opende aarzelend haar ogen, rekte zich meermaals uit en keek dan vol ongeloof van Bella naar Marie-Ange. Een tijdlang bleef ze ontdaan voor zich uit staren.

Wat ze zonet beleefd had, bracht haar in verwarring, maar het had haar tegelijk ook het gevoel gegeven dat ze werd gekoesterd, bedekt en omhuld. Ze wilde dat die ervaring bleef, dat die zo diep in haar zou doordringen dat ze zich voor altijd in die andere wereld kon wanen, waar ze vrij, zonder pijn en fysieke gebreken kon toeven.

Marie-Ange keek de twee jonge vrouwen vragend aan. Ze waren haar een verhaal verschuldigd.

VI

Oktober 1447

et was moeilijk aandachtig te blijven bij de zoveelste hysterische hofdame die langskwam voor een onnozel liefdesprobleem. Ze slikte het vieze gevoel weg dat in haar naar boven kwam. Deze dames wisten niet wat echt lijden inhield. Ze hadden perfecte lichamen en konden iedere man die ze maar wilden tussen de lakens krijgen. De vragen die ze haar stelden waren ronduit belachelijk. Emoties zoals verdriet waren hen vreemd. Deze vrouwen hoefden niet te rouwen om het verlies van een dierbare. Ze voelde een pijnlijke steek in haar hart. Franca was een zinloze, wrede dood gestorven.

Zenuwachtig beet Catharina op haar nagels. Wat ze nooit had kunnen geloven, kunnen denken of voelen, zou gaan gebeuren. Ze kende Matteï nauwelijks. Hun laatste gesprek was onhandig en stuntelig geweest. Ze hadden vluchtig afscheid genomen na het optreden van zijn Italiaanse groep. Catharina kon zich enkel baseren op wat Bella haar gezegd had.

'Hij wil je beter leren kennen, Catharina, hij beweert dat jij het meisje bent waar hij al zijn hele leven op wacht.'

Was het wel echt? Kon ze het vertrouwen?

Ongeduldig rondde ze het gesprek met de vrouw af. 'Kom volgende week terug, Bernadette, rond dezelfde tijd is goed. Wacht, ik geef je nog deze kruiden mee, ze brengen gemoedsrust.'

Dankbaar verliet de vrouw de kamer.

Catharina kon een sarcastisch lachje niet onderdrukken. Kruiden voor het gemoed, was het leven voor haar maar zo simpel.

Zoals zo vaak proefde ze de bitterheid. Het leek alsof de gal als gif haar lichaam binnendrong. Zou Matteï het echt menen, kon het?

Haar lichaam was verminkt, kon hij voorkomen dat ook haar ziel werd aangetast?

Moeizaam kwam ze overeind uit haar stoel. Te lang zitten deed haar verstramde lichaam geen deugd.

Al had ze nog een zee van tijd, toch raakte ze de onrust niet kwijt. De gedachten bleven door haar hoofd malen.

Henri was ook een man van wie ik kon houden, die ik kon vertrouwen, maar ook hij voelde alleen maar vriendschap voor mij.

Ze kende Henri, de Engelse diplomaat, al heel haar leven. Hij liet nooit na om bij haar langs te gaan telkens als hij voor een opdracht het hof aandeed. Toen ze nog een klein kind was, kwam hij op de rand van haar bed zitten en vertelde stoere heldenverhalen over ridders en draken. Ze zat dan, ineengedoken als een vogeltje in een warm nest, stilletjes te genieten.

Meestal bracht hij cadeautjes mee: echte prinsessenjuwelen of lekkernijen die typisch waren voor zijn thuisland. Ze was vanaf het begin dol geweest op deze liefdevolle man.

Toen haar borstjes tevoorschijn kwamen en haar frêle lichaampje zich langzaam maar zeker ontwikkelde, werd zijn aanwezigheid niet meer zo vanzelfsprekend.

Al besefte ze toen dat ze anders was dan de voluptueuze rondborstige hofdames, ze had nog niet half een idee hoezeer dit haar zou tekenen. Haar tengere, misvormde lijfje met de minieme rondingen kon niet op tegen dat van de wellustige schepsels aan het hof. Het maakte haar het voorwerp van spot, zo erg zelfs dat ze zich hoe langer hoe meer had terugtrokken in haar eigen vertrekken.

Henri was een van de weinigen geweest die nooit liet blijken dat zij anders was. Maar Catharina had haar kinderlijke spontaniteit tegenover hem verloren. Als hij haar kamer bezocht, was ze beginnen te stotteren.

Henri had geen aanstoot genomen aan haar vreemd gedrag. Ze maakte van hem een droomprins die haar uit dit keurslijf kon trekken.

Catharina had deze man voor zichzelf willen winnen, aanraken en beminnen.

Maar wat ze niet geweten had, was dat Henri haar in die mate respecteerde dat hij nog liever zijn hand zou afsnijden dan haar zuivere zieltje te beschadigen. Als hij haar zijn fysieke liefde zou hebben betuigd, had dat gelijk gestaan met het onteren van een heilige plaats.

Elke lustgedachte voor haar kapte hij weg als onkruid.

Voor de arme Catharina had het geleken of hij haar boodschap niet wilde begrijpen. Hij was haar liefdevol blijven toespreken. De ontnuchtering was compleet geweest toen ze op een dag Henri arm in arm met de hofdame Beatrice zag lopen. Erger kon niet. Het was net Beatrice die het zo fijn vond venijnige opmerkingen te maken over Catharina's misvormd lichaam: 'Wie we hier hebben, het kind-meisje dat zich koningsdochter waant.' Of erger nog: 'Moet jij niet in je wieg liggen, lieverd?'

Het waren typische uitspraken. De triomfantelijke lach die ze het meisje over Henri's schouder had toegeworpen, sneed als een dolk in Catharina's hart.

Hieraan terugdenken deed haar huiveren. Hoe kon ze ooit nog iemand vertrouwen? Ze moest een manier vinden om die dwaze gedachten los te laten.

'Louise, vul een warm bad voor me en leg mijn kleed met de ingenaaide edelstenen klaar.'

Intussen legde ze haar mooiste juweel gereed, een diadeem bezet met robijnen. Die zou ze in haar gevlochten haar dragen. Zich zo laten optutten kostte veel moeite, maar Catharina wilde nu niks aan het toeval overlaten.

Het warme bad, dat haar meestal toch een tijdje pijnvrij en rustig maakte, bracht geen heil. Snel spoelde ze zich af en liet zich helpen aankleden. Alleen bij heel bijzondere gelegenheden droeg ze dit zware gewaad, ze wist dat de blauwe kleur van de edelstenen haar ogen mooi deed uitkomen.

Als geen ander kon Louise Catharina's haar invlechten en opsteken. Het mooie gezichtje werd bepoederd, de ogen met kohl aangezet en de lippen roze opgemaakt. Ze voelde zich op haar mooist. Moe maar tevreden legde ze zich nog even te rusten.

De tijd verstreek langzaam terwijl ze stijf als een plank in haar bed bleef wachten.

Eindelijk hoorde ze een zacht geklop.

Met een bibberend stemmetje riep ze: '*Entrez.*'

Toen hij binnenkwam, stokte haar adem. Hoe had ze kunnen vergeten wat Matteï in haar teweegbracht. Dit gevoel was zo overweldigend dat ze in paniek de wollen deken die op het bed lag, over haar hoofd trok.

'Lieve Catharina, ben je daar?' En dan fluisterend: '*Sono così nervoso* – wat ben ik zenuwachtig.'

Catharina kon zich niet bewegen. Haar hart klopte zo hevig dat het haar leek of het gebonk de ganse ruimte vulde. Ze voelde zich wegzinken, haar ziel dreigde te verdrinken in een poel van pijn. Het enige wat ze nog hees kon stamelen was: 'Ga weg, ga alsjeblieft weg.'

Voorzichtig kwam Matteï dichterbij.

Teder trok hij de wollen deken van haar af. Haar kwetsbaarheid ontroerde hem. God, wat zou ik graag de pijn wegkussen uit dat lijfje. Dat was zijn eerste gedachte.

'Lieve Catharina, hier ben ik dan', fluisterde hij terwijl hij haar gezicht voorzichtig in zijn handen nam.

Ze barstte in snikken uit. 'Zie je dan niet wie ik ben? Ik ben kreupel en lelijk, geen enkele man wil me, waarom zou ik jou geloven, waarom?' jammerde ze door haar tranen heen.

Met een salto sprong Matteï op het bed en kwam aan Catharina's voeten terecht. Hij nam ze in zijn warme handen en streelde ze voorzichtig.

'Ik ben een kunstenaar in verschijnen en verdwijnen', sprak hij lachend terwijl hij plots aan de andere kant van het bed stond. 'Waar is Catharina nu?'

Hopla, weer een salto. Matteï stond in de hoek van de kamer. 'Piep, waar is Matteï?'

De jonge acrobaat sprong en huppelde de kamer rond. Hij jodelde en zong uit volle borst. Catharina ontdooide nu helemaal, ze schaterde doorheen haar tranen.

Vertederd kwam Matteï nu rustig dichterbij. Hij tilde haar uit het bed en met Catharina dicht tegen zich aangedrukt liep hij naar het raam in de nis die uitkeek op de tuinen. Toen nestelde hij zich met haar in de kussens en begon te vertellen.

'Er was eens een kleine Italiaanse jongen. Zijn leven stond in dienst van het theater en het publiek. Hij reisde veel en bezocht verschillende steden.

De jongen voelde een grote leegte in zijn hart.

Overal waar hij kwam ging hij op zoek naar een invulling voor dat gevoel. Hij probeerde het te compenseren door hard te werken en veel vrienden te maken. Tevergeefs.

Tot hij op een dag in een koud mysterieus land voor een belangrijk man moest optreden. Vooraan in het publiek zat een meisje, zo mooi als een prinses. Ze scheen de dochter te zijn van de hertog. Ogenblikkelijk voelde de jongen dat zij die ene was die zijn leegte kon opvullen. Sinds die dag kon hij aan niks anders meer denken dan aan dit meisje. Hij wilde haar koesteren en liefhebben. Hij zwoer bij zichzelf haar nooit meer te verlaten.'

Matteï zong een lied dat sprak over liefde en trouw. Aan Catharina's diepe ademhaling merkte hij dat ze in slaap was gevallen.

'Dat lieve meisje ben jij, Catharina', fluisterde hij. Dan legde hij haar voorzichtig in bed. Stil verliet hij de kamer.

Toen Catharina de dag daarop later dan normaal wakker werd, vroeg ze zich af of het geen droom was geweest. Zelden had ze zich zo gemakkelijk kunnen overgeven aan de slaap dan met Matteï aan haar zijde.

De volgende weken waren er van aarzelende ontdekking, stille vervulling en ontluikende romantiek.

Matteï en Catharina ontmoetten elkaar bijna dagelijks in het geheim.

Niemand had in de gaten dat Coquinet, de spionerende dwerg van Isabella, elke beweging van Matteï nauwlettend volgde. Het was de dwerg niet ontgaan hoe smachtend Catharina naar de Italiaan keek. Woedend balde hij zijn kleine vuistjes. Dit kon en mocht hij niet laten gebeuren. Catharina was van hem, alleen van hem.

Dat hij door Isabella rijkelijk beloond werd voor elk nieuwtje dat hij zijn dame kon brengen, was mooi meegenomen, maar van ondergeschikt belang. Toch was het niet eenvoudig om te weten te komen wat zijn Catharina en die vunzige Italiaan bekokstoofden. Het leek wel of die kerel, telkens als hij hem volgde, plots leek op te gaan in het niets.

Boos besloot de dwerg dit verder uit te zoeken.

VII

Brugge
herfst 1447

E r waren van die momenten in het leven van Marie-Ange dat
ze overvallen werd door een gevoel van grote eenzaamheid. Ze
voelde zich dan door alles en iedereen verlaten en een diep verdriet
overspoelde haar hele wezen.

Al sinds haar kindertijd had ze neerslachtige periodes waarin gewoon
'leven' bijna te veel werd. Zelfs de harp kon dan geen soelaas brengen.

Ook nu herkende ze de symptomen van wat ze haar 'innerlijk monster' noemde. Een monster dat haar al heel wat lastige dagen had bezorgd.

Onlangs had ze een mogelijkheid ontdekt om daaraan te weerstaan.
Als ze zich terugtrok in de grote librije van het paleis, kon ze het monster bedwingen.

Vanaf het moment dat ze de ruimte betrad, voelde ze zich plots
een stuk beter. De aanblik van de reusachtige wanden vol ingebonden
manuscripten en de uitgesproken geuren van leer, stof en perkament
deden haar hoofd tollen, maar gaven tegelijk een gelukzalig gevoel. Elk
boek dat hier stond was zeldzaam en waardevol, met de hand geschreven
en versierd met verluchtingen.

Marie-Ange wist dat Filips zijn eigen kopiisten en boekbinders
had, maar de librije in het kasteel bevatte ook enkele unieke stukken.

Zo had ze bij haar laatste bezoek een oud psalmboek, afkomstig
uit Engeland, gevonden. Het was geschreven op perkament, in gotisch
schrift en in het Latijn. De bladgouden tekst was op elke pagina versierd
met miniaturen die verschillende taferelen uitbeeldden.

Ze had zich kunnen verliezen in dit prachtige boek en zo haar
levenslust teruggevonden.

Vandaag, na een moeilijke start tijdens de ochtenduren – de kilte van de herfst had haar neerslachtigheid alleen maar versterkt – had ze besloten dat een bezoek aan de librije haar enige redding was.

Ze was allang gefascineerd door een schrijfster wier naam de laatste tijd nogal wat ophef maakte bij de dames van dit hof.

Ze kon zich nog levendig een gesprek herinneren tussen vrouwe Hildegard en Agnes waarin de ene de andere verweet dat 'ze zich beter kon gedragen als de innemende Christine de Pisan'.

'Vind je ook niet, Marie?' had Hildegard haar op dat moment gevraagd. Ze had luidop ingestemd, maar zich nadien geschaamd omdat ze eigenlijk maar weinig wist van deze Franse schrijfster.

Het had haar altijd verbaasd hoe madame de Pisan erin geslaagd was als vrouw poëzie en romans te schrijven die meermaals waren gekopieerd en gelezen aan de hoven van Frankrijk en de Lage Landen.

Nu was het een uitgelezen moment om zich in de levensloop van Christine de Pisan te verdiepen. Maar waar moest ze zoeken?

Plots schoot haar een lied te binnen dat de minstreel Jean de la Court zo dikwijls zong:

Alleen ben ik en zoek alleen te wezen.
Alleen ben ik en van mijn lief verlaten.
Alleen ben ik, wie die mijn heer mag wezen?
Alleen ben ik, dan bitter, dan gelaten...

Ze dacht wrang dat deze woorden heel toepasselijk waren voor de gemoedstoestand waarin ze zich nu bevond.

Had Jean niet gezegd dat dit een ballade was die de Pisan had geschreven? Dat was alvast een aanknopingspunt.

De librije was schaars verlicht en ze nam de lantaarn die op een grote houten tafel stond om zich bij te lichten in haar zoektocht. Het was geen eenvoudige opgave om tussen het uitgebreide aanbod van boeken een manuscript van deze vrouw te vinden.

Na uren vruchteloos zoeken zonk ze neer op een bankje aan de ingang van de bibliotheek. 'Wat nu gedaan?'

Filips kennende had hij Christines boeken ofwel op een in het oog springende plaats neergezet, of juist in een vergeten uithoek weggestopt.

Ze kon een lach niet onderdrukken. Typisch Filips om manuscripten van een vrouw op de donkerste plek te deponeren. Hij kon niet van ze afblijven, maar hen respecteren kon hij evenmin.

Marie-Ange liet haar blik langzaam door het vertrek dwalen. Ze zag niks opvallends tot haar aandacht werd getrokken naar een donkere plek tegen een van de muren.

Ze liet het licht van de lantaarn over de boeken vallen en las op de een na de andere band de initialen 'C.d.P'. Het waren eenvoudige boekbanden, niet ingezet met kostbare stenen, noch versierd met ivoor.

Haar hart sprong op, daar was ze dan. Christine de Pisan.

Ze nam een boek met stoffen band uit de rij, dat er mooi en ongehavend uitzag, sloeg de kaft om en las de naam 'Schaseck'. Verbaasd keek ze naar de letters. 'Schaseck?' Die naam kende ze toch? Was hij niet een van de kroniekschrijvers van de hertog? Onder zijn naam stond in grotere letters: 'Christine de Pisan, haar leven en werk'.

Ze nam het manuscript mee naar het bankje, bladerde voorzichtig door de pagina's en begon geboeid te lezen.

Geeuwend rekte ze zich uit. Hoe lang zat ze hier al? Ze was zo opgegaan in de geschriften dat ze elk besef van tijd verloren had.

Wat een dappere vrouw was Christine de Pisan geweest. Op haar vijfentwintigste werd ze weduwe en schreef ze boeken om haar gezin en familie te onderhouden. Volgens Schaseck werd ze zo een van de eerste vrouwen die opkwam voor gelijke rechten tussen man en vrouw. Dat gegeven greep Marie-Ange sterk aan. Vooral één gedicht had haar tot tranen toe beroerd. Het was een gedicht dat Christine had gemaakt voor de stichting van de Orde van de Roos[15].

De ridders die tot deze Orde toetraden legden met dit gedicht, te midden van witte en rode rozen, hun eed af:

Ik beloof en zweer bij de goede liefde,
en de bloem die wij de roos noemen...
Dat ik de edelvrouw zal roemen, in alles en voor altoos.
Nooit zal ik een vrouw belasteren of verdoemen.
Daartoe treed ik toe tot de Orde van de Roos.

Marie-Ange voelde in dit gedicht het gemis van een levensgezel die opkwam voor zijn vrouwe, een man die een vrouw met respect behandelde. Ze kon zich daar goed in vinden. Haar echtgenoot René Defau, als hij al aanwezig was, behandelde haar als een attribuut, een opsmuk die zijn residentie een meerwaarde gaf.

Ze stond versteld van de keuzes die deze uitzonderlijke vrouw maakte in een wereld die door mannen werd gedomineerd.

Marie-Ange verzonk in gedachten. Ze had zojuist het boek 'De stad der vrouwen' gelezen waarin Christine diep bedroefd tot God bad omdat ze zich afvroeg waarom ze als vrouw en niet als man geschapen was.

'Als God een perfect wezen als de man kan scheppen, dan had hij de vrouw toch zeker ook volmaakt kunnen vormen...'

Toen verschenen er drie vrouwen, gezonden door God, die haar de opdracht gaven een stad te bouwen waarin alle goede en deugdzame vrouwen bescherming konden vinden.

Marie-Ange herkende zichzelf in Christine de Pisan. Ook aan haar verschenen er engelen, telkens als de harpklanken haar naar hogere sferen dreven.

Ze voelde, net als Christine, de hoogmoed van het hof en was zich bewust van de jaloezie van de andere harpistes.

Was er niet onlangs, dankzij de zienersgave van haar nichtje, een poging tot het mismeesteren van haar harp aan het licht gekomen? Wat haar het meest verbijsterde was dat Christine een boek had geschreven over Jeanne d' Arc[16], de maagd van Orléans. Ze had een manuscript gevonden met de titel *Ditié*, waarin Christine uitgebreid de lof over de jonge Jeanne bezong:

Een meisje van zestien jaar.
De wapens zijn haar niet te zwaar.
Voor de vijand is zij een gevaar,
die neemt voor haar de wijk.
Zij doet dit alles in het openbaar.

De lantaarn doofde langzaam uit en de librije was bijna volledig in duisternis gehuld.

Marie-Ange kwam langzaam overeind. Het werd tijd om zich naar haar eigen vertrekken te begeven. Sofie, haar kamenierster, zou waarschijnlijk doodongerust op zoek zijn naar haar vrouwe.

VIII

ofdame Agnes keek nog een laatste keer in de spiegel naar haar opgemaakte gezicht en haastte zich dan naar de vertrekken van *le Duc*.

Zonder te kloppen stoof ze naar binnen en zeeg voor zijn voeten neer.

'Mijn heer,' jammerde ze theatraal, 'vergeef me dat ik hier onaangekondigd binnenval, maar het betreft een dringende zaak, een zaak van het allerhoogste belang.'

Filips trok zijn wenkbrauwen op. Hij was gewend aan de hysterie van deze vrouw. Agnes was Filips' schoonzus en een van zijn oudste minnaressen.

Verveeld keek hij haar aan en vroeg zich af voor welke futiliteit ze hem nu weer kwam storen.

'Er is gestolen! De grote mooie edeltopaas is plots verdwenen. Met alle respect, mijn heer, maar ik denk dat we ons niet lang moeten afvragen wie hier achter zit.'

Filips keek ontzet naar het alsmaar roder wordende gezicht van de vrouw voor hem. Haar adem zat hoog in haar keel en ze sprak steeds sneller. De woorden leken vonken die elk moment een brand konden veroorzaken. Haar gezicht stond verkrampt van haat.

Filips voelde nattigheid. Zijn gezicht bleef uitdrukkingsloos en hij maande de vrouw tot kalmte aan.

'Als je nu eens rustig vertelt wat er precies gebeurd is', zei hij lichtjes geïrriteerd.

'Er valt niet meer te zeggen, heer, dan dat deze kostbare steen gestolen is en dat ik in allerijl de dwerg Coquinet achter de dader aan heb gestuurd.'

Nu stond Filips op en keek haar streng aan. 'Ik hoop dat je geen dwaze fout maakt door iemand onrechtmatig te beschuldigen.'

Agnes' gezicht liep opnieuw rood aan. 'Ik zou niet durven, heer, en waarom maakt u deze veronderstelling?'

'Daar heb ik zo mijn eigen redenen voor', zei hij kortaf en wees haar de deur.

Misnoegd stond Agnes op en verliet de kamer. Wacht maar tot Bella hier voor jou door de knieën zal gaan, dacht ze. Met snelle stappen liep ze naar de keuken waar een van haar vriendinnen haar opwachtte.

Bella was uitgeput. De lange nachten die ze bij Karel doorbracht begonnen hun tol te eisen. De vermoeidheid kwam plotseling hevig opzetten en ze verlangde naar haar bed. Ze versnelde haar pas toen ze vlugge voetstappen achter zich hoorde. Net toen ze de deur naar de grote hal wilde openen, deed Coquinet haar struikelen. Bella viel met een smak tegen de grond.

'Sorry, dametje, je liep net voor mijn voeten. Maar nu ik je hier toch zie, kan ik je meteen vragen of ik je draagtas mag doorzoeken.'

'Geen sprake van, kleine kabouter, ik heb haast.'

'Dan zul jij je toch moeten aanpassen aan ons tempo', sprak een harde stem achter haar.

Vrouwe Agnes stond samen met een vriendin op enkele stappen bij haar vandaan. 'Geef ons je tas. Ik verzeker je dat je maar beter kunt gehoorzamen, de hertog weet hiervan.'

Bella schrok, wat had Filips hier in vredesnaam mee te maken? Zou Karel er voor iets tussenzitten?

Aarzelend gaf ze haar tas, uiteindelijk had ze niks te verbergen.

'Dacht ik het niet!' riep Agnes en haar stem galmde venijnig door de gang.

'De topaas. We hebben de dief te pakken!' Bella's mond viel open en voor ze van verbijstering een woord kon uitbrengen, hadden ze haar stevig bij de arm genomen en sleurden ze haar mee terug het paleis in.

Dit kon niet waar zijn. Probeerden ze haar van diefstal te beschuldigen? Hoe doorzichtig waren ze te werk gegaan. Maar hoe duidelijk het voor haar ook was dat ze erin geluisd werd, voor Filips zou ze zich moeten verantwoorden.

Bella was te verbaasd om tegen te spartelen en besefte nauwelijks dat ze de vertrekken van *Le Duc* bereikt hadden.

'Zie hier, heer Filips', sprak Agnes trots. 'Zoals ik al vermoedde was de dader niet ver te zoeken. We hebben de topaas in haar tas gevonden.' Ze stak de steen triomfantelijk in de lucht.

'Wat heb je hier op te zeggen?' vroeg de hertog op rustige toon aan Bella.

'Coquinet, wil jij zo vriendelijk zijn aan heer Filips te vertellen hoe je me deed struikelen en dan geniepig de steen in mijn tas liet glijden? Op een andere manier kan hij er niet in geraakt zijn. Ik heb dat ding nog nooit eerder gezien.'

'Coquinet?' vroeg Filips streng.

'Mijn heer, hoe kunt u dit verwilderd mensenkind, dat geen beleefdheid of hoffelijkheid kent, eerder geloven dan onze trouwe dienaar Coquinet', kwam Agnes snel en hevig verontwaardigd tussenbeide. 'Bovendien zou ik eisen dat ze zich vaker baadt voor ze zich hier nog durft te laten zien. Ze stinkt naar geiten of iets soortgelijks.'

'Zwijg!' bulderde Filips.

Met strenge blik wendde hij zich tot Bella.

'Waarom zouden ze jou vals beschuldigen meisje?'

'Ze willen me hier weg. Niet alleen mij, ook mijn familie, mijn vrienden, onze groep. Jaloezie, ziet u, heer hertog. U hebt ons altijd heel vriendelijk bejegend en enkele van uw naasten zijn ons erg goed gezind. Maar kijk in hun ogen.' Bella wees naar de dwerg en de beide vrouwen. 'En ontdek de haat die ze mij toedragen.'

'Genoeg erover. Allemaal buiten! Laat het meisje gaan. Ik neem dit in beraad.'

Hiermee beëindigde Filips het gesprek en plofte vermoeid in zijn zetel. Dat ze hem hier ook nog mee opzadelden was hem te veel. Toch wist hij dat hij sancties zou moeten treffen. Hij kon dit voorval niet negeren, ook al was het maar al te duidelijk dat ze het meisje wilden strikken. Hij zou een voorbeeld moeten stellen. Anders kon om het even wie zich veroorloven te stelen.

Agnes liet het meisje met tegenzin los. Bella streek haar blouse glad, hief haar kin omhoog en stapte zo snel ze kon bij hen vandaan.

Op de binnenplaats van het hertogelijk paleis stapte Anton van zijn donkerbruine hengst. Zijn reismantel hing stijlvol over zijn smalle schouders. De rijlaarzen van donker geitenleer kraakten bij ieder stap die hij in de richting van het paleis zette. Hij stond nu vlakbij in de schaduw van een lindeboom en tuurde gespannen naar de toegangsdeur.

Bella kon niet ver uit de buurt zijn. Op haar terrein was ze nergens te bespeuren. Ze hadden hem gezegd dat ze hier moest zijn. Onderweg hiernaartoe had hij haar ook niet gezien. Ze kon niet anders dan binnen zijn.

Anton profiteerde van het feit dat Karel enkele dagen op reis was. Het gaf hem een opgelucht gevoel te weten dat Bella alvast niet bij hem kon zijn. Hij haatte het als ze in Karels kamers was of als ze samen weer een van hun wedstrijdjes hielden. Dan luchtte hij de woede in zijn hart door elke ridder die hij tegen het lijf liep uit te dagen voor een duel. Hij versloeg ze met bravoure en voelde zich dan weer enkele uren beter.

Eindelijk, na een lange tijd, verscheen Bella. Ze stond op een steenworp van hem verwijderd. Haar draagtas hing zwaar over haar schouder, ze zag er verslagen uit. Anton naderde haar geruisloos. Bella schrok op toen hij onverwachts voor haar stond.

'Ik heb een boodschap voor jou en ik wachtte op je.'

Bella keek hem nors aan.

'Bella, mijn Bella toch, je hebt je er zomaar laten inluizen, net nu jouw Kareltje niet in de buurt is. Al moet ik zeggen dat het niet veel zou geholpen hebben. Geloof maar niet dat Karel dit voor je kan oplossen.'

Bella wist niet wat ze hoorde. Bij alle goden, hoe kon Anton weten dat ze haar valselijk beschuldigd hadden? Woede, zo bitter als gal, welde in haar op.

'Jij zit dus mee in dit complot?!' riep ze verbijsterd. 'Anton, jij wist hiervan en je laat dit zomaar gebeuren?'

'Ach, elke hoveling die ogen in zijn hoofd heeft, wist dat dit er vroeg of laat van zou komen. Zo gaat dat hier nu eenmaal.'

'Maar hoe kon je weten dat het net nu zou gebeuren?'

'Het is niet moeilijk te raden dat er jou iets overkomen is. Ik zag van ver hoe jij je hoofd liet hangen. Dat is niks voor jou, Bella, ik wist meteen hoe laat het was.'

Intussen was Anton vlakbij haar komen staan, zijn arm onopvallend rondom haar lende. Langzaam trok hij haar tegen zich aan. 'Laat mij je beschermen, meisje. Als Karel niet in de buurt is, heb je iemand anders nodig die het tenminste probeert voor je op te nemen.'

Bella was nog bedwelmd door het gebeuren en haar gedachten bewogen zich traag.

Ze trok zich wat losser uit Antons armen. 'Ik vertrouw het niet, Anton, jij moet iets geweten hebben en als je me, zoals je beweert, ook maar een beetje graag ziet, wees dan eerlijk tegenover me.'

Anton grinnikte. 'Zoals ik je al zei, vroeg of laat moest dit gebeuren, dat wéét je gewoon als je aan het hof verblijft.'

Bella twijfelde. Zou Anton werkelijk niks geweten hebben? Zou hij het goed met haar voorhebben, het voor haar opnemen tegen de laffe hofdames? Zou hij, eerder dan Karel, op Filips kunnen inpraten? Ze wist dat Anton een streepje voor had bij Filips. Hij was geliefd door zijn vader. Er werd zelfs beweerd dat die liefde sterker was dan die voor Karel. Bella onderging met gemengde gevoelens Antons strelingen.

Zijn handen walsten nu door haar haren en vonden haar lichaam. Ze voelde zijn vochtige lippen in haar hals. Apathisch liet ze haar lichaam meedeinen op het ritme van zijn lust.

Nona stond Bella op te wachten. 'Je bent laat, kind, waar zit je toch de hele tijd? Het is niet de eerste keer dat jij je taken verwaarloost. Weet je dat de mannen hun oefenuur hebben moeten uitstellen omdat jij niet bent komen opdagen?'

Nona's stem klonk scherp.

'Het spijt me, Nona, ik weet het, ik heb je de laatste tijd met veel werk opgezadeld. Het zal niet meer gebeuren. Ik zal straks met Matteï en de anderen praten. Ik haal de oefenperiode wel in, al moet het 's nachts gebeuren.'

Nona merkte plots hoe bleek en triest het meisje eruitzag.

'Gaat het wel met je, kind, voel je je niet goed?'

Bella stortte zich huilend in haar grootmoeders armen.

'Oh, Nona, ze hebben me beticht van diefstal, een laffe streek', snikte ze.

'Ze kunnen niet verdragen dat Karel en ik verliefd zijn. Overal wordt er gefluisterd en geroddeld dat ik hem zou verleid en behekst hebben. Maar wij houden van elkaar. Je zou hem naar me moeten zien kijken, Nona, hij is echt verliefd op mij.'

Nu was het Nona die verbleekte. Haar voorgevoel had haar niet bedrogen. Ze zuchtte. Ze kon zichzelf nu niet langer wijsmaken dat de vele voortekens slechts de verbeelding van een oude vrouw waren geweest. Haar maag keerde opnieuw toen ze haar kleindochter bekeek en het zichtbare aureool van liefde dat rond haar hing.

'Kom, kindje, ik maak een kop thee en breng je naar bed. En vertel me dan alles wat er op je hart ligt.'

De week was in een wimperslag voorbij. Bella haalde haar verloren oefentijd in. Ze wist dat, nu Karel weldra weer thuis zou komen, ze ervoor moest zorgen dat ze bij hem kon zijn, zonder dat dit enige schade zou berokkenen aan de vele oefensessies.

Bella stond op Cristiano's schouders en zag in de verte Marie-Ange naar hen toekomen. Ze naderde het terrein waar de Italianen zich ophielden.

Marie-Ange keek rond. Ze zocht Bella en zag haar in de verte een dubbele salto maken, hoog op de schouders van Cristiano, die op zijn beurt op de schouders van Matteï stond. Ook Alessia maakte een salto. Ze stootte zich met beide handen af op de grond en werd bij de benen gegrepen door Cristiano, die haar op zijn schouders zwierde. De meisjes vlogen allebei de lucht in.

Marie-Ange had nog nooit zoiets gezien. Hun lenigheid en durf tartten alle verbeelding. Ze was zo verwonderd dat ze bijna de reden voor haar komst vergat. Ze zou Bella slecht nieuws moeten melden.

Matteï kreeg de harpiste ook in de gaten. Hij zwaaide met zijn armen met grote gebaren en wenkte Marie-Ange naar hen toe. Met bang kloppend hart stapte ze naar Bella toe. Hoe moest ze het haar vertellen? Wat had het meisje in deze korte periode veel moeten incasseren. Misschien was het beter haar nog niks te zeggen en te wachten tot ze het hoorde van *Le Duc* zelf, of van een van zijn bodes. Nee, dat mocht ze niet doen, dat zou laf zijn. Ze zou het haar nu zeggen.

'Marie-Ange, wat een eer je bij ons te ontvangen!' riep Matteï. 'Het gebeurt niet elke dag dat je ons een bezoekje brengt.'

'Oei, het lijkt wel of je niet veel goeds te vertellen hebt', merkte Bella op toen ze Marie-Anges trieste blik zag.

'Dat heb je inderdaad goed begrepen, Bella. Ik hoorde vanmorgen van de hertog zelf dat hij je alle toegang tot het hof verbiedt. Je mag niet meer zonder geleide het paleis in.'

'Wat een grap!' lachte Bella 'Je weet toch, Marie, dat ik onder de vleugels van Karel kan gaan en staan waar ik zelf wil. Dat kan zelfs Filips niet verbieden.'

En als Karel er niet is, dan neemt Anton het wel voor me op, dacht ze er bij. Trouwens, ik kan nog steeds via de ondergrondse tunnel het kasteel in.

'Weet Karel van de beschuldigingen tegen jou? Heb je hem al gezien?'

'Nee, maar wat zou dat? Karel zal me op mijn woord geloven en onmiddellijk korte metten maken met de sancties van zijn vader!'

'Ik hoop maar dat je gelijk krijgt. Ik zou het Karel zo snel mogelijk vertellen, voor hij door die valse dames ingelicht en voorgelogen wordt. Al gelooft hij ze niet, ze verstaan de kunst zelfs de meest goedhartige mens verdacht te maken. Ach, Bella, ik wilde dat dit alles je bespaard was gebleven. Ik hoop dat hun boosaardigheid door deze sanctie enigszins geweken is en dat ze jou met rust laten.'

'Vanavond zie ik Karel en dan komt alles weer in orde.'

Bella klonk iets te zelfzeker, vond Marie-Ange.

De avond viel over Brugge. Karel, helemaal alleen in de grote zaal van de oude toren, genoot van een maaltijd van kalfsvlees en bier.

Aan het einde van de maaltijd, draaide hij zich naar het haardvuur en bleef in de vlammen staren.

Hij ging in zijn herinnering terug in de tijd. Het was nog maar een jaar geleden dat zijn jonge bruid in de bloei van haar leven de ogen voor altijd had gesloten. Beelden gleden aan zijn geestesoog voorbij. Hij zag Catharina van Valois[17], als goudharig meisje, zoals hij haar de laatste keer had gezien. Frêle, bleke Catharina. Na een tijdje zag hij ook het beeld van het wulpse donkere meisje dat hem de voorbije weken in vuur en vlam had gezet. Een groter contrast kon hij zich niet voorstellen. Bella, het ontembare schepsel dat hem met alle geweld wilde laten zien dat ze even sterk, even snel, even behendig was als hijzelf.

Het stoorde hem dat hij moest toegeven dat hij het in sommige opzichten niet van haar kon winnen. Maar niemand bewoog zich even snel als hij, ook al durfde zij schaamteloos beweren dat Matteï sneller was dan om het even wie.

Karel richtte zich op in zijn zetel. Het moment om zich te bewijzen zou nog wel komen.

Nu was het tijd om naar zijn eigen vertrekken te gaan. Hij zou Bella zien, en de vraag die hij haar moest stellen zou niet in goede aarde vallen. Toch wilde hij uit haar mond horen wat ze over de diefstal te zeggen had. Peinzend sloot hij de ogen en viel in een korte, droomloze slaap.

Intussen snelde Bella op een drafje door de onderaardse gang tot ze bij de zware eiken deur kwam die naar een donkere ruimte leidde. Ze opende de deur en speurde met haar toorts de muren af, op zoek naar de geheime ingang naar Karels kamer. Het was de achterkant van een schilderij dat in die kamer hing en dat nu in het licht van de fakkel zichtbaar werd. Met haar volle gewicht leunde ze tegen de muur en het luik kwam in beweging. Krakend en knarsend ging het langzaam en stroef open.

Bella hing de toorts aan de muur en schoof de kamer in. Ze sloot de geheime doorgang en liep de vertrekken door op zoek naar haar geliefde. Karel was nergens te bespeuren.

Teleurgesteld zette ze zich aan de lege haard.

Er hing een aromatische geur in de lucht van oud hout en boenwas en de zachte zoete wasem van gelooid leer. Het wachten duurde nu te lang, de zenuwen speelden haar parten.

Ze verdroeg het niet langer en waagde het de kamer uit te sluipen.

Bella liep de gang door en bleef even staan bij een stel hoge smalle deuren. Ze aarzelde, duwde dan een van de deuren open en gluurde door de kier naar een lange schemerige zaal die door een enkel raam aan de tegen-overliggende muur werd verlicht. Een bundel licht viel schuin over een tafel. Daar zat een man van jaren, gebogen over een stapel boeken. Dit moest de bibliotheek van het kasteel zijn. Voorzichtig sloot ze de deur. Haar hart klopte hevig in haar borst. Ze mocht hier niet meer komen, ze moest zo snel ze kon terug naar Karels vertrekken. Net toen ze stil en op haar kousenvoeten een paar stappen in die richting had gezet, botste ze tegen Karel op. Haar hart leek in duizend stukken te spatten.

'Wat doe je me schrikken! Ik wilde je zoeken, ik was bang, ik dacht dat je me niet meer wilde zien', hijgde ze ontzet.

'Laat ons eerst en vooral maken dat we in mijn kamers zijn.'

Karel duwde het meisje voor zich uit door de gang tot in zijn vertrekken.

'Ben je op je hoofd gevallen? Wil je dat ons geheim ontdekt wordt? Bella, ik verbied je nog zonder begeleiding het paleis te betreden. Buiten mijn vertrekken welteverstaan. Als ze ontdekken dat je via de geheime gang komt, kun je onze onderonsjes wel vergeten.'

'Het spijt me, liefste, op mijn woord, ik zal het niet meer doen.'

'En wat is dat woord van jou waard?' repliceerde Karel met kritische blik.

'Wat insinueer je? Zeg me niet dat zelfs jij aan mijn oprechtheid twijfelt! Dan hoeven onze onderonsjes voor mij niet meer.' Woedend en met tranen in de ogen probeerde Bella Karels stevige armen van zich af te schudden.

'Wees toch eens rustig, meisje. Ik wil jouw versie van het verhaal horen. Ik denk dat je me die toch verschuldigd bent, niet?'

Bella keek hem zijdelings aan.

'Ach wat, ik kan zeggen wat ik wil, als je me niet gelooft, wat baat het dan? Ik veronderstel dat je mijn versie al meer dan eens gehoord hebt. Trouwens, waarom kom jij niet voor mij op? Als je vader zou weten dat ik jouw liefje ben, dan kan hij toch niet anders dan me in zijn paleis toelaten.'

Karel verstijfde bij deze woorden. Hij moest Bella duidelijk maken hoe absurd haar voorstel was. Nooit zou hij dit meisje als zijn vriendin, laat staan als zijn geliefde, aan zijn ouders voorstellen. Begreep ze dan echt niks van zijn status en zijn verantwoordelijkheden? Hij zou een vrouw van hoge stand huwen. Een vrouw die hem land en macht zou verzekeren.

'Je weet dat ik de enige rechtmatige zoon van de hertog ben. En ik word geacht om politieke redenen te huwen, en niet omdat ik het goed kan vinden met een meisje.'

Laat staan met een meisje als jij, dacht hij cynisch.

Bella wist dat ze geen kans maakte. In ieder geval nu nog niet. Ze kon niet geloven dat een liefde zo sterk als die van hen, gedoemd was om in de kiem gesmoord te worden. Het vuur van haar verlangen was weer aangewakkerd en uitdagend ging ze voor Karel staan. Hij nam haar in zijn stevige armen en kuste haar vurig op de mond.

Bella hapte naar adem. Nooit zou ze deze man opgeven.

IX

et was bijna middernacht. Gehuld in een donkere cape sloop Marie-Ange door de gangen van het paleis. Ze was te laat voor haar rendez-vous.

Na een lange afwezigheid was haar minnaar eindelijk naar Vlaanderen teruggekeerd en de avond voordien in Brugge gearriveerd.

Toen ze die ochtend het bericht van zijn aankomst kreeg, had ze meteen een bode naar zijn vertrekken gestuurd.

Haar uitnodiging aan Antoine was niet mis te verstaan.

'Liefste, mijn hart springt op van blijdschap, met heel mijn wezen verlang ik naar jou. Kom bij valavond naar onze geheime ontmoetingsplaats.'

Ze verlangde naar een tête-à-tête en ze had Sofie opgedragen haar te helpen bij het baden en opkleden. Ze had zich met zorg opgemaakt en zo had ze de tijd uit het oog verloren.

Marie-Ange werd overvallen door de duisternis en op de tast zocht ze haar weg naar buiten. Zenuwachtig stak ze de binnenplaats over en trok de cape strakker tegen haar lijf. Het was eind oktober en ze voelde de koude in haar botten sluipen. Een zoveelste windvlaag blies haar bijna omver.

Het was al laat toen ze eindelijk het vertrouwde schemerlampje zag oplichten boven de kleine deur naast de ophaalbrug, die de toegang tot de burcht aangaf.

Kort maar krachtig klopte ze twee keer aan en bleef wachten. Er gebeurde helemaal niks. Ze legde haar hoofd tegen het deurtje, maar ze kon geen enkele beweging of geluid horen.

God in de hemel en alle engelen, laat Antoine er toch zijn.

Ze bonkte luid op de deur en dacht eraan hoe verwend ze vroeger waren geweest, toen Antoine nog onbezorgd naar haar kamer kon komen.

Het was die stomme dwerg Coquinet die roet in het eten had gegooid toen hij, maanden geleden, onverwachts haar vertrekken was binnengestoven. Gelukkig had haar kamermeid hem ervan weerhouden rechtstreeks haar slaapstonde binnen te gaan.

Van toen af was zelfs haar eigen thuis geen veilig oord meer en moest ze met haar minnaar uitwijken naar dit groezelige kamertje.

Ze klappertandde van de kou en haar maag trok samen als ze terugdacht aan de zomer. Antoine de Croy was op bevel van Filips naar Engeland vertrokken, en vol verwachting had ze uitgekeken naar een brief of enig teken van leven.

Naarmate de weken voorbijgleden had ze zich erbij neergelegd dat hij ofwel de kans niet had om haar ook maar enig bericht te sturen, ofwel een nieuwe liefde in Engeland had gevonden en haar gewoon vergeten was.

Die laatste mogelijkheid had haar zoveel onrust bezorgd dat ze die krachtdadig uit haar gedachten had gebannen.

Met een zwaai werd het deurtje eindelijk opengegooid.

'Marie, waar bleef je toch, weet je wel hoe lang ik al op je zit te wachten?'

Daar stond haar minnaar. Als versteend gaapte ze hem aan. Hij zag er stoer en reusachtig uit. Zijn haar viel tot op de schouders en hij droeg een volle baard die de helft van zijn gezicht bedekte. Ze herkende hem nauwelijks en ze kon geen woord meer uitbrengen.

Ongeduldig trok hij haar de kleine ruimte binnen en kuste haar vurig op de mond.

'Ik heb zo naar je verlangd, *mon ange*, waarom heb je mij zo lang laten...'

'Sstt... *mon amour*', begon ze, maar toen keek ze verbaasd om zich heen.

Tegen de muren waren fakkels neergezet die het kleine vertrek spookachtig verlichtten. De grond was bedekt met stro en in het midden stond iets wat haar nog het meeste aan een altaar deed denken. Daarop stond een kruik en een wijnbeker.

Ze knipperde met haar ogen en duwde Antoine van zich af.

'Wat heeft dit te betekenen? Die fakkels, die... die steen daar in het midden, wat is hier de bedoeling van?'

'Kalm maar, meisje, dit is mijn kleine verrassing voor jou, ik beloof je dat je ervan zult genieten.'

Hij nam de kruik van de steen en goot een straal koud water over haar handen. Met de punt van zijn cape depte hij haar vingers droog.

'Ontspan je, Marie. Jij bent mijn godin. Laat mij vanavond je god zijn.'

Hij nam de wijnbeker op en bracht die naar haar lippen. Voorzichtig nam ze een slok en keek hem vragend aan.

Zijn blik boorde zich in de hare. 'Neem gerust nog een slok liefje, we hebben alle tijd.'

'Bah, hoe bitter...' Voor ze verder iets kon zeggen had hij haar al opgetild.

Met een zwaai kwam ze op de grote steen terecht, en haar minnaar stortte zich op haar.

Met zijn volle gewicht hield Antoine haar in bedwang. Hij rukte het bovenstuk van haar gewaad open en beet wild in haar tepels. Met zijn ene hand hield hij haar tegen terwijl de andere onder haar kleed graaide.

'Hou op, Antoine, je doet me pijn, hou op!'

Was dit haar geliefde? Wat bezielde hem om haar zo gewelddadig te willen nemen. Ze voelde zich draaierig en misselijk en hijgend probeerde ze hem van zich af te duwen.

Hij lachte en drukte zich op haar neer.

'Devote Marie', prevelde hij met zijn gezicht in haar hals.

Hij trok haar kleed omhoog en sloeg hard op haar billen. Het maakte haar woest en met haar frêle handen beukte ze op hem in, terwijl ze hem op de meest kwetsbare plaatsen schopte. Te laat besefte ze dat het hem nog meer opwond.

Hij nam haar armen beet, spreidde ze en klemde iets kouds en hards rond haar polsen. Wanhopig draaide ze haar hoofd van links naar rechts. Hij had elk van haar handen met ijzeren ringen vastgeketend aan zware blokken hout. Ze voelde hoe de angst bezit van haar nam en begon hysterisch te gillen.

'Sttt... mijn lief, hou je stil, ik doe je toch geen kwaad. Ik bezorg je zo dadelijk het ultieme genot. Sluit gewoon je ogen en laat je gaan.'

Hij schoof naar beneden, spreidde haar benen en ketende ook haar beide enkels. Opnieuw brulde ze het uit. Tranen stroomden over haar wangen. Een dun straaltje bloed liep uit haar mondhoek en drupte in het stro. Ze had op haar tong gebeten van angst en pijn.

Antoine vloekte luid. Wanneer begon die verdomde verdoving eindelijk te werken? Ze zou allang bedwelmd moeten zijn. Buiten zinnen drukte hij zijn handen op haar mond en keel.

'Ik vroeg je stil te zijn, Marie, zo brul je heel het kasteel nog bijeen.'

Zijn stem klonk waanzinnig, hij wist dat ze in de perfecte positie lag en kon zich niet meer beheersen. Zijn gewicht drukte zwaar op haar borstkas, en wild begon hij in haar te stoten.

Marie-Ange kreeg geen lucht meer en alles rond haar werd wazig.

'Je bent gek geworden', was haar laatste gedachte. Toen verloor ze het bewustzijn.

'Mijn engel, eindelijk ben je wakker.'

Verdwaasd opende Marie-Ange de ogen. Dit was toch niet haar slaapvertrek? Waar was ze in hemelsnaam?

Ze schrok op van zijn stem en zag het gezicht van Antoine boven haar zweven.

Bij die aanblik herinnerde ze zich alles en een immense woede nam bezit van haar. De enige persoon bij wie ze zich echt veilig had gevoeld, was in een duivel veranderd.

Duizelig en bevend van de kou probeerde ze overeind te komen, maar haar lichaam weigerde te gehoorzamen. De pijn trok in scheuten door haar heen. Ze merkte dat ze naakt was.

'Geef mijn onderjurk en mijn kleed, ik moet hier weg!'

Haar stem klonk schor en vreemd en ze verlangde hevig naar een slok water.

Hij grinnikte zachtjes.

'Ik heb je kamermeid met een paar munten omgekocht. Ze verwacht je pas terug tegen de noen.'

Geradbraakt stond ze op en rukte haar kleren uit zijn handen.

Wankelend liep ze naar het gammele deurtje. Haar trillende benen konden haar gewicht nauwelijks dragen. Met één stap stond hij terug bij haar.

'Laat me gaan, Antoine, ik wil niks meer met je te maken hebben.'

Haar hals gloeide en ze voelde de grond onder haar voeten wegzinken. Bibberend trok ze de deur open. De koude ochtendlucht overviel haar en snikkend strompelde ze weg.

Plots hoorde ze krachtige stappen achter zich, en in paniek draaide ze zich om. De binnenplaats van de burcht lag er leeg en verlaten bij. Angstig versnelde ze haar pas. Net voor de galerij sneed Antoine haar de weg af en pakte haar stevig vast. Ze worstelde zich uit zijn greep, maar voor ze een stap kon zetten had hij haar opnieuw beet.

'Rustig, Marie, sta nu eens stil. Mij treft toch geen enkele schuld. Ik dacht dat je wel hield van een pleziertje!'

Zijn stem klonk geërgerd en vol afgrijzen keek ze hem aan.

'Blijf van me af, schoft, ik wil je niet meer zien!'

Eindelijk liet hij haar los.

'Goed, Marie, ik ben misschien een beetje bruusk geweest. Waarschijnlijk werd ik bevangen door de waanzin van Flamel, weet ik veel. Als je gekalmeerd en terug bij zinnen bent, weet je mij te vinden. Besef wel dat ik niet eeuwig op je blijf wachten.'

Hij boog kort voor haar en ging er met een fikse pas vandoor.

Versuft strompelde ze de lange gaanderij binnen, op weg naar de bescherming van haar eigen kamers.

Tegen haar wil verliet Marie-Ange het rijk van de slaap. Ze deed ongewild haar ogen open maar sloot ze meteen weer in een verwoede poging terug te vallen in de toestand van gelukzaligheid waarin de droom haar gewikkeld had.

Tranen prikten achter haar oogleden en ze probeerde opnieuw in te slapen. Het was zinloos. Wat achterbleef was de aura van de droom, en daar gaf ze zich nog even aan over.

Vanuit de verte hoorde ze een klok vier keer slaan. Opeens was ze klaarwakker en met open ogen staarde ze voor zich uit.

Een kortstondige wolk van herinnering overviel haar. Was het een droom geweest of had ze dit werkelijk meegemaakt? Ze keek naar de kamer die haar vertrouwd was en zette langzaam haar voeten over de rand van het bed. In één beweging kwam ze overeind en wankelde blootsvoets naar het open raam. Afwezig keek ze naar buiten, over de tuin. De zon stond al laag en raakte nauwelijks de toppen van de bomen.

De harde werkelijkheid drong nu pas tot haar door. Bij de herinnering aan de wreedheid van haar minnaar zeeg ze ineen op de grond.

'Antoine,' mompelde ze, 'wat is er met je gebeurd? Je hebt alles tussen ons gedood.'

Snikkend kromp ze ineen en bleef zo liggen tot de koude vloer haar dwong om op te staan.

Die avond kwam haar kamenierster het slaapvertrek binnen en vond Marie-Ange lijkbleek in de erker bij het raam. Geschrokken keek Sofie haar aan.

'Wat is er aan de hand, vrouwe? U hebt de hele dag geslapen en u ziet er niet al te best uit. Zal ik een warm bad voor u klaarmaken?'

Marie-Ange kwam langzaam overeind en trok de kraag van haar slaapkleed hoger op, om de bont en blauwe plekken op haar hals te verbergen.

'Laat me maar, Sofie, ik ben nu liever alleen. Maak je geen zorgen, ik roep je wel als ik je nodig heb.'

Ze voelde zich leeg en verdrietig. Alleen muziek zou het onrustige gevoel dat in krampen door haar lichaam trok, enigszins kunnen verlichten. Maar de stekende pijn in haar handen maakte het haar onmogelijk achter de harp te gaan zitten.

Piekerend ijsbeerde ze door de kamer. Wie had Antoine genoemd? Flamel? Waar had ze die naam nog gehoord?

Ze kende maar één plaats waar ze er daar meer over kon te weten komen. Vermoeid sleepte ze zich naar haar kleedkoffer, maar ze vond de kracht niet om zich aan te kleden.

Haar zoektocht naar de mysterieuze Flamel in de librije zou moeten wachten tot morgen.

De volgende ochtend voelde ze zich krachtig genoeg om op ontdekkingstocht te gaan.

Ze riep Sofie en liet haar weten dat ze de ochtend zou doorbrengen in de bibliotheek.

Wat had die Flamel te maken met het monsterlijke gedrag van haar minnaar? Die gedachte maakte haar gespannen en rusteloos.

Het was nog vroeg in de ochtend en ze wist dat Bertrand Plouvier, de oude bibliothecaris, aanwezig zou zijn. Als iemand haar kon helpen, was hij het wel. Ze duwde de imposante deur open en keek rond.

Plouvier zat ineengedoken aan de houten tafel. Hij bestudeerde een manuscript.

'Bonjour, monsieur, ik zoek boeken van een zekere Flamel. Kunt u mij helpen?'

'Vrouwe Marie-Ange, wat een aangename verrassing. Kom, ga zitten. Naar wie bent u op zoek?'

'Flamel is zijn naam, monsieur. Meer weet ik niet.'

Nieuwsgierig keek hij haar aan.

'Madame, ik ken maar één persoon met die naam, en dat is Nicolas Flamel, de grote alchemist. Volg me, vrouwe, er staan hier wel wat werken van zijn hand.'

Plouvier slofte naar de overkant van de ruimte tot bij een grote wand vol manuscripten. Ze zag hoe hij zich uitrekte en zijn blik over de verschillende boeken liet gaan.

'Marie-Ange, help me even, geef dat voetbankje aan zodat ik er beter bij kan. Ik word te oud voor dit gedoe.'

Zijn ogen dwaalden over de opschriften.

'Ja inderdaad, hier staan ze.'

Bertrand kwam moeizaam van het opstapje, drukte haar enkele zware manuscripten in de handen en keek haar zenuwachtig aan.

'Vrouwe, uw interesse voor deze persoon gaat mij niets aan, maar mag ik u een goede raad geven?'

Hij zuchtte even en friemelde aan een grote ring rond zijn wijsvinger. Ze stond met de boeken in haar armen en verloor haar geduld.

'Inderdaad, Plouvier, het gaat je niks aan. Bedankt voor je hulp, ik neem deze stapel mee naar mijn vertrekken.'

Ze draaide zich om en liet de arme man sprakeloos achter in de librije.

Marie-Ange zat gebogen over het reusachtige manuscript.

Flamel, la vie. Een zekere Tinton had dit boek over het leven van Nicolas Flamel geschreven.

Het lag zwaar in haar schoot. Voorzichtig bladerde ze door de eerste pagina's en begon te lezen:

Flamel was in 1340 in Frankrijk geboren. Hij had het grootste deel van zijn leven in Parijs doorgebracht en was zijn loopbaan als kopiist en kalligraaf begonnen. Na verloop van tijd was hij een beëdigd boekhandelaar geworden in Parijs.

Dankzij zijn huwelijk met de rijke weduwe Perenelle en zijn groeiende bekendheid als kopiist en boekverkoper was Flamel een fortuinlijk man geworden.

Na het overlijden van zijn vrouw had hij op het *Cimetière des Innocents* in Parijs een grafmonument laten bouwen met een in verzen opgesteld grafschrift:

Nicolas Flamel en zijn vrouwe Perenelle
De arme zielen zijn verscheiden
Door hun erfgenamen nu vergeten, verzoeken,
al wie hier voorbijgaat
dat zij tot God bidden om genade.

Nicolas Flamel was op tweeëntwintig maart 1418 in Parijs gestorven en had in zijn testament voldoende geld nagelaten voor de zorg van *sa chambrière Margot la Quesnel en haar dochter Colette. Zodat dezen van een goede toekomst verzekerd konden zijn.*

Marie-Ange stond versteld. Flamel werd hier beschreven als een heilige terwijl Antoine hem deed voorkomen als een waanzinnige alchemist.

Ze legde het zware boek opzij en nam een ander van het bijzettafeltje. Nieuwsgierig bladerde ze door *Les figures hiéroglyphiques de Nicolas Flamel.*

Het moeilijk leesbare geschrift ging over een Latijnse tekst die Flamel had vertaald. De schrijver van het manuscript sprak over een oud, geheimzinnig boek dat Flamel voor twee florijnen in het Latijn had gekocht. Dit mysterieuze boek was samengesteld uit *trois fois sept feuillets*, uit tweeëntwintig bladen, en het werd beschermd door een koperen bedekking waarop letters en tekens waren gegraveerd.

Ze begreep er niks van en ongeduldig nam ze de pagina's verder door. Plots werd haar aandacht getrokken naar een paragraaf die in een fel rode kleur was geschreven.

Goud speelde een belangrijke rol in het dagelijks leven van de alchemist Nicolas Flamel. Voor de productie van manuscripten had hij, zoals elke veel gevraagde kopiist, steeds vrij grote hoeveelheden goud in huis. Na zijn dood werd verondersteld dat hij zijn rijkdom te danken had aan de ontdekking van de Steen der Wijzen[18]. Hiermee was hij in staat om gewone metalen te veranderen in goud. Dankzij alchemistische experimenten kon Flamel een legering maken die wat uitzicht, glans en evenwicht betrof, voor goud of zilver kon doorgaan. Wellicht is deze ontdekking zijn bron van rijkdom geweest.

Toch valt de dood van Flamel moeilijk te rijmen met zijn ontdekking van de Steen der Wijzen, het levenselixir waarmee hij in staat moest zijn geweest om onsterfelijk te worden.

Marie-Ange las ook dat de legende van het Gulden Vlies hier veel mee te maken had en dat die tot de verbeelding sprak in de symboliek van de alchemist.

Het Gulden Vlies?

Haar nichtje en Bella hadden haar er onlangs nog over verteld, nadat ze terugkeerden van een reis naar die andere wereld. *Nevelland* had het Italiaanse meisje die wereld genoemd. Marie-Ange was er nooit geweest. Naar het schijnt lag het Gulden Vlies daar ergens diep in de aarde verborgen.

Overdonderd zette ze zich recht. Had Flamel werkelijk een elixir ontdekt om het leven te verlengen en was hij daardoor waanzinnig geworden? Maar wat had Antoines gewelddadige gedrag hiermee te maken? Hier moest ze alles van weten, ook al voelde ze er niks voor om de man die ze ooit haar minnaar had genoemd, opnieuw te ontmoeten.

In een korte brief liet ze hem weten dat ze hem graag wilde spreken over wat er gebeurd was. Ze vroeg hem om tegen de avond naar haar vertrekken te komen. Ze schreef dat hij zich niks in het hoofd moest halen en dat er wachters voor haar residentie zouden staan.

Al was hij dan een verwant van de hertog, niets zou hem nog kunnen redden als hij eraan zou denken haar opnieuw te molesteren. Dan zou ze er persoonlijk voor zorgen dat hij werd opgesloten in de kelders van het kasteel en kon hij zijn dagen slijten tussen de ratten en de stinkende uitwerpselen van zijn medegevangenen.

Ze vroeg Sofie de brief te bezorgen en bracht de rest van de dag door in het gezelschap van haar harp.

Wat verlangde ze nu naar haar vriendinnen! Maar die kon ze hiermee niet belasten. Dit moest ze alleen doorstaan.

Het was lang geleden dat Marie-Ange nog een hoog gesloten kleed had gedragen, maar ze wilde Antoine niet het genoegen gunnen de ontsierde plekken in haar hals te zien.

Een luide bons deed haar verschrikt opspringen. Haar kamermeid haastte zich naar het voorvertrek.

'Wacht even, Sofie, staan de wachters voor de deur? Heb je dat gecontroleerd?'

Haar hart klopte in de keel.

'Ja zeker, vrouwe, ze staan paraat.'

Met een zucht rechtte ze haar rug.

'Goed, meisje, laat hem maar binnen.'

De zware stappen van Antoine de Croy deden de vloer trillen.

'Ah, *mon ange*, wat heb jij toch een prachtige *salle de séjour*.'

Hij zag er verzorgd uit, met kortgewiekt haar en geschoren gezicht. Uitdagend liep hij op haar toe, nam haar hand en kuste die licht.

'Zo, *ma fille*, je wilde mij spreken? Ben je terug bij zinnen gekomen?'

Hij trok zijn hermelijnen handschoenen uit en plofte neer in de zetel tegenover haar.

Wat een onbeschaamdheid! Ze merkte hoe haar lichaam trilde van woede, maar slaagde er toch in hem recht in de ogen te kijken.

'*Monsieur*, gedraag u of de wacht zet u buiten.'

Hij keek haar geamuseerd aan.

'*Monsieur*, Marie? Wat krijgen we nu. Ik ben toch je eeuwige minnaar. Goed dan, lucht je hartje maar.'

Ongeduldig verschoof ze zich in de zetel.

'Je hebt mij misbruikt, Antoine en dat vond je blijkbaar nog prettig ook. Je hebt me als verontschuldiging iets over een zekere Flamel toegesist. Waarom noemde je zijn naam? Wat heeft hij met jouw vreselijk gedrag te maken?'

Nadenkend staarde Antoine haar aan. Hij besefte dat hij die bewuste avond een stommiteit had begaan. Het was belangrijk het vertrouwen van dit meisje terug te winnen.

Zijn lichtgelovige geliefde, die met haar harpspel meer bij de engelen vertoefde dan ergens anders, was door zijn bruusk optreden in het schuurtje helemaal van de kaart geraakt.

Hij had haar nodig om zijn doel te bereiken: het Gulden Vlies bemachtigen om zo het levenswerk van zijn mentor te voltooien. Hij moest voorzichtig te werk gaan. Hoe kon dat zonder al te veel prijs te geven?

Er zat niks anders op dan zoete broodjes te bakken.

Smartelijk keek hij haar in de ogen.

'Marie-Ange, ik ben te ver met je gegaan en dat spijt me.' Hij schraapte zijn keel en kuchte luid. 'Ik verblijf als kind in Parijs en ben grootgebracht door Nicolas Flamel. Hij heeft me ook ingewijd in de alchemie en hij is jaren mijn leermeester geweest.'

Hij zag haar mond openvallen en hief zijn hand op. 'Onderbreek me niet, meisje.'

Marie-Ange hield haar lippen stijf op elkaar. Een lichte blos verscheen op haar gezicht.

'Ook de bastaardzoon van Filips is een bedreven alchemist. Ik heb hem zelf de leer bijgebracht.'

Ze veerde recht. 'Bedoel je Anton? Is hij dan een tovenaar?'

'Zwijg, Marie, vergeet Anton, ik had hem beter niet genoemd. Je vroeg toch naar Flamel? Welnu, Nicolas Flamel was een geleerd man, rijk en grootmoedig in het delen van die rijkdom met de minderbedeelden. Hij is als een vader voor mij geweest. Maar hij had ook een andere, duistere kant. Hij was op zoek naar een middel om het leven te verlengen en daarvoor had hij proefpersonen nodig. Hij pikte arme mensen van de straat, gaf hen eten en onderdak in ruil voor zijn experimenten.'

Geschokt hoorde Marie-Ange hem aan. Ze opende haar mond om hem te antwoorden, maar opnieuw hield hij haar tegen.

'Laat me uitpraten, kind.'

Herinneringen tolden door zijn hoofd. Hij kon haar onmogelijk vertellen dat hij zelf meermaals bij deze experimenten aanwezig was geweest, er zelfs aan had deelgenomen. Ook het dochtertje van Nicolas was er niet aan ontsnapt.

Even verborg hij zijn gezicht in zijn handen.

Beelden van een jong meisje, vastgeketend aan zware ijzers, flitsten door zijn hoofd. Antoine wist maar al te goed welke droom Flamels leven had beheerst. Hij wilde een nieuwe mens maken, die hij zijn Messias had genoemd. Het was zijn bedoeling geweest nieuw leven te creëren dat al van kindsbeen af de intelligentie zou hebben van een volwassene.

Antoines gedachten verplaatsten zich naar de hoek van de *Rue des Ecrivains* in Parijs, het huis waar Flamel zijn experimenten uitvoerde.

Hij zag terug hoe Nicolas gebogen stond over het lichaam van zijn dochter. Overal was bloed, en in zijn handen hield Flamel een wezen dat je moeilijk een mens kon noemen. Het leek eerder een gedrocht, een grote aardappel met wat pluisjes erop. Het kind was doodgeboren, en ook Nicolas' dochter had daarbij het leven gelaten.

'Antoine, hoe lang blijf je daar nog zo zitten? Als ik je niet mag onderbreken, ga dan door met je verhaal!'

Hij schrok op uit zijn herinneringen en rechtte zijn schouders.

Gespannen stond Marie-Ange voor hem. 'Welnu, *monsieur*, komt er nog wat van?'

'Excuus, Marie.' Zijn stem stokte. Het was beter het verleden met rust te laten en zich te richten op de toekomst. In Engeland had hij de gelegenheid gekregen om te experimenteren met een onafgewerkte formule van Flamel die, na Nicolas' dood, in zijn bezit was gekomen. Daarmee kon je jezelf voeden met de geestkracht van anderen en zo de weg vinden naar het Gulden Vlies, naar het eeuwige leven.

Hij was vastbesloten de formule van zijn leermeester te voltooien.

Antoine wist al lang dat de *Hieros Gamos*[19], de ritueel voltrokken seksuele daad, uitermate geschikt was voor dit experiment.

Tijdens deze rite lag de vrouw, met gespreide armen en benen, op haar rug en vormde zo een vijfpuntige ster. In die positie kon de kracht overgaan en de ander naar een hoger niveau brengen. Hij had hoertjes van de straat gehaald en het op hen uitgeprobeerd.

Terug in Brugge had hij van Filips vernomen dat Marie-Ange bevriend was geraakt met de Italiaanse Bella van het theatergezelschap. Filips vertrouwde hem toe dat die Bella speciale krachten had. Vooral dat gegeven had Antoine aangesproken. Hij had verlangend uitgekeken naar Marie-Ange en was erdoor bezeten geweest zichzelf te kunnen versterken met haar innerlijke kracht.

Nu zat ze hier, verontwaardigd en met rood aangelopen gezicht, voor zijn neus. Het was voor hem als ingewijde uitgesloten dat hij een alchemistisch geheim prijsgaf, dus moest hij rond de pot draaien.

'*Mon ange...*' Antoine nam haar handen in de zijne maar ze trok zich terug.

'Marie, zoals ik al eerder zei, verrichtte Flamel ook goede daden. Hij was op zoek naar zielsgenoten, naar verwante geesten om hun intelligentie en kracht te bundelen met die van hem. Na zijn dood heb ik plechtig gezworen zijn werk verder te zetten en jou heb ik al van onze eerste ontmoeting herkend als een zielsverwant. We zijn al eeuwen verbonden met elkaar, Marie, voel je dat dan ook niet?'

Marie-Ange zat verstijfd op haar stoel. Zijn woorden brachten haar in verwarring. Ze had altijd een band tussen hen gevoeld, maar de gebeurtenissen in het schuurtje hadden alles veranderd. Hij had haar onteerd en verkracht en dat kon ze niet zomaar van zich afschudden.

'Besef je eigenlijk wel wat je mij hebt aangedaan? Leg me eens uit wat daar zo mooi aan is? Hoe kan ik je ooit nog vertrouwen?'

Op dat moment verwenste Antoine de Croy de gevoelige en kwetsbare natuur van zijn minnares. Het was moeilijker dan verwacht om haar terug voor zich te winnen. Hij zou er een schepje bovenop moeten doen.

Hij trok een pijnlijk gezicht en viel op zijn knieën voor haar neer.

'Vrouwe, nogmaals mijn excuses dat ik u zo heb overmeesterd. Toen ik u terugzag, wilde ik onze hereniging vieren, maar na maanden van gemis heb ik mijn verstand tijdens ons samenzijn volledig verloren. Ik ben te ver gegaan en dat spijt me. Mijn engel, kun je mij vergeven?'

Hij zou al het mogelijke doen om het vertrouwen van zijn *ange* terug te winnen.

X

en zachte hand liefkoosde het gezicht van Antoine de Croy.
'Wakker worden, *mon amour*, de zon komt op, we moeten ons haasten.'

Kreunend draaide hij zich om en keek haar met half geloken ogen aan.

'Wat kijk je vreemd, Antoine, ik ben het hoor, Marie-Ange. Kom, liefste, opstaan.'

Ze trok aan zijn arm maar hij hield haar tegen.

'Wat zie je er mooi uit zonder opmaak en met je lange haren die prachtig over je schouders vallen.'

Zijn vingers gleden door Marie-Anges haar. Verlegen boog ze het hoofd, een warm gevoel trok door haar.

De voorbije weken was Antoine dagelijks langsgekomen met bloemen en geschenkjes. Maar zij had de herinnering aan die vreselijke nacht niet van zich af kunnen zetten en hem telkens de toegang geweigerd. Opgesloten in haar muziekkamer was ze zo opgegaan in haar harpspel, dat de toppen van haar vingers openlagen.

Maar Antoine was vastberaden geweest en had haar kamenierster dag na dag met brieven voor haar meesteres lastiggevallen. Sofie was gek geworden van zijn koppige volharding en had gesmeekt om er een einde aan te maken. Uiteindelijk was Marie-Ange bezweken onder de druk. Vooral zijn laatste brief had haar hart beroerd.

Het lijkt wel honderd jaar geleden
dat mijn geliefde mij verlaten heeft.
Toch zijn er pas enkele weken vergleden,
maar het lijkt mij honderd jaar geleden.

Zo traag nu kruipt de tijd op heden
want dat zij mij verlaten heeft,
lijkt mij wel honderd jaar geleden.
De hoop mijn jonkvrouw weer te zien,
doet mij vrolijk en luidkeels zingen.
In het groene woud, waar clandestien,
ik leerde onze liefde te bezingen.
Ik die u zozeer bemin.

Ze herkende de ballade van Christine de Pisan en Antoines oprecht berouw had haar diep geraakt. De voorbije nacht hadden ze zich verzoend en met nieuw vertrouwen had ze zich aan hem gegeven. Haar minnaar was heel zacht en teder geweest, hij was terug de Antoine geworden waar ze zoveel van hield.

De ochtendzon straalde in het vertrek en nog even genoot ze van zijn handen op haar huid.

'Liefste, zo dadelijk komt de meid de kamers verluchten. Zie ik je vanavond weer?'

Hij rekte zich uit en liet haar zachtjes los. Het was inderdaad tijd om te vertrekken. Ze hadden de nacht doorgebracht in de kamers van een goede vriend, maar ze mochten hier onder geen beding samen gezien worden. Overspel was schering en inslag aan dit hof, maar een liaison mocht niet in de openbaarheid komen.

Ook al verbleef Marie-Anges echtgenoot, René Defau, nog steeds in Dijon, Antoines kamers waren vlakbij en zijn eega verwachtte hem stellig aan het ontbijt.

Een sluw lachje speelde rond zijn mond. Zijn minnares vertrouwde hem opnieuw, dat was het allerbelangrijkste.

Antoine staarde voor zich uit. Na het liefdesspel had Marie-Ange verteld over haar nichtje en over de Italiaanse furie, waarover ook Filips hem had aangesproken. Hij had de oren gespitst toen ze het over het Gulden Vlies had. Ze had hem verteld dat Catharina en Bella regelmatig naar een wereld gingen waar dat verborgen lag.

Jongen, wie het Gulden Vlies kan bemachtigen, heeft toegang tot het eeuwige leven.

Flamels stem gonsde door zijn hoofd.

'Antoine, kom nu, wat sta je daar te dralen!'

Hij schrok op, nam haar hermelijnen cape van het bijzettafeltje en drapeerde die rond haar schouders.

'Rustig liefje, ga jij al maar en laat me nog even, we zien elkaar vanavond weer.'

Ze keek hem onzeker aan.

'Beloof je me dat, Antoine? Morgen vertrekken we naar de Coudenberg in Broekzele[20]. Het zou mijn hart breken als ik je daarvoor niet meer bij me zou hebben.'

Gehaast trok hij zijn puntschoenen aan. 'Alles komt in orde, Marie, ga verder inpakken, ik stuur bij valavond een bode om je tot hier te begeleiden.'

Hij kuste haar licht op de wang.

'Tot later, mijn engel.'

Heel het kasteel stond in rep en roer. Pages en dienstboden renden heen en weer om koffers en zakken op grote karren te laden. Tientallen zware koetsen en wagens volgeladen met kostbare bezittingen stonden op de binnenplaats, klaar voor het vertrek.

Staljongens verzorgden de paarden die de koetsen en karren moesten trekken en legden ze in het gareel.

Marie-Ange keek gespannen toe hoe enkele knechten haar harp naar een grote koets droegen. Het instrument was overtrokken met een linnen doek en omwikkeld met stukken bont. Het was de eerste keer dat haar kostbare bezit werd vervoerd. Als het hof naar een andere residentie reisde, nam ze altijd een van haar goedkopere harpen mee.

Deze keer zouden ze in de lente vanuit Coudenberg naar Hesdin trekken en pas tegen het einde van de zomer terugkeren naar Brugge. Zo lang kon ze haar trouwe vriendin niet missen.

De voorbije jaren had ze er telkens van genoten te paard de weg naar Coudenberg af te leggen. Ze hield van paardrijden, van de buitenlucht en het landschap waar ze door trokken. Enkele dagen geleden had de hofmaarschalk haar erop gewezen dat ze, nu ze tot hoofdharpiste was benoemd, onmogelijk nog te paard de verplaatsing kon maken. Na overleg had hij haar toestemming gegeven om samen met haar harp in een van de grote koetsen te reizen.

Het lawaai op de binnenplaats was intussen oorverdovend. Ze zag mannen zeulen met schilderijen, edelsmeedwerk, wandtapijten en zelfs meubelen.

Het ergerde haar voor de zoveelste keer dat de hofadel al de dagelijkse luxe mee op verplaatsing nam. Ze vond dat uiterlijk vertoon maar een pronkerig gedoe. Haar hoofd bonsde en draaierig leunde ze tegen de koets. Ze dacht terug aan de vorige dag.

Ze had afscheid genomen van haar nieuwe vriendin. Bella zou pas later naar Coudenberg komen. Eerst zou ze nog met een delegatie van haar groep naar het kasteel in Teylingen[21] trekken. Het was de hertog zelf die hen de opdracht had gegeven om de mensen aan dit Hollandse hof met hun optredens te vermaken.

Het stemde Marie-Ange droevig dat hun wegen een tijdje zouden scheiden. Sinds de komst van Bella was haar leven een stuk boeiender geworden. Bella had haar opgemonterd en vrolijk gezegd dat haar groep nu eenmaal de kost moest verdienen, en dat Teylingen een welkome afwisseling zou zijn.

Later die dag had Marie-Ange zich, samen met Sofie, gestort op het sorteren van kleding en enkele spulletjes die ze zeker wilde meenemen. Zo had ze een schilderij van Jan van Eyck in haar bezit dat haar dierbaar was. Het was een portret van haar dat monsieur van Eyck geschilderd had, enkele weken nadat ze vanuit Frankrijk naar het Bourgondische hof was gebracht.

Ze had het schilderij samen met de harp ingepakt voor de reis en de tijd was voorbijgevlogen. Nadien had ze, opgemaakt en in haar mooiste kleed, op de bode gewacht die haar zou vergezellen naar haar minnaar. Maar de bode die Antoine haar had beloofd, was niet komen opdagen. Tot laat in de nacht had ze in het voorvertrek gezeten tot Sofie haar onder zachte dwang in bed had gestopt.

'Vrouwe, vergeet deze man toch, hij is u niet waard. U bent veel te goedgelovig.'

Marie-Ange was huilend in slaap gevallen.

Rusteloos zocht Marie-Ange in de mensenmassa naar het gezicht van Antoine de Croy.

'Nicht, wat sta je daar te treuzelen, we gaan zo dadelijk vertrekken. Kom, help me even met instappen.'

Verstrooid hielp ze haar nichtje de koets in.

'Ik kom zo dadelijk, ik heb nog iets te doen', riep ze Catharina toe. Voor haar nichtje kon reageren rende ze weg, op zoek naar haar minnaar. Eindelijk zag ze hem staan. Hij stond bevelen te geven aan een escorte van meer dan honderd ruiters die hen tijdens de reis zou begeleiden.

Ze zag Antoine het hoofd draaien en in haar richting kijken. Zijn strenge blik hield haar tegen om dichterbij te komen. Ze verstarde, tranen welden in haar ogen op.

Onbeweeglijk bleef ze hem aanstaren tot hij onverwacht een hand op zijn hart legde en met de andere in haar richting wees. Toen sprong hij in het zadel en galoppeerde langs de ruiters naar de hertogelijke koets.

Hij zou als hoofd van het escorte gedurende de hele tocht niet van de zijde van de hertog wijken.

Een hoorn schalde drie keer kort en krachtig. Het teken om te vertrekken. Marie-Ange haastte zich naar haar koets en buiten adem plofte ze naast haar nichtje neer. Die keek haar verontwaardigd aan.

'Het spijt me, Cath, ik moest nog iets regelen.'

Catharina keek naar het opgelaten gezichtje van haar vriendin en dacht er het hare van.

Het gestage schommelen van de koets maakte de beide meisjes misselijk. Zwijgend staarden ze voor zich uit.

Marie-Ange dacht aan haar minnaar en het gebaar dat hij die ochtend had gemaakt. Ze had daaruit begrepen dat zijn hart haar toebehoorde, maar ze werd opnieuw door twijfel overmand. Waarom was hij de vorige avond hun afspraak niet nagekomen? Ze begreep er niks van.

Naar gewoonte werd de verplaatsing naar Broekzele in etappes afgelegd. De eerste halte was de Sint-Pietersabdij in Gent.

Zolang ze het zich kon herinneren overnachtte het hof, na de eerste dag, bij deze benedictijnse monniken. De abdij was met zijn vele landerijen, hoeven en woningen de ideale plaats om heel het hof te herbergen.

Waarschijnlijk zouden ze pas tegen de avond het zuiden van de stad binnenrijden. Er stond hen dan nog een heuse klim naar de Blandijnberg te wachten. De abdij lag hoog boven de zeespiegel en de koetsen en karren konden amper het gewicht van de bagage dragen. Iedereen zou te voet de berg moeten beklimmen.

Haar keel voelde kurkdroog aan en ze verlangde hevig naar een beker warme wijn.

Had Filips misschien besloten deze eerste dag zonder onderbreking af te leggen?

Ze klopte op het venster van de koets om de aandacht van de ruiter naast hen te trekken. Op dat moment hoorde ze het geschal van de hoorn dat aangaf om halt te houden. Eindelijk, haar blaas stond op springen.

Ze stootte Catharina aan die intussen was ingedommeld, sprong de koets uit en keek verbaasd om zich heen. Lichte vlokjes dwarrelden over het landschap neer. Droomde ze of was dit werkelijk sneeuw? Ze hadden Brugge onder een stralende zon verlaten.

Het was nog maar de vraag of ze Gent op tijd zouden bereiken.

Een sneeuwtapijt bedekte de kleine siertuin in het dal van de Koperbeek. De tuin, die tussen de achterzijde van het paleis en het bos lag, was maar een deel van het reusachtige park van Coudenberg. De heuvel er tegenover werd benut als wintertuin en stond vol volières met exotische vogels.

Het park was aan alle kanten door muren omgeven, maar er was een doolhof van paadjes die uitkwamen op boom- en wijngaarden, bloemperken en fonteinen.

Marie-Ange liep langs de warande[22] waar verschillende dieren verbleven. Dit dierenpark was opgericht om het hof te vermaken en herbergde onder meer een leeuw, twee beren, een struisvogel en een Guinees biggetje.

Met een benauwd gevoel liep ze het park voorbij en verder langs het gebouw waar de hoofdbewaker verbleef. Ze was op weg naar een feestje maar het begon al te schemeren. Nog even en het was aardedonker.

Ze versnelde haar pas en kwam bij een dichtbegroeid gedeelte, omgeven door een hoge muur. Opgelucht naderde ze de ingang van het labyrint. Een wachter vroeg haar naam, keek haar doordringend aan en liet haar binnen.

Hagen van wel twaalf voet hoog omsloten een doolhof van gangen. Gelukkig kende ze de weg hier op haar duimpje. Een van de gangen kwam uit op een grote ruimte. Het was een kamer overwelfd door een dak van loof en twijgen en totaal verborgen voor de buitenwereld.

Dames en heren van verschillend allooi stonden met elkaar te praten. Ze keek rond, op zoek naar een bekend gezicht.

'Ook een beker wijn, Marie-Ange?' Agnes keek haar met een valse glimlach aan.

'Wat doet Filips' gunstelinge hier zo alleen? Ben je het harpspelen beu, vrouwe?'

Het sarcasme droop van haar stem. Marie-Ange negeerde haar en liep verder. Eens te meer stond ze versteld van de jaloezie die aan dit hof heerste.

Bij haar aankomst in Coudenberg had *le Duc* haar enkele kamers vlak naast zijn eigen vertrekken gegeven. Het was zijn manier om zijn achting voor haar te tonen.

Gewoonlijk werd in de hertogelijke residentie uitsluitend de naaste familie ondergebracht. Hoe lager in functie of afkomst, des te verder je kamer van Filips' vertrekken verwijderd was. Het nieuws deed al vlug de ronde dat zij, als hoofdharpiste, haar intrek in de residentie van *le Duc* had genomen. Vanaf dat moment werd Marie-Ange door de meeste hofdames gemeden. Hun afgunst had haar geraakt.

Gelukkig gaf de excentrieke pracht van het paleis haar nog enige afleiding. Ze bewonderde de vele eiken die vanuit het Zoniënwoud waren overgeplant.

De dagen werden gevuld met steekspelen die, vanwege de koude, in de grote paleiszaal plaatsvonden.

Toch voelde ze zich eenzaam en de uitnodiging voor het feest in het labyrint kwam op het juiste moment.

Het festijn was intussen in volle gang. Vrolijke gezichten doemden voor haar op en plotseling werd ze ingesloten door een groepje mannen.

Een jonge kerel trok haar naar zich toe en begon haar brutaal in de hals te zoenen. Grinnikend duwde ze hem van zich af, verloor het evenwicht en viel recht in de armen van een aangeschoten edelman. 'Welk mals boutje hebben we hier! Kom, dddrink wat wwwijn met me, llliefje.' Hij drukte de beker op haar mond en de inhoud spatte over haar gezicht.

Voor ze zich kon fatsoeneren werd ze meegesleurd naar een bank en kwam in een kluwen van armen en benen terecht. Een vrouw, naakt tot aan het middel, reikte haar een kroes wijn aan. Gulzig dronk ze de beker leeg en kreeg terstond een andere tegen haar lippen gedrukt.

'Drink maar, lieverd, laat je gaan.' De vrouw begon haar vrijpostig te strelen en betasten.

Marie-Ange sloot de ogen, maar werd meteen ruw door elkaar geschud. Iemand trok hard aan haar arm.

'Marie? God in de hemel sta me bij.' Hildegard torende boven haar uit.

Beneveld kwam ze overeind en staarde de vrouwe aan. 'Hil... Hildegard, wat doe jij hier?'

Haar hoofd tolde en ze voelde zich misselijk en draaierig.

'Je bent dronken gevoerd, Marie, wat ben je toch een naïef ding. Kom, ik breng je terug naar het paleis.'

Met tegenzin liet Marie-Ange zich meevoeren. Aan de arm van de hofdame verliet ze het labyrint.

'Heb je het laatste nieuws gehoord, Marie? De Italianen zijn in aantocht! Eindelijk zal ik mijn geliefde Matteï terugzien!'

Catharina was duidelijk in haar nopjes. Sinds hun aankomst op de Coudenberg had ze haar vertrekken nauwelijks verlaten. Marie-Ange was enkele keren bij Catharina geweest en had haar telkens in bed aangetroffen.

Nu zat haar nichtje warm toegedekt in een zetel bij het raam. Haar gezichtje straalde en ze tetterde er op los: 'Bella is er natuurlijk ook bij! Oh, Marie, wat een zaligheid dat Bella terug bij ons zal zijn!'

Marie-Ange onderbrak haar niet. Ook voor haar was dit een mooi vooruitzicht. Ze had het Italiaanse meisje erg gemist. Toch was haar hart bezwaard. Ze had nog steeds niks van haar minnaar gezien of gehoord.

Ze wist dat Antoines eega nooit ver uit de buurt was, maar ze had toch minstens een brief van hem verwacht. Het kostte haar moeite om te delen in de vreugde van haar nichtje.

Plotseling veerde Catharina recht. 'Nicht, door al mijn gebazel vergeet ik je nog te melden dat je minnaar me gisteren met een bezoek heeft vereerd. Hij wil je dringend spreken.'

Ontsteld keek Marie-Ange haar aan. 'Is Antoine bij jou geweest? En dat zeg je me nu pas? Ik heb hem in weken niet gezien.'

Catharina verschoof zich op de zetel. Ze had dit liever verzwegen. Steeds meer twijfelde ze aan de oprechtheid van Antoines gevoelens vòor haar nichtje.

'Hij heeft een brief voor je achtergelaten. Kijk eens op mijn nacht-tafel', sprak ze met tegenzin.

Met bibberende handen las Marie-Ange de brief.

Mijn engel, het spijt me, ik zag geen kans je te ontmoeten. Bovendien is Gent in opstand gekomen tegen Filips en de hertog had mijn diensten nodig. Vanavond komt de Orde van het Gulden Vlies in spoedberaad samen. We moeten deze opstand de kop indrukken. Bij dageraad vertrek ik met enkele ridders naar Gent. Ik mis je, Marie! Ik kom vannacht naar je slaapstonde. Zorg dat de wacht me doorlaat en stuur je kamermeid weg.
Voor altijd de jouwe.
Antoine

Opgelucht zeeg Marie-Ange neer. 'Hij komt deze nacht naar mijn bed, Cath, hij is me toch niet vergeten.'

Plots betrok haar gezicht. 'Wist jij dat Gent in opstand is gekomen? Antoine reist er morgen heen.'

Catharina keek haar fronsend aan. 'Geniet dan maar van deze nacht met je minnaar, Marie.'

XI

Bella, Matteï, Luigi en Falco waren een maand geleden op aanvraag van Filips naar Teylingen gereisd. Karel en kanselier Rolin hadden Filips vertegenwoordigd aan dit hof in Holland. Er moest onderhandeld worden en zij waren als geen ander geschikt om de diplomatieke aangelegenheden van de hertog te behartigen.

Bella had genoten aan het Teylingse hof. Niet alleen was Karel dichtbij geweest, ook het hartelijke hof had hen joviaal en met open armen ontvangen.

Het vijftal was door de hovelingen met lof overstelpt.

Meermaals had Bella, overmand door verdriet, gewenst dat Franca dit had kunnen meemaken. Zij zou het in Teylingen ook heerlijk hebben gevonden.

Na de onderhandelingen, die nog geen volle maand in beslag hadden genomen, waren ze naar Brugge teruggereisd.

Het was geen afscheid geweest, want de Teylingers hadden hen voor het volgende najaar opnieuw uitgenodigd.

Toen het groepje in Brugge toekwam vonden ze hun familie al vertrekkensklaar. Alessia kon haar blijdschap niet op bij het weerzien van Bella en de jonge mannen. Ze was boos en teleurgesteld geweest dat ze haar te jong hadden gevonden om de reis naar Holland te maken. Ze had het samen oefenen gemist, hun warme stemmen aan het kampvuur 's avonds, de gezelligheid.

Gelukkig waren er Giovanni en Frederico die haar hadden vertroeteld en omarmd, net als ook haar lieve Nona.

Nu moest de hele groep afscheid nemen van deze plek in Brugge, die hen zo vertrouwd was geworden.

Het sneeuwde zachtjes toen het gezelschap, gehuld in wollen mantels en elk met zijn eigen dromen, in de vroege uurtjes in de richting van het winterpaleis trok.

De karavaan reed door het hertogelijk park langs bosjes berken en essen, voorbij schaduwen van forse eiken waarvan de kruinen de weg overschaduwden.

Het was van bij hun aankomst in Brugge geleden dat de Italianen met heel het gezelschap en hun dieren opnieuw een grote tocht ondernamen.

Door de grote poort reden ze het hertogelijk domein uit. Ze kwamen in een landschap met akkers, omsloten met oude stenen muurtjes en hier en daar een boerderij.

De wind blies verraderlijk. De wollen mantels hielden hen beschut en warm, daar had Giovanni voor gezorgd. De laatste maanden was hij met niks anders bezig geweest dan met het vervaardigen van nieuwe winterkleren en schoeisel voor het hele gezelschap. Hij had een ijverig hulpje gehad aan Alessia.

Ook de vrouwen hadden niet stilgezeten. Hun voorraad medicinale kruiden en zalven was weer aangevuld, en ze hadden ook oliën, elixirs en voldoende gedroogde voeding verzameld om de lange winter door te komen.

Ergens vroeg op de avond arriveerden ze bij een herberg. Emilio klopte aan en vroeg naar logies voor de nacht. Hij wees naar zijn gezelschap.

'Graag zouden we hier een avondmaal gebruiken en onze karavaan op een beschutte plek herbergen. We zijn al uren onderweg zonder te pauzeren, onze magen knorren van de honger.'

De herbergier veegde zijn handen aan zijn voorschoot af, terwijl hij de Italianen eens goed opnam.

'Dat kan geregeld worden en ongetwijfeld tot uw tevredenheid. Maar eerst nog dit: in de loop der jaren ben ik van boven tot onder bestolen geweest door genadeloze bandieten, zodat mijn aangeboren goedheid is verzuurd; ik neem nu voorzorgen. Kortom, ik wil eerst geld zien voor ik op jullie vraag kan ingaan.'

Emilio knipoogde naar zijn metgezellen. Hij stapte naar zijn zadeltas, haalde er een zilveren muntstuk uit en wierp het de waard toe.

'Deze munt opent voor u en uw gezelschap met graagte mijn herberg', zei de herbergier.

De maaltijd was heerlijk en verwarmend. De volgende ochtend zouden ze bij het krieken van de dag verder trekken. Maar eerst wachtte hen een welgekomen nachtrust.

Bella hing haar cape over de schouders en verliet de warmte van de herberg. Ze liep in de richting van de karavaan. Haar hoofd bonkte in haar slapen. Verrekte wijn, aan het hof zijn we te veel gewend geraakt aan die heel lekkere bourgogne, dacht ze nostalgisch.

Ze schrok op door het geluid van snelle voetstappen die uit het duister op haar toekwamen.

'Ik ben het, Bella, Luigi. Er is bezoek voor jou.'

Buiten adem trok Luigi Bella terug in de richting van de herberg. Hij bleef haar arm vasthouden en dwong haar om even te gaan zitten.

'Anton is hier, hij is ons gevolgd, zoveel is zeker. Het maakt me wat ongerust, Bella-Franca. Geloof me, ik spreek niet uit afgunst of wat dan ook. Maar mijn gevoel zegt dat je voorzichtig moet zijn met die man.'

Bella luisterde amper.

'Anton... hier? Breng me naar hem toe, snel. Wat wil hij?'

Bella liep voor Luigi uit terwijl ze hem aanspoorde er vaart achter te zetten.

'Niks mee aan te vangen als ze zich iets in haar hoofd haalt', mompelde Luigi voor zich uit. 'Wacht, Bella, alsjeblieft, wees toch eens redelijk, gebruik je verstand!' riep hij haar toe maar ze was hem al een heel eind voor. Anton doemde als een schim in het donker voor hen op. Hij stond haar bij de woonwagen op te wachten.

Luigi zag het met lede ogen aan. Verontrust en teleurgesteld in Bella's reactie droop hij af.

'Anton? Je bent de laatste die ik hier verwacht had. Wat brengt jou hier?' sprak Bella opgelaten.

'Eenzelfde doel als dat van jou, vermoed ik. Vanaf morgen vergezel ik je naar het winterpaleis. Ik had wel wat meer enthousiasme van je verwacht.'

Hij nam haar handen in de zijne en keek haar in de ogen. Ze voelde dat zijn aanraking iets vertrouwds had en hij gedroeg zich alsof zij van hem was.

'Je ziet er tevreden uit, dus ben je blij om mij terug te zien?'

'Dat weet ik niet zo zeker, nu je het me vraagt. Je hebt me al eens in de steek gelaten, net toen ik je nodig had, toen iedereen me met de vinger wees als dief. Jij wist immers dat ik niks met het stelen van die topaas te maken had en toch deed je niks om me te helpen. Dat zul je je toch wel herinneren?'

'Zo bekijk jij het misschien. Maar kom, laat ons het daar niet over hebben. Het enige wat ik op dit moment wil, is je weer omhelzen, uit vriendschap.'

Hij deed een stap naar voren, pakte allebei haar handen vast en bracht ze naar zijn lippen.

'Alleen maar uit vriendschap?' antwoordde ze sceptisch.

Zijn ogen met het vale bleke licht erin keken de hare aan. Ze wist dat ze ogenblikkelijk moest wegkijken om de betovering te verbreken. Weer kwam het gevoel van wantrouwen bij haar op.

'Mijn allerliefste', zei Anton die haar twijfel opmerkte. Hij trok haar dicht tegen zich aan. 'Ah, je bent zo zacht.'

'Nee', zei Bella zonder zich te verzetten toen hij zijn lippen naar de hare bracht en haar op de mond kuste.

'Jouw lippen, als honing zo zoet.' Hij hief zijn hoofd en mompelde verder. 'Herinner je je het genot van onze naakte lichamen?' Terwijl zijn hand over haar kuit langs haar been gleed, de zachtheid van haar dij hem raakte, werd hij overspoeld door lust.

'Nee, niet doen!' riep Bella uit. 'Niet nu, niet hier.'

Anton sprong op en gaf haar een klap in het gezicht.

'Hou toch je mond', siste hij. 'Moet iedereen in de buurt denken dat ik jou verkracht?'

'Waarom doe je dit, Anton?' Bella keek hem woedend aan. 'Je weet dat mijn hart aan Karel toebehoort.'

'Bella, hoe dom en naïef kun je zijn. Is het dan nog niet duidelijk voor jou dat niks van Karel jou ooit zal toebehoren, zelfs niet zijn hart.'

'Ga weg, laat me met rust. Ik wil jou niet meer zien, nooit meer, hoor je dat, nooit meer!' Bella snikte het uit.

Ze merkte plots dat haar vader en grootmoeder bij haar stonden. Anton was verdwenen.

'Waar is die man?' vroeg Emilio terwijl hij onrustig in het rond keek. 'Hij kan hier beter wegblijven. O wee als hij hier blijft rondhangen!'

'Kom, kindje, we gaan slapen', suste Nona. Ze trok Bella recht en nam haar mee naar de woonwagen.

'Kindje, m'n kindje toch. Wanneer zul je toch eens luisteren naar de raad van je grootje. Die Anton brengt niks goeds met zich mee. Dat zag ik van de eerste keer. Vergeet toch de mannen aan het hof. Loopt hier dan niet genoeg schoon mansvolk rond? Hoe kun je hen vergelijken met die hovelingen.'

'Jij hebt toch ook...' stamelde Bella. Ik bedoel, jij weet toch beter dan wie ook dat je niet kiest op wie je verliefd wordt.'

Nona zuchtte knorrend.

'Trouwens, Karel is anders, Nona. Ik ben er zeker van dat jij dat ook zou zien als je de kans kreeg hem te leren kennen.'

Nona rolde met haar ogen en reikte Bella een kop hete kruidenthee aan.

'Drink dit maar op, je zult slapen als een roos. Het zal nodig zijn. Je zult morgen de kracht moeten hebben om verder te reizen.'

An het hof werd er dagenlang over niks anders gesproken: de Italianen waren op komst. Voor Catharina en Marie-Ange was dit heuglijk nieuws, maar het merendeel van de hofdames was er niet blij mee.

En er was meer. Isabella, de hertogin, was ziek. Ze lag al enkele dagen in haar bedstee. Niemand wist hoe ernstig het was en niemand mocht het vertrek van Isabella betreden op gevaar van besmetting. Alleen de arts en hofdame Agnes, die Isabella verzorgden, kregen toegang tot haar kamer.

Nog voor het theatergezelschap goed en wel geïnstalleerd was in hun nieuwe omgeving, deed het gerucht de ronde dat er een kostbare sjaal van Isabella verdwenen was. Alles wees in de richting van de Italianen.

Bella en Matteï hadden de avond van hun aankomst geen seconde langer kunnen wachten en waren hun geliefde vriendinnen gaan opzoeken. Met toestemming van de hofmaarschalk waren ze het paleis binnengegaan. Hij had hen verdergeholpen en de plek gewezen waar ze hun woonwagens konden plaatsen en de dieren konden stallen. De volgende dag zou hij hen tot in alle uithoeken van het domein wegwijs maken.

Eerder die dag had Mina hen ongezien tot bij Catharina en Marie-Ange gebracht.

De meisjes waren elkaar in de armen gevlogen, de tijd was te kort geweest om alles te vertellen wat ze hadden meegemaakt.

In dit paleis zou het moeilijker worden elkaar heimelijk te ontmoeten. Hier was geen onderaards gewelf met geheime gangen. Toch voelde Bella dat hier veel mogelijkheden waren om binnen de muren onzichtbaar rond te dolen. Het paleis was immens groot en het had zoveel kamers en vertrekken dat de hovelingen al even snel en behendig als zij zelf moesten zijn om haar te pakken te krijgen. Wel zou ze een manier moeten vinden om er binnen te geraken, maar met Karel aan haar zijde zou dat vast geen probleem worden.

Nona voelde een oude dreiging opnieuw de kop opsteken. Ze wist stilzwijgend dat die dreiging van het hof als een zwaard van Damocles boven hun hoofd hing. Heel regelmatig keek ze in de kom met het gezegende water van Zeborah, maar beelden zag ze niet. Had die gave haar verlaten of voelde ze de waarschuwing op een andere manier?

Het antwoord liet niet lang op zich wachten.

Onaangekondigd betraden ze het kampement. Een bevelhebber van Filips marcheerde samen met een tiental soldaten tot bij de woonwagens.

'Op bevel van *le Lion*, hertog Filips van Bourgondië, nemen wij Matteï en Bella, beiden leden van het theatergezelschap *La compagnia de la canta popular*, in hechtenis. Soldaten, grijp de schuldigen.'

Emilio kwam woedend tussen beiden: 'Hier wordt niemand meegenomen...'

Nog voor hij zijn zin kon afmaken had een van de soldaten hem neergeknuppeld.

'*Bastardo! Sei impazzito.*' Vloekend en tierend vloog Bella op de bevelhebber af. Die nam haar beide armen vast en bond ze stevig op haar rug.

Intussen hadden de soldaten ook Matteï gevonden. Zijn gezicht verried geen enkele emotie maar inwendig kookte hij.

Ze namen de twee zonder enige uitleg mee naar het paleis en sloten hen op in een kerker.

Bella was in alle staten.

'Wat moeten we doen, Matteï, ze kunnen ons toch niet zomaar opsluiten?'

Luid roepend bonkte ze met haar vuisten op de deur. Na een eeuwigheid hoorde ze gerinkel van sleutels en het geluid van leren laarzen op de stenen vloer. 'Hola hola! Houd jullie kalm, stelletje wilden.' De cipier opende de kleine cel en vier wachters namen de beide Italianen bruut bij de armen.

'We zullen eens zien of je nog zoveel praat zult hebben,' spotte de bewaker, 'als straks het tribunaal jullie straf zal uitspreken.'

Bella verstijfde: 'Wat heeft dit te betekenen? Laat ons gaan, wij hebben niks misdaan', riep ze woest terwijl ze probeerde zich uit de armen van de wachters te bevrijden.

Om Bella tot kalmte te manen keek Matteï haar indringend aan. Met tegenzin stapte ze zwijgend verder.

Toen ze naar de zaal werden gebracht, zaten daar de hertog en zijn raadsheer Rolin, alsook Isabella en haar trouwe dienaar Coquinet, klaar voor het verhoor.

De hertogin zag in deze aanklacht de kans om het kreupele bastaardkind van *le Duc* alle contact met Bella te ontnemen.

'Dat wicht geniet blijkbaar erg veel van het gezelschap van die Italiaanse', had ze opgemerkt toen Coquinet zoals gewoonlijk verslag over Catharina uitbracht.

Bella voelde een kramp in haar maag toen ze zag dat ook Agnes aanwezig was. De sympathie tussen de hofdame en de hertogin zou Bella geen voordeel leveren. Als ze bedacht hoezeer Agnes haar haatte, was het makkelijk raden dat die twee elkaar als bondgenoten hadden gevonden.

'Ken je deze mensen?' vroeg Filips aan de hofmaarschalk.

'Jawel, heer Filips, ik heb hen enkele dagen geleden toegang verleend tot het paleis om hen te helpen zich te installeren op de koninklijke domeinen', antwoordde hij plechtig.

'Zie je wel dat ze hier binnen zijn geweest! Dus kunnen ze overal rondgeneusd hebben. Mijn vrouwe heeft het altijd bij het rechte eind', kwam Coquinet met een valse grijns tussen.

'Wilt u eindelijk zo goed zijn ons te zeggen waarom we worden aangehouden?' De klank van Matteï's stem gaf blijk van een onwrikbare kracht die de omstanders in verwarring bracht.

Isabella bracht de aandacht snel terug naar de zaak. 'Ik mis mijn zijden sjaal die me zo mooi sierde. Nu alleen dit er nog van over is' – ze stak een half opgebrand stuk rode zijde in de lucht – 'kan ik hem onmogelijk nog dragen.'

Matteï en Bella staarden de hooggeplaatsten met verstomming aan. Voor ze iets konden zeggen, wendde de hertogin zich tot Filips en ging steeds luider door. 'Ik weet zeker dat Bella, die toverkol, mijn sjaal heeft gebruikt om een bezwering over me uit te spreken die mijn gezondheid zware schade heeft toegebracht. Nog steeds lijd ik onder pijn in mijn borst en lelijke hoestbuien.'

'Maar hoe kan ik...'

'Zwijg, jij, heks die je bent. Hier praat je je niet zomaar uit', riep Isabella luid.

Matteï sprong woedend naar voren. 'Wie denk je wel dat je bent, dat je mijn zuster zomaar te schande zet! Heer hertog, mag ik aanspraak maken op uw eerlijk oordeel?'

'Zwijg, jij bruut, met vleierijen zul je er niet komen.' Isabella voelde het heet worden onder haar voeten. Deze keer zou ze haar gemaal voor zijn en haar zin doordrijven.

Bella besefte dat elk woord dat ze verder zouden zeggen tegen hen gebruikt zou worden.

'Jij, jongeman, bent medeplichtig aan dit vergrijp.'

De hertogin wendde zich tot haar man: 'Mijn waarde echtgenoot, laat Coquinet getuigen.'

Filips stemde toe en Coquinet hield zijn betoog. 'Nadat vrouwe Agnes onder ede had verklaard dat sinds het verdwijnen van de sjaal de ziekte van de hertogin in alle hevigheid was uitgebroken, ben ik op zoek gegaan. Omdat Bella ook de edeltopaas gestolen had, vond ik het logisch mijn onderzoek in de richting van de Italianen te starten.'

Bella's wangen verkrampten van woede maar ze zweeg.

'Mijn vermoeden bleek juist. Ik vond de sjaal, of wat er van overbleef, verborgen onder een van hun woonwagens.'

Filips twijfelde. In de ogen van Bella en Matteï zag hij oprechtheid en hij kende hun loyaliteit, maar de feiten spraken tegen hen. Zijn vrouw was ziek geweest en de hofarts had de ziekte niet kunnen verklaren.

Hij zou een straf uitspreken, maar hij zou mild blijven.

'Jullie komen onder geen beding het paleis nog in. De toegang tot de koninklijke stallen zal jullie eveneens ontzegd worden. Bij een volgende misstap kan ik jullie geen gratie meer verlenen. Je kunt nu beschikken.'

Huiverend keek Bella naar Agnes die hautain voor hen stond, een spottende grimas om haar mond. Hoeveel haat konden deze hofdames hen toedragen, al deden ze zich nog zo vroom voor. Welke duistere demonen schuilden er in deze zogezegd vrome zielen? En hoe gemakkelijk schoven ze de verantwoordelijkheid voor hun eigen daden van zich af!

Karel noch Anton waren op dat moment in het paleis aanwezig. Bella was teleurgesteld geweest toen Karel haar in Teylingen had gezegd dat hij pas tegen het einde van de winter in Coudenberg zou toekomen. Anton had ze, sinds het voorval bij de herberg, niet meer gezien. Ze was hem alsmaar meer gaan wantrouwen.

Zou het kunnen dat hij zich op haar wilde wreken? Ze moest hem vinden. Ze zou ervoor zorgen dat hij haar opnieuw goedgezind werd, al wilde ze op dit moment liever niks meer met hem te maken hebben. Zonder de steun van Anton of Karel zouden ze het wel eens zwaar te verduren kunnen krijgen. Er zat dus niks anders op.

Ze rechtte haar rug. Nooit zou ze opgeven. Trots was een eigenschap die Nona aan Bella en Alessia had doorgegeven. Niemand zou hen kunnen breken.

De volgende periode was er een van spanningen en ongemak.

Als de groep aan het hof moest optreden, werden ze met zijn allen bewaakt tot ze weer op hun eigen terrein waren. Dat bracht een wolk van ongenoegen en kwaadheid over het gezelschap.

Bella probeerde alles met de mantel der liefde te bedekken. Ze stond met haar grootmoeder bij de voet van de oude eik die hun kampplaats sierde.

'Karel zal ons wel bijstaan, Nona, hij zal dit niet zomaar laten gebeuren. Geloof me, als hij hierover hoort, zal heel dit spelletje snel over zijn.'

Nona keek Bella kwaad aan: 'En die andere *idiota* die zopas nog rond jou hing, is die ook plots in de mist opgegaan? Het is geen spelletje, kind, het is dodelijke ernst, en die zogezegde vriendjes van jou kun je er maar beter buiten houden. Ze maken het alleen maar erger.'

Bella zocht steun tegen de natte bast van de grote boom. Ze werd overmand door een onverwacht verdriet.

Zou Karel haar in de steek laten? Zou hij kiezen voor zijn familie, zijn stand? Had hij het haar al niet een keer duidelijk gemaakt?

Ze haalde diep en sidderend adem. Het was nog altijd heel vochtig en koud. Het meisje verlangde naar de zoete aanwezigheid van haar Franca.

Ze sloeg haar mantel strakker om zich heen. 'Zouden we morgen de kaarten nog eens kunnen leggen, Nona? Ik wil weten waar we aan toe zijn.'

'Kindje, ik geloof niet dat de kaarten ons deze keer zullen helpen. We moeten ervoor zorgen dat we niet langer in een slecht daglicht staan. Laten we ons zo ver mogelijk van dit hof en al zijn intriges afhouden.'

Bella begreep de onderliggende boodschap van haar grootmoeder. Ze dacht aan de woorden van haar lieve vriend Elim. Had hij haar niet gezegd dat ze nooit beschaamd moest zijn om lief te hebben?

Ze glimlachte vanbinnen om deze herinnering. Nooit zou ze haar liefde voor Karel opgeven.

De sneeuw begon te smelten en de eerste bloemen staken hun kop op in de beschutting van de koninklijke tuinen.

Isabella was na de bestraffing van Bella en Matteï verbazend snel hersteld. Niemand had zich daarover vragen gesteld.

Anton was weer op het toneel verschenen. Hij was poeslief naar Bella toe gekomen alsof er nooit een vuiltje aan de lucht was geweest. Hij kwam zijn lieve Bella melden dat Karel terug aan het hof was. 'Maar,' voegde hij er met een valse glimlach aan toe, 'naar het schijnt zou Isabella haar zoon alle contact met jou verboden hebben. Naar aanleiding van de diefstal en haar ziekte, uiteraard.'

'Welke rol speel jij hierin?' vroeg Bella hem vernederd.

Weer liet Anton haar in het ongewisse. 'Ik kan niet meer zeggen dan wat ik hoor en zie. En bij jou en jouw lieve gezelschap kun je de magie ruiken, horen en voelen. Waarmee ik bij God niet zou durven insinueren dat je dat ooit tegen goed volk zou gebruiken.'

Het meest hypocriete, valse volk dat er op de wereld rondloopt bedoel je, dacht Bella bitter maar ze zweeg. Ze moest ervoor zorgen dat ze niet nog meer in ongenade zou vallen.

Toch kon het meisje het niet laten om Anton langs haar neus weg te vertellen dat hun merries straks halfbloedveulentjes op de wereld zouden zetten. De Arabische volbloed had zijn werk gedaan.

Ze genoot van de bittere grijns op Antons gezicht. 'Ach wat, het zullen altijd bastaards blijven', lachte hij schamper.

'Niet als je weet dat hun moeders ook een stamboom hebben. Vader zei lachend dat de veulens meer koninklijk bloed in hun aders zullen hebben dan de bastaardzoon van *le Duc*.' Het was eruit voor ze het besefte. Bella kromp in elkaar. Hoe dom kon ze zijn zich zo te laten gaan. Anton gunde haar geen blik terwijl hij diep beledigd wegstapte.

Hij zou zich wreken op dit stelletje omhooggevallen Italianen. Het juiste moment zou zich wel aandienen. Dan zou hij zijn kans grijpen en laten zien wie hier echt de macht had.

Bella kon niet geloven dat Karel haar nog niet had opgezocht vanwege het verbod van zijn moeder. Ze nam zich voor hem nog diezelfde avond te gaan zoeken.

Toen het donker werd en alles in duisternis gehuld was, sloop ze naar de koninklijke stallen. Karels zwarte hengst stond statig als altijd opgezadeld voor zijn stal.

De zoon van de hertog kon niet veraf zijn. Die gedachte werd onderbroken toen ze zijn silhouet in de schaduw van een fakkel zag. 'Karel,' riep ze met tranen in de ogen, 'je bent zo lang weggeweest, ik dacht dat je nooit terug zou komen.'

Bella vloog hem in de armen. Ze maakte zich weer van hem los en zette een stap achteruit. Hij was knapper dan ooit, al had hij een grote snee in zijn wang opgelopen. Die had hem lelijk kunnen maken, maar hem sierde het juist.

Bella keek haar geliefde ontroerd aan, maar in zijn blik lag niet dezelfde innigheid. Zijn ogen stonden koel en hij hield haar van zich af. Terwijl hij zijn paard afzadelde sprak hij haar toe.

'Het heeft geen zin rond te pot te draaien, Bella. Moeder heeft me alles verteld. Of het nu waar is of niet, ik denk dat het voor ons allemaal beter is dat we meer afstand nemen.'

Bella kon geen woord uitbrengen. Haar ingewanden verkrampten.

Waarom geloofde hij haar weer niet? Hield hij dan niet van haar?

'Probeer het te aanvaarden, Bella', zei Karel kortaf terwijl hij bij haar wegliep.

Bella rende achter hem aan en greep zijn arm.

Hij duwde haar grijpende handen weg. 'Laat me Bella, laat me gaan.'

Ze greep zich opnieuw aan hem vast en probeerde hem naar zich toe te trekken. 'Laat me dit uitleggen, alsjeblieft, ik heb niks verkeerds gedaan. Ik ben nog steeds dezelfde Bella op wie je verliefd was.'

Hij zuchtte en boog zijn hoofd. Hij had nooit beweerd dat hij verliefd op haar was. Ze was heel aantrekkelijk en uitdagend maar nooit was het in hem opgekomen dat het om meer ging dan dat.

'Al zou ik je geloven, Bella', antwoordde hij, 'ik zeg je dat het beter is dat we meer afstand nemen.'

Hij maakte zijn hand los van de hare en duwde haar zachtjes weer van zich af. 'Ik moet nu weg, ik zie je nog wel.'

Was Franca maar bij haar. Hoewel ze haar liefdesvriendin al die tijd heel dichtbij voelde, was het verlangen haar in de armen te nemen erg groot.

Er was één plek waar Bella haar verdriet kwijt kon: in *Nevelland*.

Nu ze niet meer in het paleis mocht, kon ze niet samenreizen met Catharina. Daarom ging ze alleen en huilde ze uit in de armen van haar vriend Elim.

Hij veroordeelde haar niet en deed haar opnieuw geloven in het leven.

Kon ze maar voor altijd in die wereld blijven. Ze wist dat het een vlucht was, een soort verdoving waar ze aan verslaafd kon raken. Elim wees haar op het feit dat ze kon leren de kracht uit zijn wereld mee te nemen naar de hare.

Hij vroeg haar om opnieuw met Catharina naar *Nevelland* te komen. 'Je zult het zien, weldra komen er nieuwe mogelijkheden om samen naar hier te reizen. We verwachten jullie.'

XII

Coudenberg
maart 1448

et slaapvertrek was volledig in duister gehuld. De meid had de zware overgordijnen voor de ramen gesloten zodat geen enkel streepje licht de kamer binnenviel. Marie-Ange lag met gesloten ogen te woelen in bed. Het leek wel of haar buik in brand stond. Pijnscheuten trokken als messteken door haar heen. Ze dacht terug aan de ingreep die ze die ochtend had ondergaan en jammerde zachtjes. Tranen stroomden over haar gezicht. Haar kindje, ze had haar kindje vermoord! Haar lichaam schokte van verdriet en met lange halen schreeuwde ze het uit.

Sofie, de kamermeid, zat in het voorvertrek en liet haar naaiwerk vallen. In paniek stormde ze de slaapstonde binnen. 'Vrouwe, is de pijn zo erg geworden, waarom hebt u me niet eerder geroepen?'

Haastig nam Sofie een linnen doekje en drenkte het in de waterkom. Teder depte ze het voorhoofd van haar vrouwe. Vertwijfeld keek Marie-Ange haar kamenierster aan.

'Oh, Sofie. Heb ik wel het juiste gedaan?' Ze zonk in de kussens neer en begon opnieuw onbedaarlijk te huilen.

'Stil maar, vrouwe, natuurlijk hebt u de juiste beslissing genomen, u kon toch niet anders?'

Snikkend wierp Marie-Ange zich in de armen van haar dienster. Sofie hield haar vast tot ze eindelijk wat rustiger werd.

'Laat me nu maar, ik roep wel als ik je nodig heb.'

Moeizaam legde ze zich neer. Een maand geleden had ze ontdekt dat ze zwanger was. De misselijkheid, het overgeven, haar gespannen borsten... Ze had de signalen herkend en zich volledig overstuur opgesloten in haar vertrekken. Het kind in haar buik kon alleen van haar minnaar zijn.

Haar kamenierster had gelijk. Marie-Ange had onmogelijk deze zwangerschap kunnen uitdragen.

Zij was niet in de positie om een buitenechtelijk kind aan het hof groot te brengen, ook al werden Filips' bastaards wel aanvaard. Haar echtgenoot, René Defau, zou haar hierom zeker verstoten, met alle gevolgen van dien: ze zouden haar verachten en haar bestempelen als zondares. Ze kende de schijnheiligheid van de edele heren en dames aan dit hof. Al was ontrouw hier een gewoonte, o wee als je er openlijk mee te koop liep. Filips zou haar alle privileges ontnemen.

Met gemengde gevoelens dacht ze terug aan de laatste nacht die ze met Antoine de Croy had doorgebracht. Nu ze daarop terugkeek, vond ze het vreemd hoe hij haar, tussen het liefdesspel door, had uitgevraagd over Bella en die andere wereld. Ze was gecharmeerd geweest door zijn interesse en had hem verteld wat ze van haar vriendinnen vernomen had.

Antoine had haar handen in de zijne genomen en haar gevraagd of ze hem kon zeggen waar het Gulden Vlies precies lag. Ze had hem vreemd aangekeken, ze was zelf nooit in die wereld geweest. Marie had alleen maar de harp bespeeld, als een soort bewaakster om Bella en Catharina veilig terug te brengen.

Antoine had haar stevig tegen zich aan gedrukt en in haar oor gefluisterd dat hij het fijn zou vinden als ze hem daarover voortaan alles zou zeggen.

Een hevige kramp overspoelde haar opnieuw. Ze pufte de pijn weg en draaide zich op haar zijde. Ze voelde zich eenzaam en in de steek gelaten. Antoine zat nog altijd in Gent, haar nichtje was aan haar bed gekluisterd en Bella had met haar gezelschap nog maar pas Broekzele verlaten, op weg naar Frankrijk.

Marie-Ange hoestte hevig. Bibberend kwam ze overeind.

Het was vrouwe Agnes die het leven dat in haar groeide, had weggerukt. Dat net deze vrouwe Bella van diefstal had beschuldigd, maakte het eens zo pijnlijk.

Agnes stond aan het hof bekend als een uitstekende vroedvrouw, de enige die zonder al te veel risico een zwangerschap kon afbreken.

Marie-Ange had haar dienster opgedragen de vrouwe op de hoogte te brengen van haar toestand. Gelovig als ze was, had ze in de vroege ochtenduren in de kapel tot God gebeden en haar leven in Zijn handen gelegd. Met een klein hartje had ze zich daarna naar Agnes' vertrekken begeven. Ze was vol vertrouwen geweest, tot op het moment dat ze Agnes in de ogen had gekeken. Daarin had ze een mengeling van voldoening, haat en leedvermaak gezien. Ze had geroepen dat ze afzag van de ingreep, maar Agnes had haar neergedrukt en een stinkend brouwsel tegen haar lippen geperst.

'Te laat, meisje, vooruit drink dit op. Of paradeer je liever met een dikke buik door de paleisgangen terwijl je echtgenoot al een jaar in het buitenland zit?'

Met een venijnig lachje had Agnes eraan toegevoegd dat sommige dames misschien het verhaal van de maagd Maria geloofden, maar dat zij wel beter wist.

'Als je wilt dat ik mijn mond houd, ben je me wel wat meer verschuldigd dan de drie ponden die je kamermeid me gegeven heeft. Maar dat regelen we later wel. Kom, kind, als je dit wilt overleven, werk dan een beetje mee, leg je benen hierin en probeer je te ontspannen.'

Panisch van angst had Marie-Ange haar benen gespreid en in twee ijzeren beugels gelegd. Ze was loom geworden en uiteindelijk weggegleden in een diepe slaap.

Toen ze weer bij bewustzijn kwam, lag ze in haar eigen bed. Nog half verdoofd had ze haar kamermeid uitgevraagd over de ingreep en over de zwijgplicht van vrouwe Agnes, maar Sofie had haar gesust: 'Sttt... vrouwe, alles komt in orde, slaap nu maar...'

Nu verging ze van de pijn en gedwongen legde ze zich terug neer. Ze had al eens een baby verloren, maar dat was spontaan gebeurd.

Het leek nog maar pas geleden dat Filips haar aan René Defau had uitgehuwelijkt. Ze was pas vijftien geweest toen haar echtgenoot zich tijdens de huwelijksnacht als een bruut op haar had gestort. Korte tijd later bleek ze zwanger, maar na enkele weken was de vrucht in haar buik afgestorven.

Marie-Ange kreunde diep en trok de deken van bont over zich heen.

Ze moest nodig rusten en weer op krachten komen. Binnenkort zou het hof de residentie op de Coudenberg verlaten en verder reizen naar het kasteel in Hesdin. Een tocht die minstens een week in beslag zou nemen.

Daardoor dacht ze terug aan een brief waarin Antoine haar had laten weten dat de opstand in Gent was geëscaleerd. Ongeduldig schudde ze de lakens van zich af. Waar lag die brief? Ze slofte naar de ladekast en graaide tussen de paperassen die op het bureaublad lagen.

Ze herkende het handschrift van haar minnaar.

Eigenlijk heeft Filips de opstand zelf uitgelokt door de stad een belasting op zout en granen op te leggen zonder de magistraten te raadplegen.

Het voelde goed dat hij haar dit toevertrouwde en ze las verder.

Uiteindelijk heeft de hertog een mooie toespraak in het Nederlands opgesteld en die gisteren in de Gilden door een van zijn raadgevers laten voorlezen. Maar het Gentse stadsbestuur is niet gezwicht voor zijn eisen. Ik vrees dat Gent de belasting zal afwijzen en dat het wel eens tot zware gevechten tussen onze krijgslieden en de Gentenaren zou kunnen komen. Le Duc heeft zich intussen bij ons gevoegd. Het zou een afgrijselijke strijd kunnen worden, Marie, al zullen de Vlamingen uiteindelijk moeten wijken voor ons machtige Bourgondische leger.

Vooral de laatste zin deed haar hart opspringen.

Marie, de hertogin zal met haar gevolg naar Brugge terugkeren, maar ik raad jou aan je aan de planning te houden en zo vlug mogelijk met de rest van het hof naar Hesdin te vertrekken. Volg mijn raad op en verblijf daar minstens tot aan het einde van de zomer.

'Sofie, waar ben je? Sofie, ik heb je nodig!'

Haar kamermeid opende de deur van het slaapvertrek. 'Vrouwe, wat doet u hier, u bent nog niet in orde, kom, ik breng u weer naar bed.'

Vastberaden hield Marie-Ange haar tegen. De pijn kon haar niet meer deren. Haar interesse ging nu enkel nog uit naar Isabella en haar hofdames.

'Zijn ze weg, Sofie? Meer hoef ik niet te weten. Zeg het mij!'

Met open mond staarde de dienster haar aan.

Geïrriteerd duwde ze haar kamenierster van zich af. 'Gaap me niet zo aan, Sofie. Vertel me liever of de hertogin Broekzele heeft verlaten?'

Sofie friemelde nerveus aan haar voorschort.

'Ik wilde het u zeggen zodra u zich beter voelde, vrouwe. De hertogin is na de noen met haar hofdames onder begeleiding van een escorte afgereisd naar Brugge.'

Marie-Ange ademde langzaam uit. 'Als ik het goed begrijp, heeft dus ook vrouwe Agnes de residentie verlaten?'

Haar meid knikte.

Marie-Ange sloot even de ogen. De engelen hadden haar bijgestaan. Op de valreep had ze haar vrucht kunnen laten wegnemen en ze was tegelijk van Agnes verlost. Ze voelde zich opeens een stuk beter, bevrijd van een zware last. Een tel later keek ze haar kamenierster glimlachend aan.

'Open de gordijnen, Sofie, verlucht de kamer en rep je dan naar de keuken om iets versterkends voor me te halen.'

Het was een drukte van jewelste op de marktplaats. Marie-Ange liep tussen de vele handelaars en keek nieuwsgierig om zich heen.

Ze zag winkels van slagers, bakkers en wisselaars. Overal liepen burgers in nauwsluitende wambuizen en manteljassen gevoerd met paarse en groene zijde. Ze droegen mutsen met brede boorden.

Ze zag edele vrouwen met een fel geschminkt gezicht, de haren gevlochten in de vorm van een trompet. Ze giechelde zacht. Wat clownesk, ze leken wel gehoornde beesten.

In een nauw straatje kwam ze voorbij houten huizen met kleurige luiken, geverfd in rood, geel en groen. Marie-Ange huppelde de straat door die uitkwam op een groot plein.

Vol ontzag bleef ze staan voor een prachtig stenen huis. Het leek wel een kasteel met arabesken, spitsbogen en bloemversieringen rond grijnzende figuren die als waterspuwers dienstdeden.

Ze zette zich neer op een bankje voor het huis en staarde dromerig voor zich uit.

Wat was Rijsel toch een prachtige stad. Enkele dagen geleden was ze hier aangekomen.

Ze hadden de verplaatsing vanuit Broekzele in etappes afgelegd, eerst overnacht in Brakel en nadien in kasteel Vêves in Celles. Daar waren ze als koningen ontvangen.

Op de laatste dag had het gezelschap bij valavond zijn intrek genomen in de abdij van Marquette.

Marie-Ange rekte zich uit. Ze verbleef nu al een week in deze abdij van de cisterciënzer monniken en de rust had haar goed gedaan. Ze was nog niet volledig hersteld geweest toen ze uit Coudenberg vertrokken, maar nu voelde ze zich kiplekker.

Morgen zouden ze verder reizen naar Hesdin. Ook deze tocht zou zeker drie dagen in beslag nemen.

Wat verlangde ze ernaar het sprookjeskasteel met de prachtige tuinen terug te zien! Hesdin lag in de Nord-Pas-de-Calais en het kasteel was de favoriete residentie van het hof.

Voor Filips was het kasteel een speelpaleis. Jaren geleden had hij, om zijn gasten te vermaken, de vreemdste constructies laten plaatsen. Zo stonden er misvormende spiegels in de feestzaal.

Marie-Ange dacht met plezier terug aan de vele momenten dat ze zich een breuk had gelachen.

Ze zag kanselier Rolin voor zich die, ondanks zijn rond gezicht en kloeke gestalte, voor de spiegels uitgerekt werd als een asperge. Of het mooie gezicht van Isabella van Portugal dat vervormd werd tot een zonderlinge pompoen. Ze gierde het uit bij die herinnering. Ze kon niet wachten om terug in het kasteel te zijn.

Het ging er soms echt aan toe als op een kermis. In de gangen van het paleis werden de gasten onverwacht door een onzichtbare machine met water bespoten, terwijl een ander toestel hen bestoof met wolken meel.

Filips liet regelmatig eenzaten in het kasteel binnen, die hij dan de gekste opdrachten gaf. Zo was er een zaal waarin een kluizenaar zat die aan twee dikke koorden trok waarmee hij het kon laten bliksemen, donderen en regenen.

In dit paleis was het altijd feest. Nu het lente was, zou alles in volle bloei staan. Nog even en ze zou terug door de tuinen wandelen en de mooiste bloemen plukken. Ze zou naar de vogelkooien gaan om de witte pauwen, de papegaaien uit Afrika en de rode waterjuffers uit Numidië te begroeten.

Het vooruitzicht Hesdin terug te zien, vervulde haar hart met blijdschap.

Morgen zou het hof in Noeux-les-Mines overnachten en van daaruit verder trekken naar Saint-Pol-sur-Ternoise.

Ze nam zich voor vanavond nog te gaan biechten. Ze zou de biechtvader om zijn zegen vragen voor een veilige reis naar Hesdin.

XIII

Hesdin
mei 1448

amen met de hovelingen waren ook de bedreigingen en beschuldigingen waar de Italianen erg onder geleden hadden als bij toverslag verdwenen. Er was opnieuw zon in hun bestaan. De mannen zongen uit volle borst voor het volk. Bella en Alessia dansten sensueel met de heupen. Guiseppe, de bard, huppelde en sprong naar alle kanten en stak de draak met wie er in zijn buurt stond. Falco stak een brandende fakkel in zijn mond.

'Het is een wonder!' riepen de toeschouwers met bewonderende blik. 'Oh, en kijk daar toch eens!'

Alessia werd hoog in de lucht gegooid. Samen met Bella maakte ze een omgekeerde salto.

'Kijk dan toch, ze laten hen gewoon vallen!' riep een kind in paniek. Op het nippertje ving Mattëi ze allebei met één hand op.

Het publiek werd plots muisstil. Bruno de beer verscheen rechtopstaand op zijn achterpoten op het toneel. Onder begeleiding van Luigi's viool hief hij de ene poot na de andere op en danste hij ritmisch naar het midden van het podium. Zijn imposante verschijning, de trots van het Italiaanse circus, maakte enkele spectaculaire pirouettes. Op dat moment kwamen in rij, terwijl ze rechtop stonden op de rug van hun paard, Bella, Mattëi en Falco rond de beer draven. Ze zwierden zich zijdelings naast de flank en kwamen dan weer op hun handen neer op de rug van het dier, dat intussen alsmaar sneller liep. Ze sprongen op de grond, liepen even naast hun paard en vlogen dan, alsof het niks was, op het paard van een van hun gezellen. Zo ging het maar door. Het publiek bleef verstomd en met open mond toekijken.

Bella genoot. Ze vond het heerlijk als het volk in opperste verbazing was over hun acrobatie.

Alleen de dwerg Coquinet probeerde de pret te bederven. Isabella had hem opgedragen in Hesdin te blijven om de Italianen te bespioneren. Telkens als hij ze in de vertrekken van Catharina of Marie-Ange betrapte, verjaagde hij hen met veel getoeter en geblaas.

Bella liet het niet aan haar hart komen en had de tijd van haar leven.

Wat Elim voorspeld had, kwam uit. Bella en Catharina konden naar hartenlust naar *Nevelland* reizen.

Ze ontdekte dat ook haar nichtje Alessia een aangeboren talent had om zich zonder moeite door de sluiers te bewegen. Alessia werd door de elfen op handen gedragen. Het mooie meisje leek open te bloeien.

Rond die tijd ontdekte ze dat ze iedereen ontroerde als ze zong. Haar stem was helder als een nachtegaal en deed iedereen verstommen. Alessia werd in *Nevelland* aangemoedigd om dit talent te ontwikkelen. Ze had altijd gedacht dat zingen niet voor haar was weggelegd.

De tijd was aangebroken dat Bella en Catharina door Elim zouden worden voorgesteld aan de elfenkoning, Alberon.

De meisjes arriveerden aan de rivier waar Prang hen, zoals gewoonlijk, met het bootje naar de overkant bracht.

Elim wachtte hen op aan de oever. Een schare kleurrijke elfjes dartelde rondom hem. Ze vlogen op de meisjes af en begroetten hen met zachte strelingen van hun vleugels, en ze strooiden kusjes in het rond.

Het gaf een zalig gevoel en de meisjes lachten en kirden.

'Euh, euhm,' kuchte Elim, 'als jullie zo vriendelijk willen zijn mij te volgen.'

Bella en Catharina maakten zich los van de vleugels van de elfen en ze begroetten hun vriend hartelijk.

'Het zal een blij weerzien zijn voor onze koning Alberon', sprak Elim. Hij genoot zichtbaar van het vooruitzicht.

'Weerzien?' Met grote vraagogen keken de meisjes elkaar aan.

'Natuurlijk' antwoordde Elim. 'Tja, de mens vergeet, dat is nu eenmaal eigen aan het mens zijn. Het komt door dat sterven bij jullie! Wij, in onze wereld, leven altijd verder. Hoewel we soms ook sterven, maar dat is dan weer anders dan bij jullie. Je kunt dat het beste vergelijken met een dramatische gebeurtenis waardoor je zodanig verandert dat je niet meer dezelfde bent. Je oude ik sterft dan een beetje, al blijf je er hetzelfde uitzien. Begrijp je?'

De vraagtekens in de ogen van de meisjes werden alleen maar groter, maar ze zagen Elims stralende lach en ze knikten wat verlegen.

Elim nam zijn gezelschap mee over smalle weggetjes, langs glinsterende vijvers en kronkelende rivieren. Het onaardse licht van deze wereld leek wel uit het water, de bomen, het gras en uit de grond zelf te komen.

Na lang stappen bereikte het drietal een kloof. Op het einde daarvan klommen ze een steile berghelling op. Het verbaasde Catharina opnieuw met welk gemak ze haar kreupele benen hier kon bewegen. Ze genoot van dit heerlijk moment dat haar lichaam geen pijn of beperkingen kende.

Uit het niets doemde een pad op dat in een schuine helling afliep en in het gebergte verdween.

De meisjes volgden hun gids op de voet. Toen ze het duister van het gebergte binnenkwamen, nam Catharina Bella's hand.

Elim leek zijn weg goed te kennen. Hij bewoog zich in het donker even vlot als bij daglicht.

Bij een versmalling in de berg stopte hij, nam een fakkel die daar tegen de wand hing en opende een luik dat gecamoufleerd was met dierenhuiden. In het schijnsel van de toorts zagen Bella en Catharina dat het luik toegang gaf tot een trap die in de rots was gehouwen.

Elim ging hen voor. Trede na trede daalden ze af, er leek geen einde aan te komen. Het was alsof een magnetiserende kracht vanuit de aarde hen naar beneden trok.

Plots zagen ze een helder schijnsel dat vanuit de diepte de treden verlichtte. Het licht werd intenser naarmate ze verder daalden.

Uiteindelijk mondde de trap uit in een grote zaal.

Bella's mond viel open, vol ontzag voor de onwezenlijke gloed die van de rotswanden afstraalde. Waar ze ook keek, de zaal was gevuld met duizenden kristallen. Zuivere kristallen bewogen door een zachte bries die hen een heldere maar fijne klank deed zingen... aaaa... aaaaaaaa...

Een klank die zinderend, golvend de buik van het rotsmassief vulde.

'Dit is het hart van de aarde', fluisterde Bella zacht en ze voelde hoe die hartenklop haar eigen hart beroerde.

Er klonken voetstappen in hun richting. De meisjes hielden hun adem in. Een elf, gekleed in een mantel van groen en rode bladeren, kwam met statige tred naar hen toe. Buigend, knikkend en glimlachend bracht hij het gezelschap naar een zijkamer waar een gouden troon met vilten bekleding op Alberon stond te wachten.

De zaal was een en al kleur, zo weelderig en fel dat elke tint een eigen leven leek te leiden. Vermiljoen en scharlakenrood, citroengeel, lavendelpaars en alle soorten blauw en groen in elke denkbare tint.

Alberon trad de zaal binnen. Geschokt staarde Bella naar de koning. De zachte diepte van zijn ogen verwelkomde haar, waardoor alles wat haar hart bezwaarde wegviel en er enkel nog de warme omhelzing was van zijn ogen en de hare. In die omhelzing toonde zich een waterval van beelden en geluiden die ze herkende. Bella herinnerde zich deze koning. Hij had haar meermaals in een droom bezocht. Hij had woorden tot haar gesproken die ze bij het ontwaken vergeten was.

De elfenkoning bulderlachte en liet daarbij de gewelven uitbundig daveren. In alle gangen, spelonken, tot in de diepte van de aarde, stroomde de warmte binnen waarmee hij de meisjes verwelkomde en omarmde.

Bella sloot de ogen en voelde hoe innig dichtbij deze wereld voor haar altijd geweest was, hoe ze de warmte en de liefde van deze vrienden opsnoof met haar hart, telkens als het haar in de gewone mensenwereld te zwaar werd.

Ze zette haar zintuigen open zoals ze dat altijd deed als ze het publiek aankeek om zich het middelpunt te voelen van de mensenmassa.

Geuren en sferen opnemen en bespelen, de massa besturen, opzwepen naar hoogtepunten en ze weer tot bedaren brengen, dat was haar handelsmerk.

De geur die nu tot haar doordrong was zacht en zoet en in zijn schoonheid zo aantrekkelijk dat hij haar leek te bedwelmen en tot overgave dwong.

'We kennen elkaar al heel lang,' sprak Alberon, 'maar jullie zien er niet altijd uit zoals jullie nu aan me verschijnen. De tijd bracht daar verandering in, door verschillende levens heen.'

Bella voelde opnieuw de zachte liefhebbende blik van koning Alberon, die de vreugde deed opwaaien in haar hart. Intens en verwarmend
was deze vreugdegolf, tot ze ging liggen en er uit de verte een nieuwe
golf op haar afrolde, vol droefenis en pijn.

'Wat je nu voelt is de droefenis van de sluier', sprak Alberon zacht.
'Er hangt een sluier tussen onze werelden, tussen de mensenwereld
en de elfenwereld. Een vlies dat elk contact vertroebelt en verhult in
dichte nevels. Het Vlies beschermt onze wereld, achter deze sluier zijn
we veiliger voor wie voorbij de grenzen wil dringen.'

'Ben je dan bang voor ons?' vroeg Catharina. 'Wij hebben toch
geen kwaad in de zin?'

'Het is een droevige zaak, maar het heeft niks met jullie te maken.
Jullie hart is mooi en integer. Maar helaas, de mens! De kracht van de
mens is groot, onderschat die niet. Als hij zijn kracht goed gebruikt,
kan hij een mooie wereld scheppen. Maar hoed u voor de mens als hij
niet krijgt wat hij begeert, of gekwetst als een wild dier zijn wonden
likt. Dan vormt hij beelden in zijn hoofd: waanbeelden, drogbeelden
die hij voor waarheid neemt. Hij kneedt en boetseert en dwingt de
wereld in die vormen die hij heeft uitgedacht. Hij gelooft dan rotsvast
in zijn gelijk en vecht ervoor.

Helaas, zijn ziel is weg. Hij ziet niet dat het angst is en hebzucht die
hem drijft. Kijk om je heen, ook nu, vandaag, en bemerk hoe de mens
zijn kracht misbruikt, hoe ze verwordt tot een vernietigende kracht
die langzaam de schoonheid versmacht. De schoonheid van de eerste
dagen van de oude wereld, toen we nog met de mensen samenleefden.'

Alberon zuchtte diep. In zijn stem was heimwee en mededogen.

'Hoe ver is de mens verdwaald! Begrijpen jullie het nu, we moesten
onze werelden wel scheiden. De schade aan onze wereld zou reusachtig
zijn als de mens zich daarin naar hartenlust kon begeven. Nu richt de
mens vooral zichzelf ten gronde, maar vergis je niet, het raakt ons ook.
Jullie wereld en de onze zijn vervlochten. Er is enkel het Vlies, het
Gulden Vlies, dat ons scheidt.'

Bella rukte zich los uit de golf van droefheid die haar overmande.
'Zei je het Gulden Vlies? Dat is toch de ridderorde van Karel! Een bende

verwaande pummels die je nog geen blik gunnen als... Wat hebben zij hiermee te maken?'

Ze gaf Catharina een por, het meisje knikte instemmend.

'Ach, het Gulden Vlies, dat is voor jullie een oud verhaal, verdoezeld en vervaagd in de plooien van de tijd. De Gulden Vliesridders haalden het terug vanonder het stof en verfraaien er nu hun mantels mee. Gouden rambrochettes, maar helaas een ketting die zwaar weegt om hun hals. Zorg dat je hun gevangenis niet tot de jouwe maakt. Gevangen in intriges of rancunes om verloren dromen. Ik heb jullie naar hier geroepen om met me mee te gaan, dwars door de sluiers van de tijd. Voor ons is tijd een vingerknip, voor jullie is het een zware last met lagen stof en draden van vergetelheid.'

Alberon maakte een klakkend geluid met duim en middelvinger, en met een wijde armzwaai opende hij een panorama van vervlogen herinneringen. Beelden waarin de meisjes werden opgezogen.

'Ik sprak je daarnet over de oude wereld, toen wij nog samenleefden met de mens. Het was in die tijd dat koning Aetes heerste. Sommigen van ons, uit de elfenwereld, konden nog een mensenlichaam aannemen, een tijdlang althans. Ik was toen magiër en raadgever van Koning Aetes, de eeuwig jonge, zoals ze hem noemden. Hij heerste in Colchis aan de Zwarte Zee. Het was maar een klein koninkrijkje, maar onze roem reikte zowat over de hele toen bekende wereld. Wat we daar deden was groots en ongezien. Al vele generaties was er een verbond tussen de elfen en de koninklijke bloedlijn. We slaagden erin om in vrede en harmonie samen te werken en zo de aarde te beheren. Er was geluk en voorspoed en de oogst was overvloedig. In heel het rijk was er respect voor Elfengaarde, de heilige plaats waar de draden tussen onze werelden heel dun geweven waren. In ruil voor het in stand houden van dit verbond gaven wij van onze kant steun aan de mens in zijn grootste kwetsbaarheid, het verlies van levenskracht. Mijn volk blies de koning nieuwe levensadem in, vitale kracht, verlichting en verjonging.'

'Ik zie daar tussen de bomen een vacht opgespannen,' onderbrak Bella hem. 'Ze schittert als parels in het zonlicht. Daaronder brandt een vuur met zachte vlam en mensen stromen er samen omheen.'

'Wat je daar ziet is het Gulden Vlies, dat toen nog in de mensenwereld was, als teken van het verbond tussen de twee werelden. Het Vlies werd in jullie wereld bewaard en bewaakt. Je bent nu getuige van het ritueel waarbij de elfen van de wind, het vuur en het water hun krachten bundelen. Ze roepen alle energie die in de materie zijn eigen gang ging, weer tot de orde.'

'Dat begrijp ik niet', fronste Catharina.

'Voor ons betekende het een herstel van harmonie, overal waar de mens uit eigenbelang het verbond veronachtzaamd had. Conflicten werden bijgelegd, het land werd herverdeeld. Een verjongingsritueel noemden de mensen het ook, omdat tijdens dat ritueel, zoals ik je al zei, de koning door onze kracht zijn jeugd hervond. Hij was het levende bewijs van onze trouw aan het verbond.'

'Maar wat doet het Gulden Vlies dan eigenlijk?' merkte Catharina pienter op.

'Dat is een goede vraag', sprak Alberon. 'Het Vlies herinnert de mens aan ons verbond, aan de onmisbare verbinding tussen de elfen en de mensen bij het beheren van de aarde, meer niet. Het herinnert aan de beperking van de menselijke macht.'

'Hoe liep het dan mis, sire?'

'Wel... één ding konden we niet. Dat is de dood bij de mens voorkomen. Zelf kennen wij de dood niet. Wij veranderen soms wel van vorm, maar echt sterven doen we niet.'

'Ja, ik begrijp het al,' flapte Bella eruit, 'het eeuwige leven! Ik ben nog jong en denk niet zo vaak aan de dood, maar toch zou ik er veel voor geven als jij me voor altijd kon laten leven. Het leven is zo intens, ik leef zo graag! Iedereen heeft dat toch, is het niet zo, Cath?'

'Ik weet het niet', zuchtte Catharina. 'Heel vaak, als de pijn te hevig wordt, verlang ik ernaar om stilletjes weg te glijden en er niet meer te zijn. Het lijkt me dat de dood iets heerlijks kan zijn.'

Met zachte ogen keek Alberon het meisje aan.

'Het is alsof koningin Illona weer voor me staat en me deze woorden toespreekt. Illona was de vrouw van Aetes en de pijn van het leven had haar diep mistroostig gemaakt. Voor haar kwam de dood als een zegen.'

'Wat is er dan gebeurd, koning Alberon?'

'Wel, toen Aetes, nog in de kracht van zijn jeugd, klaarstond om de troon van zijn vader te bestijgen, wezen alle voortekenen erop dat hij ons wederzijds verbond niet meer zou nakomen. Een onstuitbare drang om te strijden en om in bezit te nemen wat hem niet rechtmatig toekwam, kolkte door zijn aderen. Alle moeizaam opgebouwde akkoorden tussen elfen en mensen kwamen op de helling te staan. Zo kwam het dat de ouden hem dwongen tot een overeenkomst. Wij zouden onze verbintenis alleen nakomen als Aetes bereid was zijn oudste zoon bij de geboorte af te staan, zodat hij kon opgroeien ver weg van de verlokkingen rond de koningstroon. Hij zou opgevoed worden in onze wereld, in harmonie met planten en dieren.'

Alberon richtte zich tot een denkbeeldige Aetes en plechtstatig declameerde hij: 'Op een dag zal hij terug voor je staan, Aetes, om als een nieuwe leider op de troon te zitten.'

'Hoe zal ik hem herkennen Alberon? Kan niet de eerste de beste paljas die van dit orakel hoort mij in mijn hemd komen zetten?'

'Ik antwoordde hem dat zijn zoon met één voet bloot zou lopen, zoals hij dat bij ons geleerd had, om de hartenklop van de aarde te voelen. De andere voet zou geschoeid zijn, een mensenkoning waardig.'

'Hoe kunnen jullie zo hard zijn een vader zijn kind te ontnemen?' riep Bella verontwaardigd.

'Ik begrijp je, Bella, maar wij hebben ogen die verder kijken dan de eerste dagen van ontreddering. Onze blik glijdt over een heel mensenleven en wij zien het als een test in dienstbaarheid en onbaatzuchtigheid. Een goede koning moet kunnen loslaten wat hij begeert. Zo zal hij ook niet verhangen raken aan de macht. Hij is geen koning voor zichzelf, hij moet kunnen plaatsmaken als zijn moment gekomen is. Zo leven wij in onze wereld. De macht is bij ons niet verbonden aan een persoon maar aan de functie die noodzakelijk is om te beheren en te behoeden.'

Aetes stemde in met het voorstel en zwoer dat hij als de tijd daar was, de troon zou afstaan aan zijn zoon. Maar in zijn hart vormde zich al een plan om zich te gepasten tijde van zijn zoon te ontdoen.'

'Hoe vals kun je zijn, een koning onwaardig', riep Catharina ontsteld. 'Maar hoe kunnen jullie zo hard geweest zijn een moeder haar zoon te ontnemen?'

In de stilte die hierop volgde merkte Bella droefenis in de ogen van Alberon.

'Ja, Illona droeg jarenlang de last van het gemis, en gebukt onder de machtszucht van haar man werd ze ernstig ziek. Met lede ogen moest ik toezien hoe haar bloed dun werd en haar longen zwak. Mijn genezende kracht schoot hier tekort, ik had ook maar een mensenlichaam, weet je! Omdat de ziekte haar fataal leek te worden, stelde ik Aetes voor om bij het jaarlijks verjongingsritueel de energie naar de koningin te sturen in plaats van naar hem. Maar Aetes weigerde dat ten stelligste en...'

'Hij liet zijn vrouw nog liever doodgaan?' siste Bella en haar vuisten balden zich.

'Ja,' zuchtte Alberon, 'en met de dood van Illona stierf ook de zachte liefelijkheid in het koninkrijk. Er ontstond grote onrust onder de mensen. De natuur, aangestuurd door onze wereld, reageerde in alle heftigheid. Plagen, overstromingen en extreme droogte teisterden het land steeds opnieuw. Het volk kwam in opstand en de koning trok de macht alleen nog meer naar zich toe. De macht die, zoals wij het hadden bedongen, behoorde tot het driemanschap van de koning, de magiër en de rechter, wilde hij voor zich alleen. Onder valse voorwendsels werd ik in een schijnvertoning te schande gezet voor het volk. Aetes durfde mij, zijn grootste magiër, niet te doden, maar hij verbande me naar een eiland voor de kust. Het was in die periode dat er in Colchis, het koninkrijk van Aetes, een schip strandde. Een jongeman van achttien jaar kwam, aan één voet geschoeid, aan land en eiste de troon op, zoals zijn leermeesters het hem hadden opgedragen. Aetes verwelkomde zijn zoon uitbundig en overlaadde hem met tranen van blijdschap. Het waren geveinsde tranen, want diep vanbinnen had hij een plan beraamd om af te rekenen met deze spelbreker en te bekomen wat hem rechtmatig toekwam, wat hem beloofd was: voor eeuwig te leven, onsterfelijk zijn! Aetes veinsde onzekerheid over de leiderschapskwaliteiten van zijn zoon en dwong hem zich eerst te bewijzen door enkele proeven af te leggen. Hij bracht hem naar Elfengaarde, bij de kring van staande stenen. De plek die eens zo krachtig en bezield was, lag er nu desolaat bij. Het Vlies dat tussen de heilige eiken was gespannen, hing er vaal en levenloos, zwalpend in de wind.'

Alberon vervolgde: 'Sinds ik verbannen was, werd de traditie nog wel onderhouden. Jaarlijks vond het verjongingsritueel plaats onder leiding van de koning. Maar het was slechts uiterlijk vertoon, wat opgevoerd theater, camouflage voor een lege doos. Aetes kende immers de geheime woorden niet.'

'Wat bedoel je met de geheime woorden, Alberon?'

'Ik zal het je tonen, kom, kijk naar wat er gebeurde bij de staande stenen in Elfengaarde.'

Met hetzelfde klakkend gebaar opende de elfenkoning opnieuw het panorama uit de oude tijd, zodat de meisjes naar de beelden toe werden gezogen en ze zelfs de geur van de zee in de verte konden ruiken.

'Aetes had jarenlang met mij het ritueel volbracht', sprak Alberon langzaam. 'Koning Aetes wist perfect hoe het ritueel verliep, het stond in zijn geheugen gegrift: de stenen stonden in ruime cirkels rondom het centrale altaar opgesteld. Het waren uitgehouwen massieve rotsen maar ze stonden wezenloos in de vlakte. Tot op het moment dat mijn lippen bewogen en de sleutelwoorden prevelden die door de wind werden meegenomen. Daarop kwamen vanuit de nevelen de machtige reuzen, elfen en aardekrijgers in beweging. Ze staken de grens van onze wereld over, werden een met de stenen, vervloeiden ermee tot ze tot leven kwamen. De aarde trilde en in dit heilig moment stonden onze werelden met elkaar in contact.'

'Ik hoor ook een heel fijne klank, als een fluittoon', zei Bella.

'Hier te midden van de steencirkel werd overlegd over het voortbestaan van het verbond tussen de mensen en de elfenwereld. Kijk naar het Vlies, het is een wonderlijk schouwspel. Door de klank komt er een fijne olie naar buiten die de vacht doet schitteren in het zonlicht.

Maar let op: voor de reuzen was dit een heel kwetsbaar moment. Hun geest werd immers gevangen in de steen. Zij gingen vrijwillig naar binnen in de materie, maar op eigen kracht konden ze die niet verlaten! Eén enkel woord van mij volstond om die gevangenschap weer te verbreken. Je kunt je voorstellen hoe jaloers koning Aetes was dat hij deze magische woorden niet kende. Hoe sterk verlangde hij naar dat ultieme moment waarop hij deze machtige reuzen en aardewezens in zijn macht zou hebben. Alleen dat ene woord te mogen kennen! Hij hoefde het gewoon maar uit te spreken en alle aardekrachten zouden zich onderwerpen aan zijn wil. Begrijp je nu wat er omging in deze mens en hoe hij zijn eigen bloed zou laten meespelen in zijn perverse plan? Hij slaagde erin het vertrouwen van zijn naïeve zoon te winnen en gaf hem als eerste proef de geheime woorden te achterhalen en ze aan zijn vader toe te vertrouwen. Voor de jongeling was dat een koud kunstje. Hij kende de elfenwereld door en door en iedereen vertrouwde hem. Wat was hij naïef! Zonder na te denken sprak hij de magische woorden. Eens de reuzen en elfen goed en wel in de steen gevangen zaten, snoerde Aetes zijn zoon de mond. Het liefst had hij hem voor altijd het zwijgen opgelegd, onmiddellijk, maar een brute moord viel zelfs hem te zwaar, en daarom beval hij om zijn zoon in de heilige kring levend onder de aarde te begraven.

Aetes waande zich ongenaakbaar. Nooit in de geschiedenis had een mens de macht over leven en dood zo dicht binnen handbereik. Snuivend begaf koning Aetes zich naar het midden van de stenen kring. Zijn blik zocht dwingend het gezicht van de reuzen, de elfen en de aardekrijgers.

'Met mondjesmaat gaven jullie mij de voorbije jaren wat levenskracht, maar nu zullen jullie mij geven waar ik recht op heb... en dat is het eeuwige leven! Geef mij wat me toekomt!' brulde de koning.'

Bella en Catharina schuifelden wat ongemakkelijk heen en weer op de ruwe leisteen waarop ze zaten. De woorden van Alberon brachten onrust en een vreemde geladenheid in de ruimte rondom hen.

Er was plots iets herkenbaars, maar het was onbenoembaar, als een dwingende macht die zich als een strop van dag tot dag steeds klemmender rond hen sloot.

'De reuzen en de elfen kwamen in actie, ze gehoorzaamden onwillekeurig', ging Alberon verder. 'Alle levenskrachten verzamelden zich... toen plots de aarde beefde. Een siddering rolde door de aardkorst. Onder de aarde gaf de koningszoon zijn laatste ademstoot en toen zijn geest zijn lichaam verliet, gebeurde er iets wat alle omstanders met verstomming sloeg. De levenskrachten veranderden van richting en in een oogwenk gaven ze terug vorm en kracht aan de koningszoon.

Aetes en zijn hele gevolg stonden als aan de grond genageld. De reuzen, de elfen en de aardekrijgers maakten zich terug los uit hun stenen gevangenschap. De kracht van de zoon verhief zich als een reusachtige schaduw over Elfengaarde en met luide stem vervloekte hij de koning, de hebzucht en de mensheid in al zijn onbetrouwbaarheid. Hevig gedonder en gebliksem gaven kracht aan deze vloek. Het onvermijdelijke gebeurde: onze werelden dreven uit elkaar. Al het moeizaam opgebouwde vertrouwen was in één klap weggevaagd. Vele magiërs die nog in de mensenwereld verbleven, trokken zich terug en lieten de mensheid over aan haar lot.'

'Wat gebeurde er met het Gulden Vlies?' vroeg Catharina.

'Zoals met veel relikwieën gebeurt, werd het door hebzuchtigen uiteengerukt en over de wereld verspreid. Maar het draagt een vloek met zich mee. Er wordt nog altijd voor gevochten!'

'Het grootste stuk is nog hier bij ons.'

Het was de zachte, opgewekte stem van Elim die achter hen was komen zitten. 'Wij weven de kapotte draden weer aan elkaar. Voor ons is het een teken van ons geloof in de mens. Ooit komen we terug samen! Zo is het toch, Alberon? We hebben niet met z'n allen de mens de rug toegekeerd.'

Hij knipoogde. 'We hebben nog poortjes opengehouden, al is niet iedereen ons daar even dankbaar voor.'

Het was die mysterieuze glimlach en dat oprechte hart waarvoor Bella door duizend poorten zou gaan.

'Wat bedoel je met poortjes?'

Alberon kwam met een wuivend gebaar tussenbeide, waarmee hij Elim duidelijk maakte dat hij de meisjes een al te moeilijke uitleg wilde besparen.

'Laat ons zeggen dat we wat uitgeprobeerd hebben. Niet elk experiment is goed gelukt en het heeft soms nog heel wat schade berokkend. Ik trok me terug in mijn wereld en velen met mij. Anderen kozen er vrijwillig voor om als mens in jullie wereld te blijven. Heen en weer gaan was voor ons niet meer mogelijk. Maar sommigen van jullie wilden we nog graag af en toe bij ons terug zien.'

Alberon keek de meisjes veelbetekenend aan.

'De eerste eeuwen was er nog veel mogelijk, maar de doorgangen werden alsmaar beter bewaakt en beveiligd. Op het einde konden nog maar enkelingen naar onze wereld komen.'

'Wat bedoel je met op het einde?'

'Dat is voor jullie nu al meer dan duizend jaar geleden. De rituelen van de oude wereld werden nog doorgegeven op het beschermde eiland voor de kust van het oude continent, Britannia. De laatste Merlijn uit de druïdische lijn, en samen met hem enkele ingewijde mannen en vrouwen, waren de laatsten die de doorgang maakten naar Avalon. Daarna sloten de poorten zich onherroepelijk voor lange tijd. De mens is door de eeuwen heen het contact met onze wereld verloren. Ons bestaan is voor velen zelfs helemaal uit het geheugen gewist. De herinneringen her en der worden toegedicht aan een rijke fantasie of een delirium. Het is triest om te zien hoe met de herinnering ook het respect voor onze wereld verdwijnt. Wij zijn het die de aarde tot leven wekken: de wind, het water, de bossen, de mineralen, het vuur... Moeder aarde is een levend wezen, Bella en Catharina!'

De blik van Alberon gleed naar de verte. De meisjes zouden gezworen hebben dat hij voorwaarts door de tijd kon schouwen. Hij schudde het hoofd, bedroefd om wat er nog zou gebeuren.

'Ooit komt er een tijd, dat onze wereld en die van de mensen zich terug zullen verenigen. Er zal weer een samenwerking zijn, al zal het nooit meer zijn zoals vroeger.'

Bella en Catharina zaten roerloos stil, nog in de ban van het verhaal van de elfenkoning. Dat de mensheid niet meer geloofde in het bestaan van *Nevelland,* hadden ze meermaals ondervonden. Afgezien van Marie-Ange, de Italianen uit het theatergezelschap en de min van Catharina, werd hun verhaal over de reizen naar *Nevelland* afgedaan als fantasie, sprookjes of eenvoudigweg spinsels uit hun dromen.

'Eens zullen onze werelden zich terug verenigen.'

Alberons woorden nestelden zich in Bella's hart en vonden er een warm onderkomen. Ze geloofde in deze woorden, maar ook zij wist diep vanbinnen dat het nog heel wat tijd en strijd zou vergen voor het zover was.

Het was Elim die de meisjes uit hun betovering haalde.

Alberon was nergens meer te bespeuren.

'Het is tijd', fluisterde hun elfenvriend zacht.

XIV

Hesdin
lente 1448

n die lentedagen leek ook Marie-Ange in haar element te zijn. Het anders zo gereserveerde en devote meisje liet zich volledig gaan. Ze danste en zong onbevangen met de Italianen mee. Bella had Marie-Ange toevertrouwd dat Karel haar van zich had weggeduwd. Ze had haar tranen niet weten te verbergen.

Als troost had Marie-Ange haar een van haar jurken geschonken. Het was een kleed van rode geweven stof, fijn als spinrag. Ze vertrouwde Bella toe dat dit kleed uit een ver land kwam en nog kostbaarder was dan goud.

'Als je dit kleed draagt voor Karel, zal hij onmogelijk kunnen weerstaan aan je schoonheid. Jouw donkere, golvende haren zullen prachtig contrasteren met deze warme rode kleur.'

Niet zozeer het geschenk maar wel de geste op zich was voor Bella een teken van diepe vriendschap en vertrouwen.

Het was nauwelijks licht toen Bella haar paard zadelde om een ochtendrit te maken. In de verte bemerkte ze een groep ruiters. Een van hen herkende ze als Karel. Zonder er bij na te denken vloog ze op haar paard en spoorde het aan in de richting van de reizigers.

Karel herkende het meisje op afstand en hield zijn paard in. De overige ridders reden Bella fluitend voorbij.

Bella leidde haar paard tot bij Karel.

'Het is goed om je hier te hebben', zei ze rustig.

'Zeker', repliceerde de zoon van de hertog. 'Dit paleis is me zeer genegen. Ik heb hier mooie herinneringen uit mijn kinderjaren.'

Vanuit haar ooghoek zag Bella Anton achter hen. Hij kwam van zijn paard, zette zich tegen een dikke boom en sloeg hij hen gade. Het gaf haar koude rillingen.

Snel richtte ze zich weer tot Karel, vermande zich en sprak moedig: 'Karel, ik heb je erg gemist. Kunnen we vanavond samen zijn?'

Ze stak haar hand uit en raakte de snee in zijn wang zachtjes aan. 'Misschien kan ik hier iets aan doen, de wonde zweert hier en daar. Ik zal er een zalf voor maken zodat ze beter geneest. Je loopt er al zo lang mee.'

'Dat is vriendelijk, Bella, maar ik zou liever hebben dat je me met rust laat.'

'Maar Karel,' sprak ze met gebroken stem, 'ik mis je zo. Mis jij me dan ook niet een beetje?'

'Goed,' zei Karel, 'breng me vanavond die zalf.'

Bella wilde hem nog antwoorden maar hij gaf zijn paard de sporen en verdween.

Het duurde even voor ze opnieuw in beweging kwam. Had Karel werkelijk gezegd dat ze de zalf mocht brengen? Maar wat als hij alleen maar geïnteresseerd was in haar genezende kracht?

Ze dacht er over na het kleed van Marie-Ange te dragen. Ze had het gepast en zich in de spiegel bekeken. Het kleed was wondermooi, maar Bella was geen hofdame en ze besefte dat ze dat nooit zou zijn. Karel zou haar ook nooit op die manier bekijken, dus had ze het mooie gewaad weer opgeborgen.

Ze zou Karel de zalf brengen in een alledaagse jurk, zijn wonde verzorgen en hopen dat hij opnieuw de liefde zou voelen die er tussen hen was geweest.

'Bella, Bella, kleine heks. Waarmee zijn jullie toch bezig? Het volk proberen te imponeren met valse verhalen? En kijk hoe zielig je hier staat. Probeer je nog steeds het onmogelijke te bereiken?'

Het was Anton die haar uit haar gemijmer haalde.

Met een valse grijns vervolgde hij spottend: 'Zie je dan niet dat Karel je liever kwijt dan rijk is. Als je dit veel eerder had beseft, had je voor mij gekozen, maar nu is het te laat. Ik kan me niet meer ontfermen over een heksenkind als jij. Tenzij je me op je blote knietjes om vergeving smeekt', lachte hij bitter.

Voor Bella was dit de druppel. Hoe durfde hij, de arrogantie! Ze gaf Anton een klap in het gezicht.

'Denk maar niet dat ik me ooit nog door jou met één vinger laat aanraken. Ik walg van je en dat heb ik altijd gedaan. Als ik me al door jou liet bepotelen, was het omdat ik hoopte dat ik daarmee jouw sympathie voor mijn volk kon winnen. Nu weet ik beter. Vader en Nona hebben me van in het begin gewaarschuwd dat jij niet te vertrouwen was. Ik wil je nooit meer zien.'

Terwijl ze die laatste woorden riep, galoppeerde ze van Anton weg. Ze keek voortdurend achterom omdat ze bang was dat hij haar achterna zou komen. Toen ze merkte dat hij uit het zicht verdwenen was, leidde ze haar paard naar het paleis. Ze had behoefte aan de raad van Marie-Ange en vond haar zoals gewoonlijk bij haar harp.

Bella sloop zachtjes de kamer binnen en zette zich aan het raam. De klanken van de harp hielpen haar wat rustiger te worden. Ze gaf zich over aan de beroering in haar hart. Gevoelens van dankbaarheid en liefde stroomden door haar heen. Ze zag het gezicht van haar lieve, goede Nona voor zich. Ook Matteï verscheen in haar gedachten, haar beschermer die haar altijd bijstond.

Ze dacht aan Franca en hoe die haar onvoorwaardelijk lief had gehad. Ondanks haar grote liefde voor het meisje voelde ze zich als een magneet aangetrokken tot Karel. Waarom moest zij zo nodig haar hart aan hem verliezen? En waarom in de naam der goden had ze niet ingezien dat Anton slecht en vals was?

Bella kon het voorval met Anton moeilijk uit haar hoofd zetten. Ze begreep eindelijk waarom Nona en haar vader zich zorgen maakten. Nooit meer zou ze hem bij haar in de buurt laten komen.

Ze dacht terug aan Karel, nam het bundeltje kruiden uit haar mand en plette de blaadjes.

'Wil je Karel betoveren met een liefdesdrankje?' grapte Marie-Ange toen ze Bella met de kruiden bezig zag.

Bella lachte bitter. 'Ik heb weinig vertrouwen in liefdesbetoveringen, maar toch heb ik besloten vanavond iets in zijn wijn te doen wat hem hevig naar me zal doen verlangen.'

'Dat kun je niet menen, Bella. Ga je dat echt doen?' vroeg Marie-Ange ongelovig.

'Ik moet Karel opnieuw voor me winnen, Marie. Ik wil hem weer laten voelen hoe het is om van me te houden.'

Ze haalde diep en trillend adem en dwong zichzelf tot rust.

'Kan ik je niet meer op andere gedachten brengen?' Marie-Ange deed nog een laatste poging.

'Ik beloof je dat ik eerst zijn reactie zal afwachten, voor ik deze kruiden gebruik. Maar als het nodig is, hoop ik dat dit een laatste kans is om ons beiden weer samen te brengen.'

Zenuwachtig stapte Bella naar de vertrekken van de zoon van de hertog. Ze had de zalf bereid en wist dat ze daarmee de ontsteking van de wond kon tegengaan.

Bestond er maar een zalf om hem te genezen van zijn weerstand tegen mij, dacht ze verdrietig.

Karel zat aan een lange houten eettafel. Opgelucht merkte ze dat hij alleen was. Een kruik wijn en enkele half leeggegeten schotels stonden voor hem.

Eén ogenblik lang leek het dat hij haar innig aankeek met een gelukzalige glimlach op zijn mond. Was hij opgetogen met haar komst? Nee, het was het spel van het licht en de betovering leek alweer verdwenen.

De fakkels lichtten de contouren van de meubels in de kamer op en opnieuw keek ze naar het gezicht van Karel.

'Wat sta je me daar zo aan te staren, Bella? Kom, laat me liever zien wat je voor me hebt meegebracht.' Zijn stem was hard en afstandelijk.

Bella nam de zalf uit haar mand en leidde Karel van de tafel weg naar een plaats waar veel licht was. Ze reinigde de wonde en bracht de zalf teder aan.

'Even stil blijven zitten. Niet verroeren tot het goedje er helemaal is ingetrokken', beval ze. Vliegensvlug maar onopvallend liep ze naar de tafel, en ze goot het kruidenelixir bij de wijn. Handig roerde ze met een kleine spaander in de kruik. Dan zei ze dat Karel weer mocht bewegen.

Ze kon het risico niet nemen dat ze weer weggestuurd zou worden en dus had ze naar eigen goeddunken gehandeld.

'Zal ik je nog een beker wijn inschenken?' vroeg ze langs haar neus weg. 'Naar het schijnt heelt wijn alle wonden. Ook die van het hart', voegde ze er zachtjes aan toe.

Karel nam de beker aan en dronk hem in één teug leeg.

Hij schonk zichzelf nog meer van de wijn in en wierp een benevelde blik naar het meisje.

'Het werkt nog sneller dan ik vermoedde', dacht Bella.

'Ach, Bella, mijn liefje', zei hij met dikke tong. Hij trok haar naast zich neer. 'Drink met me.'

Een waas van passie en wellust was in zijn ogen te zien. Bedwelmd als hij was kon het hem niet schelen wie hij nam.

'Dit is geen liefde' snikte Bella stil in zijn armen nadat zijn lust bevredigd was. 'Dit is alleen maar lust. Moeder aarde, waarom verlaag ik me toch tot zulke praktijken?'

Bella wilde goed zijn, haar ziel rein houden, maar ze wilde niet zonder Karel leven. Vanuit die gedachte had ze gehandeld en daarmee probeerde ze zichzelf te sussen. Ze keek naar het knappe gezicht van de man naast haar, en met haar hoofd op zijn borst viel ze snikkend in slaap.

Karel ontwaakte versuft en keek verward naar de vrouw in zijn armen.

Had de wijn hem in deze toestand gebracht? Hij keek Bella strak aan. Ze keek terug zonder met haar ogen te knipperen, het was alsof er een mes door haar heen ging.

Misschien was het maar beter dat hij haar haatte. Ze zou proberen dat ook te doen, maar in plaats daarvan voelde ze zich beschaamd en wilde ze hem om vergiffenis vragen.

'Nu zal ook hij in mij wellicht een heks zien,' dacht ze bitter, 'of daar minstens toch aan denken.'

Er hing een ijzige stilte tussen hen. Bella hield haar adem in. Karel stond op, deed zijn gordel om en verliet de kamer.

Terwijl de band tussen Bella en Karel alsmaar meer bevroor, leek die tussen de drie meisjes sterker dan ooit. Marie-Ange en Catharina deden alles om Bella te helpen. Ze wisten allebei hoe hopeloos haar situatie met Karel was. Zelfs de lange gesprekken konden haar niet overhalen om Karel met rust te laten. Catharina stelde voor Alberon om raad te vragen, maar Bella hoefde geen wijze raad, ze wist wat ze wilde: Karels liefde. En daar kon niemand iets aan veranderen.

Hoe meer het meisje Karel voor zich probeerde te winnen, hoe sterker hij zich tegen haar afzette.

Karel vroeg Bella naar zijn vertrekken te komen. Zwijgend zaten ze tegenover elkaar. Karel keek haar lang en doordringend aan.

'Heel mijn leven heb ik alles in de hand gehad' zei hij. 'Sinds jij in mijn leven bent gekomen, is dat veranderd. Ik wil dit niet meer. Ik kan de wildheid van jouw ziel niet temmen. Wij zijn niet voorbestemd om dit leven met elkaar te delen. Er rest ons niks anders dan afstand te nemen.'

Bella's hart kneep samen bij de gedachte dat ze de man van wie ze zoveel hield zou moeten laten gaan. Ze nam zijn gezicht in haar handen en fluisterde: 'Nooit, nooit zal ik je laten gaan.'

'Zeg zoiets niet, Bella, je hebt geen keuze.' Karel schoot recht en barstte in woede uit. Hij wilde zich niet nog eens in haar verliezen of het risico lopen dat ze hem op de een of andere manier zou betoveren.

'Zoek jezelf een andere man, meisje. Ik ben er zeker van dat er in rij wordt aangeschoven voor jou.'

'Maar waarom wil jij dan niet...' begon Bella met tranen in de ogen. Maar ze herpakte zich en sprak: 'Karel, ik heb gezworen het nooit te vertellen, maar je laat me geen keuze. Ook door mijn aders stroomt koninklijk bloed. Ik ben de kleindochter van Karel VII, de koning van Frankrijk.'

Karels mond viel open, veranderde dan in een brede grimas. Hij begon te schaterlachen. Hij sloeg dubbel en gierde het uit! 'Oh, Bella, en ik zou dat moeten geloven.' Hij veegde de tranen uit zijn ogen.

'Aanvaard toch dat wij van een andere stand zijn... De kleindochter van de koning van Frankrijk...' proestte hij na. 'Ik zou het zo gek niet kunnen bedenken.'

'Wat? Geloof je mij niet? Ik verbreek daarvoor mijn woord, geef een familiegeheim zomaar prijs en jij gelooft me niet? Ga naar Nona, Matteï of eender wie van ons. Vraag hen naar de waarheid en ze zullen het beamen.'

Terwijl Bella Karel probeerde te overtuigen, had hij het vertrek al verlaten. Verbouwereerd bleef ze achter. Had ze zich zo vergist in de man voor wie ze door het vuur zou gaan? Hoe was het mogelijk dat hij haar niet serieus nam? Het kon niet waar zijn dat hun liefdesverhaal hier zou eindigen.

Bella gaf niet op en zette keer op keer haar veroveringstocht verder. Ze bleef Karel achtervolgen en probeerde haar sterkste verleidingskunsten op hem uit. Ze smeekte hem van haar te houden en viel op haar knieën voor hem neer.

Ze daagde hem uit voor een gevecht op leven en dood. Ging met zijn paard aan de haal. Ze bespiedde en bespotte hem als ze hem met een jonkvrouw zag. Al haar levensvreugde verdween in deze onbeantwoorde liefde. Ze at niet meer, ze praatte niet meer.

Ze was niet langer voor rede vatbaar.

Op een nacht was ze naakt en vol verlangen in Karels bed gaan liggen. Zo had ze uren gelegen tot Karel eindelijk was thuisgekomen. Hij had een meisje bij zich en bij het zien van de jongedame was Bella uitzinnig geworden. Ze was als een wilde kat tegen de vrouw tekeergegaan.

Karel had Bella laten oppakken en wachters voor zijn residentie gezet. Die nacht bracht ze verder door in de kerker van het paleis. De volgende ochtend werd ze afgevoerd naar haar kampement. Karel was woest. Dit kon hij niet langer tolereren.

Hij sprak er Matteï over aan. Volgens hem was Bella's broer de enige die haar tot rede kon brengen.

Intussen was Bella uitgeput en totaal buiten zinnen naar huis gebracht. Ze sliep zeven dagen aan een stuk terwijl Nona voor haar zong en haar met kruiden en gebeden bijstond.

Marie-Ange bespeelde de harp voor haar en zelfs Catharina bracht, ondersteund door Matteï, een bezoek.

Een van die dagen verscheen ook Anton op het domein van de Italianen. Geniepig als hij was sloop hij langs de voorraadschuur bij hen binnen. Luigi had hem vanuit de verte opgemerkt. Geschrokken ging hij op zoek naar Emilio. Hij hoorde de oudere man op zangerige toon met Bruno praten terwijl hij het dier voederde.

'Emilio, het spijt me dat ik je stoor, maar je moet dringend komen. Anton, die bastaardzoon van de hertog, is hier! Ik heb er een slecht gevoel bij. Haast je, ik zag dat hij naar de wagen van Nona liep.'

De oude man liet alles vallen, graaide inderhaast naar een ijzeren staaf en liep ermee weg.

Matteï zag zijn vader voorbijhollen en ging achter hem aan.

'Het is die Anton', riep Luigi hem hijgend toe. 'Ik zag hem hier bij de wagens.'

Matteï en Emilio sloten Anton in.

'Heb je nog niet genoeg schade aangericht? Ik wil jouw boeventronie hier nooit meer zien, heb je dat goed gehoord?' dreigde Emilio.

Matteï keek Anton scherp aan. Hij voelde de woede en de minachting van deze man en dat maakte hem alleen maar vastberadener.

'Laat mijn zus voortaan met rust. Wij moeten jou hier niet. Betrappen we je nog een keer op ons domein of in de buurt van Bella, dan zullen we niet aarzelen. Zeg niet dat we je niet gewaarschuwd hebben.'

Met deze woorden duwden ze Anton tot aan de grens van hun terrein. Ze waarschuwden hem nogmaals voor de gevolgen als hij het in zijn hoofd zou halen om terug te keren.

'Gezegende moeder aarde,' bad Nona toen ze van het bezoek van Anton hoorde, 'behoed ons voor dit kwade. Maak dat we niet genoodzaakt worden tot duistere praktijken.'

De Italianen zwegen tegen Bella wijselijk over Antons bezoek, en op de achtste dag van haar herstel stroomde er opnieuw leven in het meisje.

Ze schaamde zich diep over haar gedrag, in het bijzonder tegenover Karel. Een deel van haar wilde niks liever dan sterven om de misstap die ze begaan had. Misschien viel haar hart niet meer te genezen. Ze had zoveel emotionele pijn dat ze in zichzelf bleef ronddraaien als een gewond dier. Ze had zich deze eenzaamheid en pijn zelf aangedaan. Ook Franca had ze tekortgedaan.

Ze zou Karel niet meer lastig vallen, ze zou hem mijden, het liefst nooit meer weerzien.

Haar pijn leek compleet. Ze hoorde de stem van haar grootmoeder naast zich die zachtjes tot haar sprak: 'Mijn kind, ga zo diep in je verdriet als je maar kunt. Ga er helemaal in op. Sla het als een deken om je heen, trek het over je gezicht, je hart, je hele wezen. Ga er niet voor op de vlucht maar probeer het einde van de duistere tunnel te vinden.'

Bella volgde de raad van haar Nona op. De enige ware liefdes die ze had gekend waren haar ontnomen. Vele uren zat ze voor zich uit te staren, helemaal niks te doen. Ze had het gevoel dat ze overal mee moest afrekenen: met het kwade in haar, het kwade rondom haar, de liefde, alles.

Dat moment van diep inzicht bevrijdde haar geest. Daardoor begon ook haar lichaam nu los te laten. De tranen stroomden en ze huilde. Ze huilde om al het leed van haar prille bestaan. Ze leunde steviger tegen haar Nona en voelde de essentie van zichzelf terug in haar lijf stromen.

Ze legde zich te rusten naast haar grootmoeder met het gevoel dat de armen van moeder aarde haar omsloten en beschermden, niet alleen tegen de buitenwereld maar ook tegen zichzelf en tegen haar destructief gedrag.

Nu kon de goedheid in haar eigen ziel weerkeren. Ze kon de wereld maken tot wat zij wilde, afhankelijk van de manier waarop zij die wereld om zich heen zag. Ze kon kiezen voor het licht of leven in het donker.

Ze koos voor het licht, voor haar familie, voor haar volk.

XV

atharina bleef met regelmaat het kruidenaftreksel van Nona drinken. Het werd steeds makkelijker om op deze manier naar de andere wereld te reizen. Haar angst om alleen te gaan bleef groot, dus vroeg ze Bella telkens om haar te vergezellen. Ze twijfelde eraan of zij wel voorbij de wachter zou geraken, al kon ze de klank die Bella produceerde al een beetje nadoen.

In die andere wereld was ze volmaakt, vrij en gelukkig. In ruil hiervoor wilde ze de boodschap van Alberon verspreiden. Meer en meer ontwikkelde ze de gave om bij anderen te zien of ze zuiver van hart waren. Aan hen vertelde ze over de elfenkoning en het Gulden Vlies zodat zij op hun beurt dit verhaal konden doorvertellen. Matteï zou er een lied over schrijven. Deze boodschap aan het katholieke hof verkondigen kon gemakkelijk als hekserij beschouwd worden. Maar dat verhinderde hen niet ermee door te gaan.

Het was Catharina's grootste droom de liefde te bedrijven. Maar door haar verminkte lichaam kon dat niet. In die andere wereld zou ze met een volmaakt lichaam, mooie benen en volle borsten Matteï het hof maken. Dat leek haar heerlijk.

Ze besloot het er met Nona en Bella over te hebben. Als er ook maar een kans was om dat met haar geliefde te beleven, zou ze die grijpen.

Maar Matteï was minder enthousiast dan Catharina had verwacht. Hij wist dat het geluk in die andere dimensie van tijdelijke duur was en hij wilde het meisje een nog grotere teleurstelling besparen. Daarbij kwam nog dat reizen naar *Nevelland* te veel van haar zieke lichaam vroeg. Het verzwakte haar nog meer en het leek soms of ze verdoofd wakker werd. Om Catharina weer bij zinnen te krijgen, smeerde Matteï haar lichaam in met een kruidige, opwekkende balsem.

'Liefje, ik begrijp je pijn en ik zou alles geven om die te kunnen wegnemen. Maar het lijkt me geen goed idee: de ontnuchtering zal te groot zijn. Het is daar een andere wereld. Hier kan ik je aanraken, ruiken en voelen. Meer heb ik niet nodig.'

Catharina liet niet af: 'Ik wil een vrouw zijn, Mat, begrijp dat nu, ik wil jouw vrouw zijn, ik wil de liefde bedrijven. De muren van deze burcht zijn doordrongen van liefdessappen. Weet je wat dat met me doet? Het gekreun en gesteun dat ik dagelijks hoor maakt me gek. Hoor je, gek!'

'Goed dan, mijn lief, ik vraag het aan Nona. Rustig maar mijn engel, kom bij mij, rust hier maar.'

De reis die hun beider liefde in de andere wereld zou bezegelen was op zijn minst vreemd te noemen. Nona en Bella waren uren bezig geweest met de voorbereiding. Het was niet eenvoudig de vrouwelijke traditie om door de sluiers te reizen door te geven aan Matteï. Het moest in een rituele afspraak met Alberon goedkeuring krijgen. Ze hadden afgesproken in een ondergronds vertrek. Het was een grote kamer die rook naar leem en die vocht uitademde. Fakkels lichtten op tegen de kale wanden.

Als twee toverkollen stonden Bella en Nona achter een altaar. Een mes en een boek lagen stil te wachten op de koude steen.

Twee grote cirkels die elkaar in het midden overlapten, waren in een wit poeder voor het altaar getekend.

Catharina merkte verbaasd dat ze niet alleen waren. Verschillende mensen van het Italiaanse gezelschap stonden nu ook mee in de onderaardse kamer. Het werd muisstil en Nona begon voor te lezen uit het boek. Catharina was met stomheid geslagen. Ze had soortgelijke klanken ooit gehoord tijdens een van haar lessen liturgie. Die vreemde taal werd daar als 'duivels' aangezien. Het maakte haar een beetje onrustig.

Veel tijd om na te denken kreeg ze niet want Nona was achter het altaar vandaan gekomen en nodigde de twee geliefden uit om in het midden van de cirkels te gaan staan, daar waar die elkaar overlapten.

Alsof het een vanzelfsprekendheid was, zette Bella zich aan één kant van de ene cirkel achter Catharina en Giovanni nam plaats in de andere cirkel, achter Matteï.

Toen Nona vervolgens met de beker en het mes naar het jonge paar liep, begonnen alle aanwezigen te neuriën.

Als in trance sprak ze vervolgens: 'Om verenigd te worden in de andere wereld moeten de eenhoorn en zijn hinde zich verenigen in bloed. Laat nu één druppel van jullie levensvocht lopen in dit gezegende brouwsel en drink vervolgens in liefde, opdat jullie ziel voor eeuwig verbonden weze.'

Na Matteï maakte ook Catharina met het scherpe mes een dun snee-tje in haar vinger en liet één druppel bloed in de aangereikte beker vallen.

Tot slot werden de vier aanwezigen uitgenodigd van de beker te drinken. Na de eerste slok voelde Catharina zich wegglijden, achter de sluier van de voor haar al bekende wereld.

Zoals gewoonlijk kwamen ze ongeveer op hetzelfde moment bij de rivier. Bella bracht haar tot net voorbij de poortwachter. 'Hier laat ik je, lieve vriendin, deze keer is dit paradijs voor jou.'

'Ik ben bang, Bella, waar is Matteï? Stel dat hij me niet vindt?'

'Daarvoor hoef je niet bang te zijn, jullie worden verwacht, daar heeft Nona wel voor gezorgd. Beschouw het als een geschenk.'

Nog voor Catharina antwoord kon geven, was Bella verdwenen.

'Je hebt me niet verteld waar ik op moet letten,' riep ze nog na, maar het meisje was al weg.

Catharina voelde zich gespannen en bang maar vermande zich. 'Dit heb ik toch gewild, Nona en Mina hebben er zoveel moeite voor gedaan.' Ze nam de omgeving in zich op. Het viel haar op dat alles anders was dan alle andere keren. Dit was ook niet de plek waar ze altijd met Bella kwam, de kleuren waren minder fel, alles leek gedempter, stiller en vager.

Vóór haar liep een pad dat geplaveid was met verschillende soorten gekleurde leisteen. Het was feeëriek en onwerelds. Daarnaast stroomde een fluorescerend blauwe rivier. Het blauw contrasteerde fel met het matte groen van het gras en het wit van de ijle lucht.

Matteï zou nu toch ergens moeten zijn. Catharina werd ongeduldig en angstig. 'Matteï, Matteeeeeiiieee!' riep ze angstig. Er zou toch niks misgegaan zijn? Weer kwam het gevoel van onveiligheid terug dat ze ervoer toen ze deze reis voor het eerst maakte.

Net toen ze dreigde flauw te vallen zag ze in de verte een bewegende gouden vlek. Het leek wel een zwerm bijen die steeds dichterbij kwam. Toen ze vlakbij waren zag ze tot haar verbazing wel duizend kleine gouden vlindertjes die rond haar begonnen te fladderen.

De vlinders duwden haar een richting uit. Als in een cocon gehuld stuwden ze haar steeds verder. Er zat niks anders op dan te volgen.

Net zoals de vlinders uit het niets waren opgedoken, hoorde Catharina plots muziek. Eerst vanuit de verte, dan steeds luider en luider, tot ze een mooie melodie ontwaarde.

Ze herkende Matteï's prachtige stem:

'Lieve Catharina, je ogen zijn zo blauw
lieve Catharina, je ziet het.
Je bent een ware engel, mijn redder in de kou.
lieve Catharina, je ziet het.'

Plots merkte ze waar het geluid vandaan kwam. Voor haar stond een boom, zo breed als een huis. De vlinders tilden haar op, ze vlogen met haar naar boven en lieten haar zachtjes los in een uitholling van de boom. Ze stond nu in een prachtig ingerichte kamer. Overal lagen gekleurde tapijten en kussens. Ze kon maar aan één ding denken: 'Mooi, zacht, volmaakt.'

Matteï's stem klonk héél dichtbij.

Gepassioneerd zong hij verder:

Je ogen soms vol tranen, maar steeds ben jij m'n vrouw,
lieve Catharina, je ziet het.'

Plots veranderde de melodie:

'Kom nu in mijn armen, en spreek je eigen taal, geliefde
ook dit wordt een deel van ons verhaal, want dit is liefde
Ja liefde, ware liefde...'

Catharina bleef vertederd vol verwondering staan.

Matteï lag naakt op een bed van rozenblaadjes, zijn donkere haren contrasteerden met de gouden glans die zijn huid had gekregen. Hij was net een prachtig jong dier, gespierd, gracieus en mooi.

Voorzichtig ging ze naar hem toe. Aan de ketting rond zijn hals hing een gouden steen in de vorm van een vlinder. En ook aan haar hadden de vlinders dezelfde gouden steen gegeven. Het leek alsof ze zich niet alleen rondom haar maar ook in haar hadden genesteld.

Catharina vlijde zich neer in Matteï's armen. Ze gaven zich over aan de volmaaktheid van deze wereld, waar hartstocht als gouden vonken door de lucht knetterde. Stil verlangend dat deze reis eeuwig zou duren.

Marie-Ange besloot de Italiaanse vrouwen erbij te halen. Matteï was al een eeuwigheid terug. Koortsachtig bleef hij Catharina's lichaam inwrijven met een opwekkende pommade. Naast het feit dat ze maar niet wakker werd, was er iets wat de jongeman nog meer verontrustte. De kleine zweertjes die hij al eerder op haar rug had gezien, waren nu grote, dikke etterende gezwellen. Kon het zijn dat deze reis en de magie van het ritueel haar lichaam zo hadden aangetast? Hij weigerde dat te geloven. Nooit had ze zulke hevige reacties gehad na een reis naar *Nevelland*. Ook Nona keek verontrust naar Catharina's rug. Ze vroeg Mina naar de samenstelling van de kruidendrank en naar Catharina's huidige voedingspatroon. In geen van beide was iets verontrustend op te merken.

'Ik heb zulke zweren eerder gezien,' merkte Nona op, 'laat me even denken.' Er verscheen een diepe frons op haar voorhoofd.

Geschokt kwam de herinnering terug. 'Ik was nog jong en mijn moeder werd midden in de nacht geroepen om een man in zijn doodstrijd bij te staan. Heel zijn lichaam stond vol met gelijkaardige zweren. Vooral de ranzige geur is me bijgebleven. Dezelfde geur die ook hier hangt.'

'Denk je dat Catharina dezelfde ziekte heeft?'

Nona trok bleek weg.

'Het was geen ziekte, Mina. Alle goden, sta ons bij. Die man was vergiftigd. Geen remedie kon hem uit zijn lijden verlossen. Het enige wat moeder nog kon doen, was zijn pijn verlichten.'

'Maar dat zou dan betekenen dat iemand mijn meisje vergiftigt!'

Mina zakte door haar knieën terwijl de tranen over haar wangen stroomden.

'Weet je wel zeker dat het om vergiftiging ging?' vroeg ze bevend.

'Zeker, die zaak werd toen grondig onderzocht.'

'Oh, Nona, als het maar niet te laat is. Hoe komt het toch dat we dat niet eerder gemerkt hebben?'

'Catharina's lichaam reageert altijd hevig na het reizen, daarom is het ons nooit opgevallen dat er meer aan de hand zou kunnen zijn', verklaarde Nona. 'Ik zal mijn best doen om het gif uit haar lijf te krijgen, al vrees ik dat er niks anders opzit dan een aderlating te doen bij het arme kind.'

In hun gesprek waren de vrouwen zich er niet van bewust dat Catharina eindelijk de ogen had geopend.

Matteï had gelijk gehad. De ontnuchtering was immens. Ze voelde zich zwak. Het leek alsof haar lichaam bont en blauw was geslagen. Met moeite kon ze haar hoofd opheffen.

'Lieve Matteï, wat heb ik een dorst, alles draait, ik voel...'

'Rustig maar, liefje, ik haal een beetje water.'

Nona hield de jongen tegen en bracht hem op de hoogte.

Een koude hand omklemde zijn hart, het leek of al de warmte uit hem werd geknepen.

'Ik ben er zeker van dat die dwerg er wat mee te maken heeft. We moeten onmiddellijk Filips op de hoogte brengen, haar vader is de enige die nog iets kan doen.'

Strijdvaardig liep hij naar de deur.

'Rustig, jongen, we mogen niet onbedachtzaam te werk gaan, niet voor we bewijzen hebben. Vanaf nu zullen we ervoor zorgen dat Catharina's maaltijden gecontroleerd worden.'

Mina pinkte een traan weg.

De onmacht en pijn sneden als een dolk door Nona's hart. Haar anders zo sterke en moedige kleinzoon verloren en in paniek te zien deed haar tot actie overgaan.

'Eerst en vooral moeten we te weten komen wie er achter deze vergiftiging zit. Hoogstwaarschijnlijk, en zelfs zonder twijfel, is dat de hertogin. Matteï, we hebben je nodig. Jij kunt je als geen ander onzichtbaar maken. Volg vanaf nu de dwerg, word zijn schaduw. Ik heb een heel sterk vermoeden dat we niet lang zullen moeten wachten op een antwoord. Hou de keuken in het oog, zorg dat alle eten en drinken voor Catharina wordt onderschept. Vraag Falco je bij te staan, hij weet hoe hij mensen moet misleiden.'

Matteï kuste zijn geliefde zachtjes op het voorhoofd, draaide zich om en fluisterde: 'Ik beloof je, m'n liefste, dat de schuldigen zullen hangen. Ik zal je wreken, je zult genezen en we zullen samen gelukkig worden.'

Toen verdween hij om zich van zijn moeilijke taak te kwijten.

Mina had Filips ingelicht. Hij had haar niet serieus genomen. 'Kom, Mina, wie zou er zich verlagen om een kreupele, jonge vrouw kwaad te doen.'

Uiteindelijk had ze hem zo ver kunnen krijgen dat hij een wachter inschakelde die de zaak mee zou onderzoeken.

Voor het kraaien van de haan was Matteï de kookplaats binnengedrongen. Hij had zich verstopt in een nis, naast hoog opgestapelde zakken met bloem. Niet voor het eerst was hij dankbaar voor alle harde lessen die hij als kind van zijn vader had gekregen.

De wachter had zich samen met Falco aan een van de uitgangen opgesteld.

Een dikke kokkin was druk in de weer met het bereiden van de maaltijd. Voor elke hoveling werd er een dienblad voorzien.

De vrouw wist de dienbladen perfect te onderscheiden, en ook welke culinaire wensen er aan verbonden waren.

Dat van de hertog was duidelijk herkenbaar aan het wapenschild, een rode haan met een wit kruis daarboven.

Matteï herkende het wapenschild van Catharina. Dat hing ook aan haar kamerdeur en het was bovendien op de rugleuning van haar vaste zitplaats bevestigd. Het was een schildje met een roos waaraan een stuk ontbrak, als teken van haar kreupelheid. Een frons verscheen op zijn voorhoofd. Wat hadden ze aan het hof toch bekrompen gedachten.

Een zacht geritsel achter de dientafel deed Matteï opschrikken. Heel voorzichtig zette hij zich recht en zag hoe de gemene dwerg vanonder de tafel tevoorschijn kwam. Coquinet keek links en rechts om zich heen en nam geniepig een pipetje uit zijn broekzak. Daarop liet hij enkele druppels in de gortepap van Catharina vallen.

Als de bliksem schoot Matteï uit zijn schuilplaats tevoorschijn, onderschepte de pap en holde achter het valse kereltje aan. Het liefst had hij hem eigenhandig en wel meteen willen vermorzelen. Dat zou nog even moeten wachten.

Zoals verwacht schoot de dwerg naar de uitgang waar Falco op wacht stond. Coquinet werd door de vurige Italiaan met gemak onderschept. Hij greep hem bij z'n schabbernak en hees hem de lucht in.

'Laat me gaan, laat me gaan, vieze Italiaan, ik heb niks misdaan.'

'Rijmen zal je niet redden, kerel.'

Toen zag hij wat de dwerg in zijn handen hield.

'Hola, dit is niet naar m'n zin,
een pipetje met een goedje in.
Dit moet de chirurgijn bekijken
En oh wee als dan zal blijken
Dat het een kwalijk gif bevat
Dan zul je hangen, vuile rat.'

Maar Matteï was niet in de stemming voor rijmpjes of grapjes.

Hij kon alleen nog denken aan zijn geliefde Catharina. Gerechtigheid zou geschieden.

Le Duc was met stomheid geslagen. Hoe was het mogelijk dat iemand zich zo kon verlagen om zijn sukkelachtige dochter te vergiftigen? Ze was zo tenger en ziek. Hij had haar net daarom wat meer privileges gegeven. Ja, van een dwerg kon hij dat misschien verwachten. Toch bleef die dwaze Coquinet maar volhouden dat vrouwe Isabella hem de opdracht had gegeven. 'Vrouwe Isabella heeft het mij opgedragen. Ik ben onschuldig, ik hou van Catharina, ze is tot mij voorbestemd.'

De hertogin sprong recht. 'Zwijg, stuk onbenul. Is dat je dank,

Coquinet, na alles wat ik voor je gedaan heb? Lieve echtgenoot, laat Fabrice, onze beul, hem aanpakken, dan zal de waarheid wel vlug aan het licht komen.'

De dwerg kromp ineen. 'Neen, niet Fabrice, mijn heer, mij treft geen schuld.'

Isabella kon een glimlach niet onderdrukken. Fabrice omkopen was makkelijk geweest.

De macht van Isabella was groot. Weldra zou ze verlost zijn van dat blok aan haar been. Catharina had al veel te lang aandacht en attentie van Filips gekregen. Nu was het haar beurt, Isabella van Portugal, hertogin van Vlaanderen.

Toen de hertog later op de dag zijn dochter ging bezoeken, zag hij in wat voor erbarmelijke toestand zij verkeerde. Hij voelde een tederheid die hem diep raakte. Filips stond versteld van zijn gevoelens voor dit arme schepsel. Hield hij werkelijk van deze dochter?

Catharina's bestaan was ondraaglijk geworden. Het was alsof een vuurstaaf haar lichaam brandmerkte, sissend en laaiend haar benen en rug verschroeide. Ook haar ingewanden werden niet gespaard van de verzengende hitte.

Toch waren er korte momenten waarop de pijn verdween. Ze stond dan plots in *Nevelland* bij Prang, de poortwachter. Meestal geraakte ze niet verder. Eén keer zag ze in een flits Alberon. Hij zei haar dat ze weldra verlost zou zijn, ze had zich moedig van haar taak gekweten.

Soms voelde ze Matteï aan haar zijde en dat gaf haar de kracht om nog te blijven leven.

XVI

September 1448

nnoemelijk bedroefd had Matteï die ochtend afscheid genomen van zijn geliefde. De hele hofhouding was vanuit Hesdin naar Vlaanderen vertrokken. Mina had ervoor gezorgd dat Catharina de reis zo comfortabel mogelijk kon maken. Ze hadden het zieke meisje in een huifkar gelegd met dikke donzen dekens en kussens onder haar frêle en breekbare lichaam. Alles was voorzien om ervoor te zorgen dat ze Brugge levend zou bereiken.

De Italianen namen een andere route. Ze zouden in de dorpen halt houden om de mensen met hun kunsten te vermaken.

Matteï voelde zich verloren. Het was alsof een grote golf hem elk moment kon wegspoelen. Zijn hart vertelde hem dat het leven uit Catharina's zieke lijf wegleed, maar zijn verstand wilde dat niet aanvaarden.

Hij schreef een lied voor het meisje en bracht dat zonder schroom aan een happig publiek.

Het was een ode aan hun liefde voor elkaar. Matteï bezong Catharina's schoonheid en ook haar afkomst. Het lied vertelde van hun voorzichtige toenadering en hoe die uitgroeide tot ware passie.

Hij verzweeg haar handicap niet en evenmin verzweeg hij hoe de dwerg in opdracht van Isabella zo wreed was geweest zijn meisje beetje bij beetje te vergiftigen.

Het enige wat hij verbloemde was het einde van het verhaal.

In Matteï's lied herstelde Catharina. Ze keerde het hof de rug toe en sloot zich aan bij het theatergezelschap. Samen leefden ze nog lang en gelukkig.

Het was Matteï's manier om met zijn verdriet om te gaan.

Hoewel hij wist dat Mina al het mogelijke zou doen om Catharina in leven te houden, was zijn hoop nauwelijks een strohalm breed. Hij had wel degelijk gehoord wat Nona had gezegd: geen enkel medicijn kon dit meisje nog redden.

Toch smeekte hij de goden dat ze na z'n aankomst in Brugge nog een tijd zouden kunnen samen zijn.

De dagen kropen tergend langzaam voorbij en van de aanstekelijke vreugde die Matteï altijd rondom zich verspreidde, was nauwelijks nog iets te bespeuren. De naderende dood van Catharina hing als een zwarte wolk boven zijn hoofd.

Nu was het Bella's beurt om haar broer bij te staan.

Ze probeerde hem op te vrolijken en moed in te spreken. Hoewel hij met zijn gedachten ver weg was, voelde ze toch dat het hem deugd deed dat ze in zijn buurt bleef.

'Mijn liefste broertje, ik bid met je mee voor de genezing van Catharina. Zo lang er leven is, is er hoop, toch?'

Troostend sloeg ze een arm rond hem. Het was lang geleden dat ze hem nog zo dichtbij had gevoeld. De pijn en het verdriet van haar eigen verloren liefde stak snijdend de kop op.

'Ik blijf altijd bij je, wat er ook gebeurt. Ik hou van je, Matteï, zonder jou zou het leven niet eens half de moeite waard zijn. Je moet sterk blijven nu, zeker voor Catharina.'

Matteï bleef kracht halen uit de ode aan Catharina. Hij zong het lied telkens weer met veel passie. Het volk was aangedaan en het verhaal van de twee geliefden verspreidde zich als een lopend vuurtje.

Eindelijk naderden ze hun doel. Brugge lag op amper een dagreis van hen verwijderd.

Op het marktpleintje was het een en al vrolijkheid. Van alle kanten kwamen mensen dichterbij. Ze drongen naar voren om een beter zicht te hebben op de acrobaten.

Het tamboerijntje danste ritmisch op de golvende beweging van Bella's buik. Ze stond achterover gebogen, haar handen achter haar hoofd op de grond. Met een stoot van haar buikspieren tuimelde het instrumentje de lucht in en het werd opgevangen door een voet. Van de ene naar de andere voet rinkelde het heen en weer.

Alessia verscheen op het toneel en zette, op het ritme van het tamboerijntje, een lied in. Heupwiegend danste ze met de melodie mee. Bella gooide haar benen in de lucht en met enkele soepele achterwaartse salto's kwam ze weer recht.

Op dat moment kwam Bruno aangewaggeld en het applaus barstte los. De beer stapte op twee poten in een kring rond de meisjes. Hij wiegde met zijn lijf en klapte met zijn voorste poten.

Het publiek werd uitzinnig.

Plots stormde vanuit het volk, snel als een pijl, een man op Bruno af. Met een dolk in zijn hand stortte hij zich op de beer. De man zag er woest en grimmig uit en als een bezetene stak hij het dier met een vlijmscherpe dolk keer op keer in de borst. In doodsangst brulde de beer het uit. Hij hief zich hoog op zijn poten en wankelde. Even leek het of hij in elkaar zou storten maar hij herstelde zich. Grommend en met schuim op de bek waggelde hij op het publiek af. De man sprong opnieuw voor de beer, zijn dolk in de aanslag. Het publiek gilde hysterisch en liep alle kanten uit.

Bella verstijfde van angst toen ze zag hoe haar broer tussen de beer en de man in sprong. Matteï wierp zich voor Bruno, draaide zich om naar de dader en gaf hem een vuistslag in het gezicht. De man wankelde, keerde zich van Matteï weg en keek recht in de ogen van Bella. Er lag woede in zijn ogen, een vreselijke, alles verterende woede. Zonder aarzelen keerde hij zich opnieuw naar Matteï en stak hem onverwacht midden in de borst.

'Anton, néééééé!' gilde Bella. Ze rende naar haar broer maar haar benen wilden niet vooruit.

'O, Matteï, Matteï...'

Bella snakte naar adem. Haar broer lag met zijn rug op de kasseien. Bloed gutste uit de wond, zijn witte hemd was ervan doordrenkt.

Bella viel op haar knieën bij hem neer. Een hartverscheurende kreet welde uit haar binnenste op. Emilio scheurde haastig een stuk van zijn hemd en bond het rond de borst van zijn zoon, op de plaats waar het meeste bloed uit de grote wond stroomde.

'Help me, Frederico, Falco', riep hij zenuwachtig. 'Hij moet hier zo snel mogelijk weg. Neem hem voorzichtig bij de benen. Falco, jij ondersteunt hem in zijn lenden. We dragen hem naar de wagen en proberen het bloed te stelpen. Bella, zorg ervoor dat hij blijft ademen!'

Bella zette haar mond op haar broers halfopen lippen en gaf hem haar adem.

'Grijp de dader. Dood aan de dader!' Mensen riepen en gilden door elkaar. Maar van Anton was er geen spoor meer.

'Laat hem, het heeft nu geen zin hem achterna te gaan. We zullen ons op de gepaste tijd met hem bezighouden', zuchtte Emilio.

Nona keek op van haar werkzaamheden, haar ogen stonden plotseling bedrukt. Er was iets mis. Ze kon het voelen, maar ze wist niet wat het was of waar het gebeurde.

Haar hart sprong op van opluchting toen ze de mannen hoorde thuiskomen. Ze liep naar hen toe maar hield haar pas in. Emilio zat onder het bloed. Toen ze dichterbij kwam, zag ze Matteï liggen. Dan pas vatte ze het hele tafereel.

'Wat is er gebeurd?' riep ze in paniek en rende naar haar kleinzoon. Matteï lag niet alleen op de kar. Vol ongeloof keek ze naar Bruno, die uitgestrekt op zijn rug, met de poten omhoog, naast hem lag.

Versteend bleef Nona staan. Emilio en Falco tilden Matteï voorzichtig op en brachten hem naar binnen. Nona haastte zich achter hen aan, ze begreep nog steeds niet goed wat er aan de hand was. Bella's broer werd op bed gelegd. De vrouwen maakten in allerijl het water warm en pletten de kruiden om de wonde schoon te maken.

Toen merkte de oudere vrouw hoe alle leven al uit Matteï weggetrokken was.

Nona kneep haar ogen stijf dicht om de hete tranen die er achter brandden terug te dringen. Ze zou gerechtigheid eisen.

Ze klampte zich vast aan die gedachte en slaagde er zo in zich sterk te houden om het lichaam van de knappe jongeman te wassen en te balsemen. Het balsemen was een familietraditie die ze al generaties in ere hielden. De familie geloofde dat daarmee de kracht van het lichaam volledig behouden bleef tijdens de reis naar het dodenrijk.

'Een kleinzoon en een zoon was je voor mij', sprak ze met gebroken stem. 'Dit had nooit mogen gebeuren.'

Ze zong terwijl ze het lichaam van Matteï met een natte doek schoonmaakte. De klanken sneden in haar ziel en vertolkten haar diepe hartenpijn. Bella en Alessia hielpen haar bij het aanbrengen van de kruidige balsem. Zeborah bracht schone doeken en warm water.

Bella zette zich naast haar broer en raakte zijn gespierde lichaam aan. Ze streek over zijn armen en benen, zijn borst en zijn buik. Ze nam Matteï's voeten in haar handen, kuste elke teen en wreef die in met de sterk geurende balsem.

Terwijl ze heilige woorden prevelde, knielde Bella aan zijn hoofd neer, legde haar handen over zijn ogen, streek over zijn neus en lippen. Ze smeekte de goden om haar broer te beschermen op weg naar de overkant.

Bella voelde zichzelf stikken in de ingehouden tranen. Ze wilde zingen maar haar stem weigerde.

Alessia stond over het lichaam van Matteï gebogen, zocht naar houvast. Haar tranen parelden op het gebalsemde lichaam. Het kind zag lijkbleek, haar benen weigerden haar nog langer te dragen en ze ging onderuit. Zeborah ontfermde zich over haar dochtertje en droeg haar naar bed. Ze zong bij het kind tot het in slaap viel.

Over enkele dagen zouden ze verder trekken in de richting van Brugge. Matteï zou te ruste worden gelegd op de begraafplaats naast het kleine kerkje op de *Burg*.

Tot het zo ver was kon een laatste groet gebracht worden aan het lichaam van de man die zoveel voor elk van hen betekend had.

Ook van Bruno werd afscheid genomen. De beer zou de volgende dag tijdens een ritueel aan het vuur overgedragen worden.

Bella kon de slaap niet vatten. Haar verdriet was groter dan ze kon verdragen. 'Waarom moest dit gebeuren, Nona? Waarom is Moeder Aarde zo wreed?'

Bella's lippen trilden en om haar gevoel kracht bij te zetten sloeg ze met haar hoofd op de tafel.

'Er is geen antwoord, mijn kind. Alleen dat de Moeder is zoals ze is. De kracht van de aarde laat alles gebeuren zoals het moet zijn.'

Nona zuchtte terwijl ze antwoordde. Ze was zelf door twijfel overmand, maar ze wist dat Bella die woorden nodig had om het verlies te kunnen aanvaarden.

Er restte haar zelf ook niet zoveel tijd meer. De pijn in haar buik en haar ingewanden die regelmatig samentrokken voorspelden niet veel goeds. Ze kon die tekens niet negeren.

De woede die als een storm door Bella had geraasd was gaan liggen. Nu kwam het verdriet in lange, ademloze snikken naar buiten.

Toen haar tranen eindelijk opdroogden, merkte ze dat ze niet alleen was. Ze zag het gezicht van Matteï voor zich en de liefde vulde de leegte in haar hart.

Ze wist nu, hoewel hij was heengegaan, dat hij toch altijd in de buurt zou blijven. Ook al begreep ze het niet, het was genoeg dat ze zijn aanwezigheid, net zoals die van Franca, binnen in zichzelf voelde.

Ze snikte nog één keer diep en pijnlijk, legde haar hoofd op de dekens en viel in slaap.

De hele nacht bewoog ze zich niet.

Toen ze 's morgens wakker werd, speelden heldere lichtstralen door de kieren van het dak. Ze schenen op haar armen, hoofd en buik. Ze bleef stil liggen, ze was zich bewust van de zonnestralen die haar de warmte en energie teruggaven die ze ook altijd van Matteï gekregen had.

Was het Alberon, de elfenkoning die ze had gevoeld? Zou hij hier iets mee te maken hebben? Glimlachend stond ze op en liep naar de kamer van Nona. Alessia lag met haar hoofd tegen de oudere vrouw.

'Welke magische formule heeft Alberon gebruikt om mijn hart te genezen, Nonaatje?' vroeg Bella zacht.

'Liefde, m'n kind, enkel en alleen liefde.' Ze drukte Alessia en Bella tegen haar boezem en zei: 'Weet dat wij met elkaar verbonden zijn in hart en ziel, door alle tijden heen.'

Dat was ook wat Bella bij haar twee goede vriendinnen Catharina en Marie-Ange voelde, maar ze wilde dat niet uitspreken. Niet nu elke herinnering aan het hof te pijnlijk was.

Het lichaam van Matteï werd in alle sereniteit ter aarde gedragen.

Emilio nam het woord. 'Ik zou alles gedaan hebben om in jouw plaats te sterven, mijn zoon,' sprak hij met gebroken stem, 'maar wat gebeurd is, kan niet ongedaan worden gemaakt. Het leven geeft en het leven neemt. Het ga je goed, Matteï, dit is niet het einde maar een nieuw begin. Dank je voor alles. Dank je omdat je mijn zoon was.'

Bij die laatste woorden viel hij snikkend bij het graf neer.

De vrouwen begonnen zachtjes te zingen, Nona knielde bij Emilio en sloot hem in haar armen.

Een voor een zegenden de mannen Matteï's lichaam en spraken hun eerbied en dank uit.

Ze zwoeren dat ze gerechtigheid zouden eisen.

Bella beloofde haar broer dat ze het leven fier tegemoet zou treden, zoals hij het haar geleerd had: altijd onderzoekend, steeds grensverleggend. Ze haalde diep adem. Ze voelde hem en haar geliefde Franca heel dichtbij.

XVII

Brugge
september 1448

atharina's strijd was gestreden. Toch kon ze het leven niet helemaal loslaten. Er was een kracht die haar intens verbond, steeds opnieuw. Die kracht heette Matteï. Zijn liefde voor haar voedde haar ziel en gaf haar de moed om nog even vol te houden.

Op die momenten was er weer een sprankeltje hoop op Mina's gezicht te zien en slaagde Marie-Ange erin vreugdevolle melodieën te spelen.

Van het ene op het andere moment werd Catharina lijkbleek. Ze voelde haar laatste levenslust uit zich wegvloeien.

'Matteï! Auw, stekende pijn in mijn borst, Mina, er is... iets... Matteï. Hij glijdt weg, help me.'

Met haar laatste krachten kwam ze recht en rochelend hoestte ze bloed op.

'Ik moet hier weg, Mina, de drank, ik moet drinken, ik moet hem zoeken...'

In wanhoop klampte ze zich vast aan haar min. Kreunend bleef ze om de drank smeken.

Ook Mina had aangevoeld dat er iets ernstigs moest gebeurd zijn met Matteï. De verbondenheid van het jonge koppel was altijd tastbaar geweest. Het was ondraaglijk te zien hoe erg het meisje leed. Ze besloot haar de kruidendrank te geven. Met bevende handen mengde ze de kruiden. Ze kende intussen de samenstelling. Terwijl ze haar tranen verbeet, voegde ze een laatste sterk verdovend kruid toe. Ze wist dat deze specerij kon zorgen voor een intens vreugdegevoel. Mina had het tot dan toe nooit gebruikt, omdat het zo verslavend werkte. Dat had nu geen belang meer.

De min zette zich bij het meisje en streek haar gezicht nog voor een laatste keer in met een zelfgemaakte pommade van rozenblaadjes. Dan nam ze voorzichtig Catharina's handen en kuste ze teder. Ten slotte kuste ze haar voorhoofd.

'Goeie reis, mijn dochter. Voor altijd blijven wij verbonden. Drink je drank en zoek je geliefde. Ooit zullen wij weer samen zijn. Bedankt, liefje voor al het goeds wat je me hebt gegeven. Ga nu maar.'

Voorzichtig hield ze de beker voor Catharina's mond en liet haar kleine slokjes drinken. Net voor haar ogen dichtvielen schonk het meisje nog een innig, dankbare blik aan haar lieve min.

Marie-Ange beefde. Ze besefte dat dit haar nichtjes laatste reis zou zijn. Ingetogen zette ze zich aan de harp en beroerde soepel de snaren.

Ze liet haar emoties de vrije loop. Marie-Ange zong over de vriendschap die ze samen deelden en over de unieke liefde tussen Catharina en Matteï. Met een laatste afscheidsgroet smeekte ze de engelen om Catharina te begeleiden.

'Nooit meer verbergen, nooit meer beschermen
maar hemels zul je zijn
Nooit meer ontwaken, nooit meer die pijn
Maar hemels zul je zijn

Laat je nu maar leiden
door d' aardse melodie
Ik zal je begeleiden
Tot ik je niet meer zie

Toch weet ik best, mijn nichtje
Dit is geen vaarwel

Want eens zul je voor mij staan
Vaarwel slechts een moment
Mijn hart zal fel tekeergaan
wanneer je mij herkent.'

'Een goede reis, lief nichtje, ik zal je missen.'

Zoals altijd bracht de muziek haar troost en Marie-Ange bleef, samen met de engelen, bij het bed van Catharina.

Met een ruk sprong ze door het gordijn. Er was iets geknapt, ze had een duidelijke 'knak' gehoord. Catharina voelde zich doordrongen van een hevig vreugdevolle gloed. Er heerste rust, alle last van de wereld was verdwenen.

Vrolijk stapte ze in de richting van het bos. Ze kende dit goed, dit woud! In de verte hoorde ze weer die bekende melodie. Een zwerm gouden vlindertjes kwam naar haar toe gevlogen. Ze tilden haar op en brachten haar weg, terwijl zoete klanken haar omringden. Een glimlach verscheen op haar gezicht toen ze de grote boom herkende.

I

Mina voelde zich radeloos. Samen met Catharina was een groot deel van haarzelf gestorven. Voor het eerst besefte ze hoeveel haat en jaloezie er leefde aan dit hof. De voortdurende zorg voor het meisje had haar verblind.

Een laatste keer keek Mina teder naar het lichaam dat ze pas vol zorg gewassen en aangekleed had. De kamer was kil en leeg. Het kostte haar moeite om op te staan. Ze wist dat ze hier nooit meer zou terugkeren.

De muren waren te fel doordrongen met de stank van verraad en hypocrisie.

Doelloos, terwijl ze verdronk in haar verdriet, kwam ze bij de karavaan aan. Het nieuws dat ook Matteï vermoord was bevestigde haar voorgevoel. Ze troostte zich met de gedachte dat de twee geliefden opnieuw verenigd waren.

Nona stond haar op te wachten, een kop warme drank in haar hand. De vrouwen vielen elkaar snikkend in de armen. Hun verbondenheid was als een troostende balsem.

'Ik verwachtte je, Mina. We zullen onze krachten bundelen.'

'Men eist niet aan dit hof...' bulderde Filips. Hij zette zich op zijn troon en depte zijn bezwete gezicht. Ietwat gekalmeerd ging hij verder: 'Wees er zeker van dat we deze zaak grondig zullen onderzoeken. Als jullie beschuldigingen terecht zijn, zullen we de nodige sancties nemen.'

Bella riep: 'Naar de hel met je onderzoek en naar de hel met je recht! Is het dan niet genoeg dat een hele mensenmassa kan getuigen dat jouw bastaardzoon mijn broer heeft vermoord?'

Ze was zo driftig dat ze niet besefte dat haar protest alleen maar kwaad bloed zette.

'Hoe durf je!' brieste *le grand Duc*. 'Uit mijn ogen, ik beschouw deze zaak als afgehandeld. Wachters, zet hen uit het paleis.'

'Wacht maar tot de kevers uit jullie oren kruipen of tot je ons zult smeken om je weer in een mens te veranderen, als je als pad in je bed wakker wordt.'

Bella bleef haar vervloekingen uitschreeuwen, nog lang nadat ze het paleis hadden verlaten.

Emilio had er genoeg van. Nooit zouden ze gerechtigheid krijgen, dat was duidelijk. Hij had gedaan wat hij kon. Even was hij hoopvol geweest, tot zijn dochter tussenbeide was gekomen. Maar het zou al te makkelijk zijn Bella de schuld te geven.

Zijn besluit stond vast, hij zou naar zijn thuishaven, Perugia, teruggaan. Voorgoed zou hij dit hof met al zijn leugens en bedrog de rug toekeren.

Giovanni en Frederico besloten met Emilio mee te reizen. Ook zij waren te zeer gegrepen door de tragische gebeurtenissen. Ze hadden schoon genoeg van het bittere mengsel van minachting en haat waarmee de hovelingen hen behandelden. Ze verlangden meer dan ooit naar het zonnige Perugia. Al was het hartverscheurend om te vertrekken, ze bleven trouw aan de waarden van hun volk, waar er respect was voor ieders keuze. Welk pad de vrouwen ook kozen, dit was hun levensweg.

Amper enkele dagen na Filips' uitbarsting besloot Emilio te vertrekken. Hij had er alles aan gedaan om Bella en Nona te overhalen met hem mee te gaan. Tevergeefs.

Emilio kende Nona goed genoeg om te weten dat er niet over te onderhandelen viel. Haar trots was groot en haar wil was wet.

Als een gebroken man nam hij afscheid van zijn dochter en schoonmoeder. Al vergde het enorme moed, het zou de vrouwen diep vernederen als hij hen hierin niet zou respecteren.

Ook Zeborah en Alessia wilden koste wat het kost in Vlaanderen blijven. Zij zouden de hovelingen eens laten zien dat er met hen niet te spotten viel.

Bella en Nona omhelsden Emilio innig. 'Hou je sterk, *padre*, we zien elkaar weer in Perugia.'

Met betraande ogen kuste Bella haar vader ten afscheid. Ook Nona pinkte een traan weg. Ze deed haar best om het vreemde voorgevoel in haar buik te negeren.

Nona trok haar kleindochter tegen zich aan: 'Je had alle recht om kwaad te worden. Jou valt niks te verwijten, kind. Dacht je echt dat die bastaard gestraft zou worden? Liever nog zouden ze ons zien bloeden. Het enige wat wij kunnen doen, is het recht in eigen handen nemen. Ik grijp niet graag naar de zware middelen, maar deze keer laten ze ons geen keuze. Je tante Zeborah zal ons helpen. Kan ik ook op jouw hulp rekenen, Bella?'

Het meisje knikte instemmend.

'Ook Mina zal ons kunnen bijstaan, haar magische kracht is beslist niet gering.'

De komst van Mina gaf Nona opnieuw wat levensvreugde. Het zware verlies dat de twee vrouwen had getroffen, leek hun vriendschap nog te versterken.

Mina was tevreden met het vooruitzicht dat ze de daders zouden kunnen straffen voor hun wandaden. De dag dat ze Catharina kon wreken, zou niet lang meer op zich laten wachten.

Zeborah grinnikte bij de gedachte dat ze haar toverkunsten nog eens kon gebruiken: 'Het zal aanvoelen alsof ze belaagd worden door insecten. Uit alle richtingen zullen ze komen, uit de hemel neerdalen, uit de grond omhoog kruipen, dag en nacht. Als ze slapen zullen er grote spinnen over hun hoofden kruipen, wormen zullen zich ingraven in hun huid en uit hun neus naar buiten komen. Rode mieren zullen krioelen op hun benen en kakkerlakken en kevers zullen zich nestelen in hun kleren.'

'Maar hoe moeten we dit aanpakken?' vroeg Alessia naïef.

'Dat lukt het beste door het te fantaseren. Je stelt het je zo levendig mogelijk voor en dan gebeurt het ook', zei Zeborah om haar dochters nieuwsgierigheid te sussen.

Het hele bos baadde in een onwezenlijk licht. Elim bracht Bella tot bij de grote eik waar het verbindingsritueel van Matteï en Catharina had plaatsgevonden.

'Zet je tegen de stam, Bella, en luister. De wereld waar Catharina en jouw broer nu vertoeven, is dichtbij.'

'Zal ik hen dan niet zien? Zijn ze niet hier, ergens in *Nevelland*?' Elim merkte de ontgoocheling op in Bella's stem.

'Nee, meisje, dit is niet de wereld van jullie overledenen, hoewel die, zoals ik je al zei, vlakbij is en heel tastbaar. Daarom bracht ik je ook hierheen.'

Bella zette zich neer. In gedachten riep ze haar broer. Die verscheen als bij wonder, omringd door een gouden gloed. Naast hem dook ook het beeld van Catharina op. Het geluk straalde van hen af en een golf van warmte doorstroomde Bella's hart. Al haar zorgen verdwenen als sneeuw voor de zon. Ze had altijd geweten dat sterven niet het einde was, dat was haar met de paplepel ingegeven. Maar haar broer en vriendin zo gelukkig te mogen zien was meer dan ze wensen kon.

De magie van deze ervaring leek eeuwen te duren, en toch vervloog ze in een seconde. Bella veegde de traan, die er eerst een was van verdriet, als een druppel vol vreugde en ontroering met haar sjaal van haar wang. Ze koesterde het warme gevoel in haar hart en nam het mee, terug naar de menselijke wereld.

II

Eind september 1448

De vrouwen vonden troost in het bundelen van hun wraak. Mina proefde de zoete smaak van vergelding nu ze haarfijn de gepaste straf had uitgedokterd. Niemand zou er deze keer aan ontsnappen.

Uren was ze bezig met de voorbereiding. Eerst kneedde ze zorgvuldig de popjes. De ingrediënten moesten nauwkeurig gemengd worden. Eén fout en hun hele opzet zou mislukken.

Gedurende de baktijd ging Nona bij de oven zitten. Als in een mantra prevelde ze aan een stuk door de bezwerende spreuken. Een grote pot met een sterk ruikend kruidenaftreksel hing pruttelend boven het vuur. De hallucinerende dampen hielpen de min om haar trance aan te houden.

Alles verliep naar wens. Marie-Ange had Mina de plukjes haar bezorgd die ze voor dag en dauw stiekem uit de kam van de hofdames had gehaald. De min mocht van geluk spreken dat ze had kunnen rekenen op de medewerking van de harpiste. Het was niet eenvoudig, maar uiteindelijk slaagde Mina erin om in elk popje haar van de vervloekten te bakken. De popjes moesten nu alleen nog een nacht in het maanlicht verharden voor het ritueel kon worden voltrokken.

Het schemerde buiten. De vier vrouwen hadden zich in een magische cirkel van meel en kruiden opgesteld. Tijdens het ritueel zou niemand die cirkel mogen verlaten.

Elke vrouw vertegenwoordigde een windrichting.

Nona nam plaats in het oosten, daar waar de zon opkomt. Voor haar lag de geboetseerde pop die de moordenaar van haar kleinzoon symboliseerde. Eindelijk kon ze Matteï wreken. Een bittere glimlach verscheen op haar gezicht. Anton zou zijn straf niet ontlopen.

Ze opende de ceremonie.

'Dierbare zusters, wij zijn hier samen opdat gerechtigheid zou geschieden. Goden van de windstreken, sta ons bij en versterk onze krachten.'

Terwijl Nona de pop opnam, zette ze een klaagzang in. Weloverwogen smeerde ze de stevig opgerichte fallus van het popje met een sterk geurende, pikante pommade in. De andere vrouwen zongen nu ook mee. De stemmen werden gebundeld en zwollen aan tot het gezang in de nacht weerklonk als een hartverscheurende kreet. Het goedje deed al snel zijn werk. Sissend en rokend schrompelde de fallus helemaal in elkaar.

Mina stond in het noorden. Ze zou Isabella van Portugal laten voelen wat kilte kon zijn. Het had haar de nodige tijd gekost om in de mierikswortel het symbool van de noordenwind te graveren. In opperste concentratie nam ze de wortel en doopte hem in het kommetje schapenbloed dat voor haar stond. Terwijl ze de wortel als een stempel in het hart van de pop drukte, riep ze de goden aan.

'Goden van het noorden, aanhoor ons smeekgebed. Wij hebben zwaar geleden en vragen u om gerechtigheid. Stuur uw toorn naar deze vrouw, laat haar onze pijn voelen.'

De vrouwen begonnen als opgehitste bijen te zoemen. Uit het niets stak in het midden van de cirkel een hevige wind op. Hij zocht zich een weg langsheen de kring en begon dan krachtig rondom Mina te waaien. De min zette zich schrap voor wat komen zou: met het gezicht van de duivel drong de wind het hart van het poppetje binnen en sleurde het vervolgens mee in een woedende tornado.

De vrouwen slaakten een zucht, Mina rilde over heel haar lichaam.

Zeborah had zich zuidelijk opgesteld, het paste in haar temperament om vuur te richten naar hem die hun aartsvijand was geworden. De pop van Filips lag aan haar voeten.

De vrouw knielde en opende een doos. Honderden rode mieren kropen krioelend naar de pop. Het hoofd en de fallus van de geboetseerde Filips waren rijkelijk ingesmeerd met honing. Gretig aten de mieren van de lekkernij, terwijl Zeborah de beide plaatsen nog meer irriteerde met netelbladeren. De vrouw schaterde:

'Het rollebollen zal je vergaan,

als hij niet meer recht komt staan.'

Bella tenslotte stond westelijk. Ze wist maar al te goed dat de hertogin en ook haar hofdame Agnes en haar entourage sluw en vals waren. Vanaf de eerste toenadering hadden ze Bella beschouwd als hun grootste rivale. Dat er zoveel haat in iemand aanwezig kon zijn, was voor het Italiaanse meisje onbegrijpelijk.

Ze nam het poppetje stevig vast en dompelde de grote handen in een bijtende vloeistof. Mina had ervoor gezorgd dat er van elk van deze afgunstige dames wat haar was ingewerkt. Ze had reuzenhanden geboetseerd om de vrouwen op hun zwakste plek te kunnen raken.

Een vieze geur kwam vrij terwijl het brouwsel hevig rookte. Bella sprong hoestend achteruit en liet het popje uit haar handen vallen. Geschokt zag ze dat het in het zuur terechtkwam. In paniek nam ze een stok en gooide de pop eruit. Ze bluste het met de kom water die naast haar stond.

'*Madre de Dios*, als dit maar goed komt.'

Nona haastte zich naar het midden van de cirkel.

'Goden, we smeken u: laat geen van deze vrouwen het lot van deze pop ondergaan. Wij zijn niet uit hetzelfde hout gesneden als het volk aan het hof.'

De woorden van Nona drongen door tot in de aarde. Iedereen werd stil.

III

'Wat ben je toch een prachtige merrie', prevelde Filips in haar oor. Zijn handen bewogen zich over haar lijf, dwingend en heersend.

Marie-Anges gezicht vertrok. Was hij nu alweer opgewonden? Ze hadden nog maar net de liefde bedreven. De hertog bezat ondanks zijn eenenvijftig jaren een ontembare lust.

Hij boog zich naar haar toe om haar te kussen. Zijn lippen waren warm.

'Mmmm, *ma petite*, wat ruik je lekker! Wat denk je, doen we nog een rondje?'

Uitgelaten overlaadde hij haar lichaam met kusjes terwijl zijn hoofd steeds verder naar beneden schoof.

'Wat nu, een droge spelonk? Ben je mij al beu, meisje?'

Lachend richtte hij zich op, maar zijn mond verstrakte toen hij de gekweldheid in haar ogen zag.

'Vanwaar die plotse droefenis, schoonheid?' vroeg de hertog verbaasd.

Marie-Ange knipperde enkele tranen weg. Er waren heel wat weken verstreken sinds haar nichtjes begrafenis. Toch dacht ze telkens verdrietig aan wat ze Catharina nog allemaal had willen vertellen.

'Het spijt me, mijn heer', zei ze met verstikte stem. 'Ik moest aan Catharina denken, ik mis haar zo.'

'Dat verbaast me niet, jullie hadden een hechte band. Maar het leven gaat verder, Marie-Ange. We kunnen onze doden alleen eren door dagelijks voor hen te bidden.'

Dat was waar, maar zou hij werkelijk zo naïef zijn te geloven dat de dwerg haar nichtje op eigen houtje vergiftigd had? Kon hij de verdachte opmerkingen die Coquinet tegenover de hertogin had geuit, zomaar negeren? Natuurlijk kon Filips zijn eega, Isabella van Portugal, niet openlijk van de moord beschuldigen, maar toch hoopte Marie-Ange dat hij het hier niet bij zou laten.

En waarom liet hij Anton ongestraft zijn gang gaan voor de moord op Matteï?

Ze moest hem overtuigen dit alles veel ernstiger te nemen. Haar blik ging naar Filips' gezicht en ze zag het ongeduld in zijn ogen.

'Monseigneur,' sprak ze zacht, 'kan ik openlijk spreken?'

Geërgerd kwam hij van het bed en schonk zich een beker wijn in.

'Goed dan, je hebt de pret nu toch bedorven. Kleed je eerst aan, dan kunnen we praten.'

Ze glipte achter het houten scherm en trok gehaast haar onderjurk en kleed aan. De hertog had zich intussen in een kamerjas van sabelbont gehuld en zich in de zetel genesteld. Zenuwachtig ging ze voor hem staan.

'Ga zitten, Marie-Ange, en houd het kort.'

Zijn toon was formeel en in zijn houding was geen greintje speelsheid meer te bespeuren.

'Wat heb je mij te zeggen, vrouwe?'

Opeens was ze zich scherp bewust van zijn ingehouden woede. Haar stem trilde toen ze antwoordde: 'Excellentie, hebt u al kunnen achterhalen in opdracht van wie mijn nicht vergiftigd werd? Coquinet zal toch niet in zijn eentje...'

Filips legde haar met een handgebaar het zwijgen op.

'Als je daarvoor mijn tijd verdoet... De dwerg heeft bekend, laat dat voldoende zijn.'

Marie-Ange slikte en schraapte al haar moed bij elkaar.

'Monseigneur, als ik zo vrij mag zijn, Catharina is vermoord met een langzaam werkend gif. Haar dood moet maanden vooraf gepland zijn. Het is toch duidelijk dat Coquinet niet alleen gehandeld heeft.'

'Zwijg, Marie!' Met fonkelende ogen boorde Filips' blik zich in de hare. 'Met welk recht denk jij te kunnen spreken over zulke zaken?'

Marie-Ange voelde haar gezicht gloeien. 'Dat is mijn familierecht, excellentie,' fluisterde ze hem toe. 'Als verwante smeek ik u Catharina's dood en ook die van Matteï verder te onderzoeken, zodat de schuldigen hun straf niet ontlopen.'

'Genoeg!' brulde *le Duc*. 'Hoe durf je mijn oordeel in twijfel trekken! Ga weg! Vooruit, verdwijn uit mijn ogen!'

Met nijdige stappen verliet Marie-Ange het slaapvertrek en botste in haar haast bijna tegen meneer Duval aan, Filips' kamerheer. Hij keek haar verwijtend aan. 'Vrouwe, was het wel verstandig om de hertog zo te ontgrieven?'

'Hebt u niks beters te doen dan te staan luistervinken, *monsieur*?' sprak ze giftig. Voor hij kon antwoorden, draaide ze zich om en verdween door de openstaande deur naar buiten.

De bloedhete zomer was overgegaan in een herfst die kouder en natter was dan ooit tevoren. Of misschien leek dat alleen maar zo omdat haar hart bezwaard was van verdriet.

Tranen van onmacht prikten achter haar ogen. De hertog had haar zwaar teleurgesteld.

Maar zijn woede kon haar niet deren. Waarschijnlijk zou hij haar voor lange tijd niet meer in zijn bed ontbieden, en dat was maar goed ook. Ze voelde alleen maar verachting omdat hij weigerde de echte daders van de moord op Catharina en Matteï te berechten. Hoe moest zij verder leven als de daders vrijuit konden gaan?

Weemoedig stemde ze de snaren van haar gotische harp. Soms als ze het instrument bespeelde en de klanken haar naar hemelse oorden voerden, voelde ze de aanwezigheid van Catharina. Het was als een zachte aanraking die haar vluchtig beroerde.

Maar even snel als het haar overviel, verdween het gevoel telkens weer. Al trok ze zich op aan die korte momenten, ze rouwde diep om de dood van haar nichtje.

Toen ze klaar was met stemmen werd ze opgeschrikt door een heftig kabaal in het voorvertrek.

'Heer, u kunt hier niet zomaar komen binnenstormen', hoorde ze haar kamenierster ontsteld roepen.

'Laat me door, meid, het kan me niet schelen dat de vrouwe me niet verwacht!'

De deur van de muziekkamer vloog met een klap open.

'*Bonjour mon ange, quelle surprise, n'est-ce pas?*'

Sprakeloos staarde Marie-Ange naar de imposante figuur van haar minnaar.

'Ben je niet blij me te zien, Marie?' Hij liep op haar toe en nam haar stevig in de armen.

'Antoine, wat doe jij hier? Ik dacht dat je nog tot december in je kasteel in Montcornet zou blijven', sprak ze verbaasd terwijl ze zich losmaakte uit zijn omhelzing.

'Ach liefje, het kasteel werd me te koud en te eenzaam.' Hij trok haar opnieuw naar zich toe. 'Bovendien verlangde ik hevig naar jou.'

Aandachtig bestudeerde hij haar gezicht. 'Je ziet er bleek uit, meisje. Treur je nog steeds om Catharina? Je weet toch waarom ik niet op de begrafenis...'

'Dat is het niet, Antoine', onderbrak ze hem. 'Ja, ik mis mijn nichtje, maar de ware schuldigen ontlopen hun straf en dat valt me zwaar.'

Ze voelde de tranen terug opkomen en kon zich niet meer beheersen. 'Het is niet alleen Catharina,' riep ze snikkend uit. 'Ook Matteï is vermoord en iedereen weet dat Anton dat op zijn geweten heeft. Maar Filips onderneemt niks om de moordenaars te straffen. Er moet recht geschieden, Antoine.'

'Houd je mond, vrouwe!' Antoine schudde haar door elkaar. 'Weet je wel wat je daar zegt? Beheers je, Marie-Ange!'

Hij nam haar bij de arm en trok haar mee. 'Zet je neer en neem een slok wijn.'

Gespannen bood Antoine de Croy haar de beker aan.

Hij wist heel goed wie Marie-Ange als schuldige van Catharina's dood bedoelde. Het was ook alom geweten dat de lievelingsbastaard van Filips die Italiaanse schooier had vermoord.

Maar zijn kleine maîtresse was zo naïef te denken dat dit allemaal in de openbaarheid kon worden gebracht. Op deze manier riskeerde ze haar leven. Hij moest haar dit zo vlug mogelijk uit het hoofd praten.

'Liefste, je speelt een gevaarlijk spel. Wie er ook verantwoordelijk is voor de moord op je nicht en de zigeuner, het is niet aan jou om dat bij de hertog aan te klagen.'

'Wil jij me dan helpen, Antoine, en het met Filips bespreken?'

'Nee, Marie, beschouw deze zaken als afgehandeld. Leg je erbij neer, denk aan je eigen toekomst, *mon ange*.'

Hij ontweek haar ontredderde blik en liep naar het slaapvertrek.

'Heb je nog altijd die heerlijk zachte lakens op je bed liggen, liefste?' riep hij achter zijn rug om. 'Kom, *mon ange*, we zijn hier veilig. Die verachtelijke dwerg is dood, niemand kan ons nu nog iets maken.'

Marie-Ange maakte geen aanstalten om hem te volgen. Ze had geen zin in vrijen, maar behoefte aan zijn ondersteuning.

Antoine hield zijn stappen in. 'Wat een enthousiasme, Marie. Je hebt me in maanden niet gezien. Heeft Filips je weer als speeltje gebruikt en heb je daarom geen zin meer in mij?' zei hij nijdig.

Verontwaardigd keek ze hem aan: 'Je weet maar al te goed dat geen enkele hofdame een verzoek van *le Duc* kan negeren. Maar je botte weigering me bij te staan om de dood van mijn vrienden te onderzoeken, heeft mijn verlangen naar jou bekoeld.'

Antoine de Croys geduld raakte op. In Montcornet had hij beseft dat hij onmogelijk de formule van zijn leermeester Flamel kon afmaken zonder de kracht van het Gulden Vlies. Daar had hij Marie-Ange voor nodig, en dus was hij met grote haast naar Brugge teruggekeerd. Maar in plaats van een volgzame maîtresse zat hij opgezadeld met een hysterische vrouw. Hij kon niet anders dan haar tegemoet komen.

Zuchtend ging hij zitten. 'Goed dan, Marie, ik zal zien wat ik kan doen.'

Opgelucht viel ze hem om de hals. 'Dank je, liefste, dit betekent veel voor mij!'

'Niet zo vlug, jongedame, ik verwacht wel een wederdienst. Een hele tijd geleden vroeg ik je naar de plaats waar het Gulden Vlies bewaard wordt en je beloofde mij dat je zou proberen daar meer over te weten te komen. Welnu, zeg me waar het verborgen ligt, dan help ik jou.'

Geschrokken sprong ze recht. 'Je weet toch dat ik nooit in die andere wereld ben geweest. Sinds Cathi's dood heb ik daar ook helemaal niet meer aan gedacht.'

'Marie, je hebt me ooit een belofte gedaan, je hebt intussen ruim de tijd gehad om aan die vriendin van je, die Italiaanse furie, te vragen waar het Gulden Vlies zich bevindt', riep haar minnaar verbolgen.

'Het spijt me, Antoine, het is me ontgaan. Dat kun je mij toch niet kwalijk nemen', fluisterde ze.

'Dan heb je nu de kans om dat alsnog goed te maken, *mon ange*. Ga naar Bella en vraag het haar.'

Een hevige pijnscheut doorkliefde haar hart. 'Zo zat het dus in elkaar', dacht Marie-Ange bitter. Antoine was alleen maar terug naar Brugge gekomen om haar uit te horen over het Gulden Vlies. Betekende ze eigenlijk ook maar iets voor hem? Was het geheim van het Gulden Vlies dan echt belangrijker dan zijn liefde voor haar?

Ze rechtte haar rug en keek hem strak aan. 'Blijkbaar weet je het nog niet, Antoine, maar Bella heeft enkele dagen geleden met haar gezelschap het hof verlaten. Ik weet niet waar ze is, noch wanneer ze terug naar Brugge komt. Als ze al terugkomt...' sprak ze zacht.

Antoine nam haar handen vast: 'Lieg niet tegen me, Marie!'

'Ik spreek de waarheid, heer, ik weet werkelijk niet waar Bella is.'

Antoines gezicht vertrok. 'Ik geloof je niet, meisje.' Hij keek haar recht in de ogen, maar ze reageerde niet.

'Je bent een dom wicht,' brieste hij plots. 'Ik ga zelf wel op zoek naar je lieve Bella. Geen haar op mijn hoofd dat eraan denkt om jou nog ooit te helpen.'

Woedend liep hij de kamer uit en liet Marie-Ange verslagen achter.

IV

eylingen was een indrukwekkende ronde burcht, omgeven door een brede slotgracht.

Bella was opgelucht nu ze hun doel hadden bereikt. Het was een vermoeiende reis geweest, de paarden waren uitgeput en verlangden evenals hun ruiters naar voedsel en rust. Bella gaf haar paard een bemoedigend klopje in de hals. Het dier deed een laatste inspanning. Aarzelend stapte het over de grote ophaalbrug die toegang gaf tot de voorburcht van het slot. Hier had Jacoba Van Beieren haar laatste levensjaren doorgebracht samen met haar echtgenoot Frank van Borssele[23]. De heer van Borssele woonde nu in de woontoren van de hoofdburcht.

Bella vroeg zich af of deze hoffelijke, enigszins teruggetrokken man hen zou komen begroeten.

Nostalgisch dacht ze terug aan hun vorig verblijf hier. De mensen aan het Teylingse hof hadden haar geholpen haar diep verdriet om het verlies van Franca te verzachten. Nu sta ik hier weer, in rouw om mijn geliefde broer, dacht Bella met pijn in het hart.

Een zacht briesje streek langs haar haren en ze rook de geur die zo eigen was aan haar geliefde Franca. Ze zuchtte bij de gedachte dat de ziel van haar overleden liefje nooit ver uit de buurt was.

Het gezelschap werd hartelijk ontvangen. De wagens werden geïnstalleerd en de dieren gestald.

Er viel een pijnlijke stilte toen enkele jonge deernen zich afvroegen waar de knappe jongeman was naar wie ze vol verwachting hadden uitgekeken. Vol ongeloof luisterden ze naar het verhaal over de moord op Matteï.

Ze beloofden voor hem te bidden. Een vrouw nam Nona vast en zonder woorden betuigde ze haar medeleven. Andere jonkvrouwen volgden haar voorbeeld. Ook Bella werd omhelsd.

Een jong meisje met zijdezachte blonde haren trok haar naar zich toe. 'Bestaat er een kostbaardere schat dan de liefde van broer en zus? Ik rouw met je mee en bid voor je broers zielenheil.'

'Als ik bedenk hoe achterlijk ze in Brugge aan het hof zijn, is het moeilijk te geloven dat zoveel mededogen nog bestaat', snikte Bella.

Ze miste haar vader die nu waarschijnlijk terug in Perugia zou zijn. Een ogenblik lang verlangde ze zo hevig naar haar thuishaven dat het haar leek te verscheuren.

'Zouden de mannen al in Perugia toegekomen zijn, *nipote*?' Alessia leek Bella's gedachte te raden. Ze miste Frederico en Giovanni, het was een grote schok voor haar geweest toen zij met Emilio waren vertrokken. Het was nu bijna twee maanden geleden dat zij de groep verlaten hadden en de tocht naar hun thuisland hadden aangevat.

Zoals Bella vermoed had, zagen ze de heer van Borssele die eerste dagen niet. Alleen tijdens hun optredens was hij aanwezig en eerde en bejubelde hen met hetzelfde enthousiasme als het jaar voordien.

Van Borssele was een goedhartig man die teruggetrokken leefde in zijn slot. Hier en daar werd er gefluisterd dat hij zich in het geheim afzette tegen het bewind van Filips en in het bijzonder tegen het gezag van de katholieke kerk.

Nona had een grote sympathie voor de slotheer. Ze vond het dan ook gepast om samen met Mina de heer van Borssele kracht, liefde en moed toe te wensen.

Het verblijf in Teylingen werkte voor de Italianen als een helende zalf op hun open wonden. Ze laafden zich in dit sereen en rustgevend oord dat gevrijwaard was van intriges en machtsvertoon.

De winter bracht hen soelaas. Hun levenskwaliteit was groot, voedsel hadden ze nooit te kort. De bossen rondom de burcht leverden goed hout en veel wild. En ook aan vis was er in Teylingen, door het vele water in de buurt van het slot, geen gebrek.

De maanden vlogen voorbij, de winter gleed over in de lente en het werd tijd voor het gezelschap om het slot te verlaten en verder te trekken.

V

Sinds de start van het nieuwe jaar had het de hele tijd geregend, een aanhoudende neerslag die alles klam achterliet.

Marie-Ange keek door het venster van de grote ontvangst-zaal naar de modderige tuin van het winterpaleis. De bomen achterin vervaagden in de mist. Als het zo doorging, zou de Koperbeek vast overstromen.

'Geef mij dan maar de winterkou', dacht ze.

Bedrukt keerde ze zich om en ging op weg naar de badplaats van de hertogelijke familie. Ze had behoefte aan wat ontspanning en baden zou haar deugd doen.

In het donkere uur voor de dageraad was ze hevig zwetend wakker geworden. Ze had gedroomd dat Bella in groot gevaar verkeerde. Ook al kon ze zich de details niet meer herinneren, de droom had haar on-rustig gemaakt en dat gevoel beklemde haar nog steeds.

Wist ze maar waar haar vriendin nu was. Er waren intussen maanden verstreken en ze had niks meer van haar vernomen.

In de badzaal was niemand te bespeuren. Opgelucht kleedde Marie-Ange zich uit. Naakt liet ze zich voorzichtig in het warme water glijden. Al vlug voelde ze zich als herboren. Voldaan klom ze uit het bassin en legde zich uitgestrekt op de stenen vloer neer. Met gesloten ogen zong ze zachtjes een ballade van Christine de Pisan.

Een smetteloos gewaad van witte zij,
een witte sleep hing achter mij
en om dit alles te verrijken...

Haar adem stokte toen plots een zware stem door de ruimte galmde: 'In de naam van alle heiligen, wat een prachtig zicht!'

Geschrokken kwam ze overeind en zag hoe Anton van Bourgondië wellustig naar haar stond te kijken.

'Gegroet, edele dame', grijnsde hij, 'u ziet er uit als een sirene die met haar hemelse stem verdwaalde mannen naar zich toe lokt.'

Stomverbaasd keek Marie-Ange hem aan. Wat een lef had Filips' bastaard dat hij zich nog aan het hof durfde te vertonen. En nog wel in de badplaats van de vrouwen!

In paniek graaide ze naar haar kleren maar in haar haast gleed ze uit over de natte vloer. Met enkele stappen was Anton bij de ingang en versperde haar de weg.

Hij nam haar bij de arm en trok haar overeind. Wild schudde ze hem van zich af.

'Raak me niet aan, Anton, ik wil niks meer met je te maken hebben, je bent een moordenaar!'

'Een moordenaar nog wel! Wie zou ik dan vermoord hebben, lief nichtje van me?' spotte hij lachend.

'Je hebt Matteï vermoord', riep ze luid.

'Dat is een zware beschuldiging, kind. Wie heeft je dat in de oren gefluisterd? Je Italiaanse vriendin misschien? Waar is ze trouwens, die Bella van je?' Hij kneep venijnig in haar arm.

'Auw, je doet me pijn, Anton. Heel het hof weet dat jij schuldig bent aan Matteï's dood!'

Triomfantelijk keek Anton haar aan. 'Ha! Als ik zijn dood op mijn geweten heb, waarom sta ik hier dan blakend van gezondheid voor jou?'

Met zijn vingers streelde hij haar gezicht. 'Kindje, luister toch niet naar al die kletspraatjes. Ik heb er niks mee te maken, op mijn woord van eer.'

Hij las de ontzetting in haar ogen en boog zich naar haar toe.

'De moordenaar loopt nog vrij rond, Marie-Ange, en je vriendin kan het volgende slachtoffer zijn. Weet jij waar Bella is?' sprak hij zacht en kuste het kuiltje in haar hals.

'Laat dat, Anton, ik heb geen zin in je spelletjes.' Zijn toon bracht haar in verwarring. Wankelend kwam ze overeind terwijl de wereld om haar heen draaide.

Anton greep haar hardhandig vast. 'Je moet toch iets weten', siste hij geprikkeld. 'In welke richting zijn ze vertrokken, wanneer komen ze terug naar het hof?'

In tranen kromp ze ineen. 'Laat me los, ik weet niks, echt niet.'

Anton haalde zijn schouders op. 'Al goed, kleed je aan, je trieste gedoe ontneemt me alle lust. Ik zal Bella zelf wel vinden.'

Met stevige pas verliet hij het badhuis.

'Denk je dat dit allemaal ter ere van jou is?'

Agnes keek haar gemeen aan en wees naar het overvloedige eten dat was uitgestald op de langwerpige tafel die voor de gasten was neergezet: wild zwijn en gebraden hertenvlees, rundvlees, brood en bonen, gedroogd en vers fruit en pikante kazen.

Marie-Ange legde het stuk hert neer waarvan ze nauwelijks had gegeten en nam nog een slok uit haar zilveren beker.

'Dit banket is in de eerste plaats voor onze voorname gasten', ging Agnes verder. 'Toevallig valt jouw geboortedag hiermee samen.' Met een venijnig lachje stond de hofdame op en liep weg.

Marie-Anges hoofd tolde van de mede. De drank heette zoet als de liefde te zijn. Zoet is hij zeker, dacht ze verbitterd en met een grote slok dronk ze haar beker leeg. Het was haar verjaardag, ja, maar daar had ze nog niet veel van gemerkt.

Na de ochtendmis had ze vernomen dat Engelse kapers[24] in de baai van Bourgneuf een Bourgondische koopvaardijvloot hadden aangevallen. Ze wist er het fijne niet van maar het was duidelijk dat de vrede met Engeland op het spel stond.

Het paleis wemelde van de Engelse diplomaten en afgezanten. Gezeten op zijn met goud beschilderde troon had Filips hen ontvangen. Ze kon het van *le Duc* begrijpen dat haar verjaardag hem onder deze omstandigheden was ontgaan. Maar intussen liep de dag bijna ten einde en niemand had haar gefeliciteerd.

Uit Agnes' opmerking had ze begrepen dat de hofdames wel degelijk wisten dat ze vandaag achttien werd, maar het leek of ze haar opzettelijk negeerden.

Een zachte aanraking deed haar opkijken. 'Vrouwe, de edele dame Hildegard vraagt naar u. Wilt u zo goed zijn mij te volgen?'

Marie-Ange stond zuchtend op en volgde de page. Rondom haar klonk een wirwar van stemmen, verschillende hoofden keken op en staarden haar na. Ze kreeg het benauwd en haastte zich de zaal uit.

Ze trof Hildegard ziek in bed. Aan de blos op haar gezicht constateerde ze dat de vrouwe koortsig was.

'Marie-Ange, mijn excuses dat ik je heb laten roepen, ik ben geveld door een zware hoest, maar wilde je toch feliciteren.'

Hildegard haalde een fluwelen doosje van onder het deken tevoorschijn. 'Proficiat, Marie, ik wens je nog veel gezonde jaren toe.'

'Je bent de enige die aan mijn verjaardag heeft gedacht', fluisterde Marie-Ange zachtjes.

Hildegard lachte zuinig. 'Denk dat vooral niet. De andere dametjes weten maar al te goed dat je achttien wordt vandaag. Ze zijn te jaloers op je schoonheid en talent om je geluk te wensen.'

Hildegard wenkte en ze boog zich dichter naar haar toe. 'Er is meer aan de hand, Marie', fluisterde ze. 'Je weet dat vrouwe Hadewich al een tijd aan een vreemde ziekte lijdt. Het is plots zo erg geworden dat de hofarts voor haar leven vreest. Het zal je niet verbazen dat alle vingers weer naar de Italianen wijzen.'

Een koude rilling trok over Marie-Anges rug. Hadewich was een van haar harpistes en een echte intrigante. Het was algemeen geweten dat Hadewich mee in het complot zat van de beschuldigingen tegenover Bella.

'Agnes verspreidt nu het gerucht dat Bella en haar grootmoeder heksen zijn en dat jij een verbond met hen hebt gesloten. Ook over vrouwe Maria en mezelf wordt gefluisterd dat we samenspannen met jou.'

Hildegard keek haar doordringend aan. 'Het is niet alleen je vriendschap met Bella. Heel de hofhouding weet intussen ook hoe je bij de hertog hebt gepleit om de moorden op je nicht en Matteï verder te onderzoeken.'

Marie-Ange schrok. Zou haar minnaar... Nee, onmogelijk, ook al was Antoine nog steeds boos op haar, hij zou haar toch niet verraden?

Nee, dit moest Filips' verdomde kamenier op zijn geweten hebben.

'Wat een haat heerst er aan dit hof', sprak ze zacht.

'We moeten voorzichtig zijn, kind, en ons gedeisd houden', zei de hofdame bezorgd. 'Jij bent dan wel familie van de hertog, maar Agnes heeft een grote invloed op de hertogin, en als de druk op Filips te hevig wordt, zal zelfs hij je niet kunnen helpen.'

Verontrust verliet Marie-Ange de kamer. Voor het eerst in haar leven voelde ze zich onbeschermd.

De volgende dag stormde haar kamenierster lijkbleek de muziekkamer binnen.

'Vrouwe, dame Hadewich is deze ochtend gestorven. Ik heb het van Christine, de dienster van de edele Hildegard vernomen. Ze heeft me een brief meegegeven die ik u dringend moest bezorgen.'

Buiten adem gaf Sofie haar het opgerolde stuk perkament.

Bevend scheurde Marie-Ange het zegel open en haar ogen vlogen over de tekst.

> *Gegroet Marie-Ange,*
> *ik breng je slecht nieuws. Hadewich is vanmorgen dood in haar bed aangetroffen. Vrouwe Agnes zag hierin haar kans en heeft zonder dralen een audiëntie bij Isabella van Portugal gevraagd. Het gonst inmiddels van de geruchten in het kasteel dat Hadewich vervloekt is door de Italianen. Ik smeek je om kalm te blijven.*
> *Tot weldra.*

Marie-Ange zeeg neer, de tranen stroomden over haar gezicht. Hoe kon ze Bella verwittigen als ze niet wist waar de Italiaanse nu vertoefde?

Ze moest onmiddellijk Antoine de Croy spreken. Misschien had hij nieuws over Bella. Antoine had haar verjaardag volledig genegeerd en was waarschijnlijk nog woedend, maar ze wist dat hij op de Coudenberg verbleef. Haar hoop was nu op hem gericht.

Ze veegde haar tranen droog en bedacht dat ze, als laatste strohalm, Karel, Filips' zoon, nog om hulp kon vragen.

Als bij de sporadische keren dat ze Karels vertrekken bezocht Bella ter sprake kwam, kon hij zijn genegenheid voor het Italiaanse meisje niet onder stoelen of banken steken.

'Ook al heeft hij zich van Bella afgekeerd, hij zal haar zeker gaan zoeken als hij verneemt dat ze in gevaar verkeert', sprak Marie-Ange luidop.

De woorden bleven trillend in de ruimte hangen en gaven haar nieuwe moed.

Haar eigen veiligheid was nu van ondergeschikt belang. Ze moest ten koste van alles haar vriendin ervan weerhouden terug naar Vlaanderen te komen.

VI

Zo had Luigi Bella nog nooit gezien. Ze droeg een broek van een helrode soepele stof met daarboven een dun aanpassend topje dat haar de glans gaf van een elf.

Zou het haar contact met de elfenwereld zijn dat haar zo sterk doet gelijken op de wezens daar, vroeg hij zich wel eens af. Bella vertelde Luigi vaak over *Nevelland*, ze beschreef de elfen nauwkeurig en maakte er tekeningen van in het zand.

Nu stond het meisje voor hem, zwierend met het tamboerijntje in haar hand.

Hij kon zijn ogen niet van haar afwenden. Het verlangen kwam in hem op haar aan te raken en te liefkozen. Een verlangen dat hij, omwille van Karel de Stoute, lange tijd achterwege had gelaten en dat nu in alle hevigheid weer opkwam. Nooit had hij iemand die gekleed was zo naakt gevonden. Wat had hij toch?

Falco jongleerde met de brandende fakkels die hem in steeds sneller tempo door Alessia werden doorgegeven. Bella danste, omgeven door een aureool van flakkerend vuur, als een nimf rond hen. Het nummer eindigde met een daverend applaus.

Alessia stak de fakkels in een emmer water en zette zich bij de muzikanten.

Weldra was het hun beurt om op te treden. Luigi deed alle moeite van de wereld om zijn hypnose te doorbreken. Toen hij zag hoe een man uit het publiek Bella naar zich toe trok en haar iets in het oor fluisterde, voelde hij op slag woede in zich opwellen. Hoe waagde die kerel het om Bella zomaar aan te halen. Het leek wel alsof hij haar met zijn ogen uitkleedde!

Cristiano zag de ontsteltenis op Luigi's gezicht en doorbrak de spanning door met luide stem hun optreden aan te kondigen.

De muzikanten zetten zich aan hun instrumenten.

Het werd een schitterend concert waarbij Bella en Alessia een sensuele dans uitvoerden. Ze dansten voor een onzichtbare partner die ze omhelsden, waar ze nu eens omheen kronkelden, dan weer van wegvluchtten en hem dan weer naar zich toe trokken.

Bella's gladde huid glansde als goud, ze haalde haar beide handen door haar haren terwijl ze de verleidingsdans verderzette. Het publiek was muisstil geworden, alleen de klanken van de vreemde instrumenten waren nog te horen.

Falco en Cristiano stampten ritmisch met hun voeten. De toeschouwers namen het ritme van hen over en zweepten het op naar een hoogtepunt, waarbij Bella en Alessia uiteindelijk neerzegen om hun dans te beëindigen.

De vele optredens waren hoogtepunten in hun dagelijks leven. De groep trok langs de Franse kust, hield halt in Boulogne, le Touquet, Kales[25], Hesdin l' Abbé... Ze waren weer de gelauwerde artiesten die het volk telkens opnieuw wisten te bekoren.

Het was al bijna zomer toen Bella op een dag dacht dat ze Anton had opgemerkt tussen het publiek. Heel even bleef hij staan toen haar ogen de zijne kruisten maar hij verdween toen snel weer in de menigte.

Het voorval herinnerde Bella eraan dat ze weldra naar Brugge zouden terugkeren. Ze verheugde zich erop dat ze haar lieve vriendin Marie-Ange eindelijk zou weerzien. Het meisje zou vast veel te vertellen hebben. Hoe zou het met haar gesteld zijn nu Catharina er niet meer is om haar te vergezellen? Ze moet zich vast eenzaam voelen, dacht Bella triest.

Gezamenlijk beslisten ze om terug te keren naar het hof in Brugge.

'We zullen ons niet laten kennen. We zijn nu eenmaal geweldige artiesten, een hof als dat van Filips meer dan waardig', had Falco met trotse stem verkondigd. De andere mannen hadden zijn woorden in koor bevestigd.

De vrouwen konden hun nieuwsgierigheid niet bedwingen. Ze

hoopten dat hun manier om gerechtigheid te verkrijgen, geslaagd was.

Toch drukte er opnieuw een gevoel van onbehagen op Nona's schouders. Ze zweeg erover, liever dan de anderen met dit voorgevoel te belasten. Hun lot konden ze toch niet ontlopen.

VII

Brugge
juni 1449

ina, lieve Mina, ben je wakker? Je hebt bezoek.'

Alessia bonkte luid op de deur van de woonwagen.

Het duurde even voor Mina droom en werkelijkheid uit elkaar kon halen. Versuft kwam ze uit haar bed. De min schrok van het daglicht dat door een kier naar binnen scheen.

Zo lang sliep ze nooit. De onrust die ze al een tijdje voelde had ervoor gezorgd dat ze pas laat in de nacht de slaap had kunnen vatten. Hoe graag Mina ook bij het Italiaanse gezelschap vertoefde, haar ziel was anders. Zij kon zich niet op eenzelfde manier laten meedrijven met de gebeurtenissen van het leven. Steeds meer begon de verontrusting, die de laatste tijd als een schaduw aanwezig was, de min 's nachts in haar dromen te belagen. Ook de kaarten hadden geen goed nieuws gebracht.

Het geklop deed haar opschrikken uit haar overpeinzingen.

'Even geduld, Alessia, ik kom er zo aan.' De min trok vlug de nieuwe kleurrijke rok aan die ze onderweg op een marktje had gekocht. Het deed haar deugd dat ze eindelijk eigen keuzes kon maken. Aan het hof waren zulke kledingstukken taboe. Nog vlug plensde ze wat koud water in haar gezicht.

'Zeg eens, meisje, wat is er zo dringend?'

De min keek op en zag Marie-Ange naast Alessia staan.

'Oh, Marie, *mon ange*, jou had ik hier niet verwacht. Laat me je eens goed bekijken. Je bent mager geworden, kind. Kom, laat ons naar de andere vrouwen gaan, die zullen ook blij zijn je terug te zien.'

'Ik kom hier niet om te feesten, Mina, maar om jullie te waarschuwen. Het nieuws is blijkbaar nog niet tot hier doorgedrongen. Er zijn de voorbije maanden heel wat ziektes uitgebroken aan het hof en jullie worden daarvan beschuldigd. Er valt geen tijd te verliezen, jullie moeten vluchten, en wel meteen.'

Toen ze de stem van Marie-Ange hoorden, kwamen ook Bella en Nona naar hen toe gelopen.

'Wat hoor ik daar, vluchten?' kwam Nona tussenbeide. 'Een donna van ons bloed vlucht nooit. Nooit, heb je me verstaan? Maar kom hier, Marie, dat ik je kus.'

Nona nam het meisje stevig in haar armen. Ook Bella omhelsde haar vriendin innig. 'Ik heb je gemist, Marie-Ange.'

'Nee, nee, er is geen tijd voor woorden.'

Marie-Anges ogen stonden vol tranen.

'Begrijp je dan echt niet wat jullie te wachten staat? Al die vreemde ziektes' – heel even kon de harpiste een glimlach niet onderdrukken – 'daar hebben jullie toch ècht niks mee te maken?'

'Laten we onze harten verwarmen met een lekkere beker soep, Marie, en vertel dan alles wat er tijdens onze afwezigheid gebeurd is.'

Mina liep naar het vuur waarboven een grote pot hing te pruttelen. Met een kop dampende bouillon in haar handen begon Marie-Ange opgewonden te vertellen.

'De hele commotie begon met de hertog zelf. Dagenlang hoorden we hem roepen en tieren. Ik vernam dat hij geteisterd werd door een vreselijke jeuk op elke behaarde plaats van zijn lichaam. Er zat niks anders op dan dat hij zich helemaal kaal liet scheren. Het zal je niet verwonderen dat hij heel zijn mannelijke entourage verplichtte zich eveneens te ontdoen van hun haar. Het werd naar buiten gebracht als een zogezegd nieuwe modetrend.

Karel en Anton waren de enigen die weigerden.'

'Die heeft zijn bekomst wel gehad', merkte Bella lachend op. 'Vertel verder, Marie.'

'De hertogin hebben we lange tijd niet gezien. Sofie, mijn kamenierster, vertelde me dat het haardvuur in Isabella's vertrekken onophoudelijk brandt, zelfs tijdens de hitte van de voorbije weken. Ze werd ook geplaagd door vreselijke angsten en propte zich vol met allerhande kalmerende middelen.

Le Duc en zijn gemalin kwamen er nog goed vanaf. De hofdames kregen het erger te verduren. Zij kregen vreemde kwalen die vooral uiterlijk goed zichtbaar waren. Het was zielig om zien hoe ze hun etterende gezwellen, steenpuisten en wratten probeerden te verbergen. Voor een van hen liep het slecht af: vrouwe Hadewich is eraan bezweken. Ze stond nochtans dag en nacht onder toezicht van de hoofdchirurgijn.'

'En Anton? Heb je bij hem niks vreemds gemerkt?' Mina kon haar nieuwsgierigheid moeilijk verbergen.

'Het is me toch niet opgevallen. Hij is nog steeds even sluw, vals en walgelijk potent.'

Zeborah dacht terug aan de vervloeking. 'Ik kan het moeilijk geloven.'

'Toch was ik er onlangs nog getuige van', zei Marie-Ange peinzend.

'Zou Anton misschien ook een ingewijde van de geheime leer van de alchemie zijn?' vroeg Zeborah ontzet.

Marie-Ange herinnerde zich de woorden van haar minnaar en keek de vrouw geschrokken aan. 'Natuurlijk, Anton is ook een alchemist. Hoe kon ik dat vergeten te zeggen.'

'*Porca miseria!* Dat net die schurk ontsnapt is aan zijn straf.' Nona balde haar vuisten.

'Jullie lijken niet te beseffen wat jullie allemaal ten laste wordt gelegd. Wacht niet tot ze jullie te grazen nemen, alsjeblieft, vertrek, nu!'

Nona nam Marie-Anges beide handen vast. 'Lief meisje, het siert je dat je zo voor ons opkomt. Wij laten ons niet gebieden, door niemand. Onze ziel is zuiver. Moedig ondergaan wij ons lot.

Keer terug, meisje, mogen de goden je goed vergezellen.'

Daarop kuste Nona Marie-Ange teder op beide wangen.

Snikkend nam de harpiste afscheid van het volk dat ze diep in haar hart gesloten had.

Marie-Ange veegde haar tranen weg. Ook zij zou niet opgeven maar moedig vechten voor haar vrienden. Aan die wanhoopsgedachte klampte ze zich vast.

VIII

Brugge
juli 1449

Bella draaide zich om in bed.

De wind maakte vreemde geluiden en wekte haar met het gevoel dat ze haar adem te lang had ingehouden. Ergens van ver hoorde ze de stem van Matteï, zijn gedachten leken door een dikke mist tot bij haar te komen.

'Het gaat goed met mij en Catharina. We zijn heel gelukkig. Maar ik kom je waarschuwen, lieve zus. Bescherm jezelf en onze mensen. Ga zo vlug mogelijk weg van het hof.'

Bella wilde haar broer bestormen met een stortvloed van vragen, maar zijn stem vervaagde al in de dikke lagen mist.

Bedrukt stond het meisje op. Het was niet de eerste keer dat iemand haar waarschuwde. Ook Elim had haar tijdens een van haar reizen in *Nevelland* gezegd niet terug te keren naar Brugge.

Zou ze de woorden van Marie-Ange dan toch ernstig moeten nemen?

Vrouwe Agnes kon een voldaan lachje niet onderdrukken. Volgens haar was de zaak zo goed als beklonken. Nu moest alleen nog het hele gezelschap Italiaanse vrouwen worden voorgeleid en ondervraagd. Die zouden de beschuldigingen natuurlijk aanvechten, maar er bestonden uiterst geschikte middelen om ze hun misdaden te doen bekennen.

Eindelijk zou ze de vruchten van haar wraak plukken. Ze had er dan ook hard voor gewerkt. Ze had bij kanselier Rolin de aanklacht tegen Bella en haar clan ingediend. Enkele van haar trouwste vriendinnen hadden zich maar al te graag opgegeven als getuige. Weldra zou dat Italiaanse kreng voor eens en altijd uit de weg geruimd worden.

Het viel Bella op dat de bode die hen de dagvaarding kwam brengen, onrustig en gegeneerd was. Bedeesd reikte hij haar de brief aan.

'Waar gaat het eigenlijk om?' vroeg ze.

'Dat kan ik u niet zeggen,' mompelde hij binnensmonds, 'ik weet alleen dat u moet meekomen. U en uw grootmoeder.'

'Laat mijn grootmoeder hierbuiten.' Bella wist dat weerstand bieden slechts uitstel was. Ze sloeg een omslagdoek om en ging hem voor.

'Wacht, u kunt niet zonder uw...'

'Maak je geen zorgen, hier ben ik al.' Nona liep op hen toe.

De werkkamer van kanselier Rolin was klein en tamelijk donker. Alles lag geordend op het bureau, de hele ruimte ademde netheid uit.

De kanselier rechtte zijn rug en de twee mannen die naast hem zaten, volgden zijn voorbeeld.

De heer Hugue de Lannoy en zijn broer Gilbert, beiden raadgevers van Filips en ridders in de Orde van het Gulden Vlies, woonden de ondervraging bij.

'Gegroet', zei Rolin toen Bella en Nona werden binnengeleid. Hij nodigde hen uit om plaats te nemen op de stoelen tegenover hem.

Nona ging zitten en vroeg waarom ze hen hadden laten komen.

'Er bestaat onduidelijkheid over enkele zaken waar ik graag een antwoord op zou hebben,' sprak Rolin terwijl hij dichterbij kwam en haar een dik boek aanreikte, 'maar zweer eerst op het evangelie dat u de waarheid en niets dan de waarheid zult spreken.'

Het was een gebruikelijke eed die ook aan Bella werd opgelegd. Het meisje beet nog net op haar tong voor ze een scheldwoord aan het adres van de kanselier zou richten. Ze hield zich in, omwille van Nona.

'Waar komt u vandaan, waar bent u geboren, geef uw naam en toenaam. Wie zijn uw ouders, geef ook hun naam, leven ze nog, wat is uw geloof?'

In één adem ratelde Rolin het blad af dat hij voor zich hield.

'Waarom moet u dit in hemelsnaam allemaal weten!' riep Bella. 'En zeg ons eindelijk eens waarom we hier onze tijd zitten te verdoen?'

Nona sperde haar donkere ogen en keek het meisje boos aan.

'Wij willen u graag van antwoord dienen, maar kunt u dan ter zake komen?' vroeg ze geprikkeld. 'Wij zijn een hardwerkend en eerlijk volk en we zouden graag ons werk verderzetten.'

Kanselier Rolin besloot tot de directe feiten over te gaan.

'Weet u dat u en uw gezelschap gehaat en zelfs gevreesd worden? Er zijn aanklachten gekomen tegen u wegens het uitspreken van vervloekingen met als gevolg ziekte, het verliezen van potentie en zelfs de dood. Verder is er nog een aangifte uit het verleden, met name die van diefstal, het bezweren van de sjaal van de hertogin en het toedienen van een liefdesdrank aan de zoon van de hertog. Wat hebt u hierop te zeggen?'

De andere mannen in de kamer keken met spanning naar de twee vrouwen.

Nona stond op en richtte zich waardig tot de rechter: 'Wij bezitten veel kennis, en onze genezende krachten zijn groot, maar als u ons een kracht toeschrijft die alleen met gedachten mensen zou kunnen doden en verwonden, schat u ons toch te hoog in.'

Bella keek trots naar haar grootmoeder. 'Nu pas zullen ze ons volk leren kennen', dacht ze stoutmoedig.

'Waag het niet de spot met me te drijven, vrouw.' Rolin liep rood aan. 'Bent u schuldig aan deze vergrijpen, ja of nee?'

'Bij alle goden, nee', zei Nona kortaf.

De kanselier richtte zich tot Bella. 'Enkele aantijgingen uit het verleden zijn specifiek aan u gericht, Bella. Die liefdesdrank is niet het enige bewijs van uw toverkunsten. U hebt ook een sjaal gestolen en daarmee het leven van de hertogin in gevaar gebracht. U hebt meerdere toverkunsten gebruikt om mannen te verleiden om bij hen in de gunst te staan. Durft u dit onder ede te ontkennen?'

'Natuurlijk ontken ik dat', riep Bella. Het meisje moest alle moeite van de wereld doen om haar razernij te bedwingen. Hier moest Anton mee achter zitten, de schijnheilige bedrieger. Hij zou hier moeten terechtstaan, niet zij.

'Ik heb nooit iemand proberen te verleiden, noch heb ik ooit iets gestolen of iemand kwaad berokkend.'

'Zo komen we niet verder. U zweert dus beiden dat u niks met deze misdaden te maken heeft?'

'Dat zweren wij', knikten Bella en Nona instemmend.

Rolin keek naar zijn twee gezellen en richtte zich dan opnieuw tot de vrouwen. 'U kunt voorlopig gaan, maar houd u ter beschikking. Waarschuw Zeborah en Alessia, de twee andere vrouwen uit uw gezelschap. Morgen worden zij opgehaald ter ondervraging.'

De mannen keken hen na.

'Denkt u dat ze schuldig zijn?' vroeg de heer Hugue de Lannoy ongemakkelijk. Hij had vaak wellustige gedachten over de Italiaanse schone. Het was niet moeilijk geweest haar sensuele lichaam voor de geest te halen. Dat had hij tijdens de vele optredens aandachtig in zich opgenomen. Maar haar hier vandaag zo dichtbij te zien had hem meer naar haar doen verlangen dan hij wilde. Zijn lichaam huiverde en gevoelens van schaamte bekropen hem.

'Natuurlijk zijn ze schuldig', onderbrak Rolin zijn gedachten. 'Of stel jij de oprechtheid van onze hertogin in vraag?'

De heer de Lannoy schudde verontwaardigd zijn hoofd. 'Ik zou niet durven, mijn waarde.'

'We zullen alleen meer te weten komen als we hen aan de inquisitie onderwerpen', vervolgde de kanselier.

'Dat meent u niet!' Ontsteld stond *monsieur* de Lannoy recht.

'Deze mensen zijn niet slecht, dat ziet u toch zelf. Het zijn talentvolle artiesten die misschien wel buitengewone gaven hebben, maar ze daarom nog niet misbruiken. Ik ben er zeker van dat ze ten prooi zijn gevallen aan kwaadsprekerij.'

'Het verwondert me zeer dat u hen zo in bescherming neemt, en ik vraag me af waarom.' Rolin keek hem misnoegd aan.

Hugue voelde voor het eerst een angst in zich opkomen die hem tot dan toe onbekend was: de angst om zelf te worden beschuldigd. Hij hield meteen zijn mond en liet Rolin zijn betoog verder afmaken.

'De komende dagen roepen we alle getuigen op die iets in hun nadeel kunnen zeggen of die iets hebben gezien wat op magie of toverkunsten lijkt. Hoe meer bewijzen we tegen hen kunnen verzamelen, des te groter is de kans dat we hen naar Rijsel kunnen doorsturen voor het grote verhoor.'

Zo eindigde Rolin zijn pleidooi.

Na vele weken uiterst droog weer was het eindelijk gaan regenen. Bella hoorde het eentonige tikken van de druppels terwijl ze in gedachten weer voor de kanselier stond. Weken na elkaar hadden ze hen, nu eens om de beurt, dan weer samen, ondervraagd. Het meisje was onder de indruk geweest van de manier waarop zelfs Alessia standhield bij de eindeloze vragen die op hen afgevuurd werden. Menigeen zou daaronder bezwijken.

'Laat ons vooral niet panikeren, er zijn geen afdoende bewijzen tegen ons', had Nona na de eerste ondervraging troostend gezegd. Daar dacht ze intussen helemaal anders over. Maar haar trots won het van haar angst.

Van overal aan het hof waren lieden bereid gevonden om tegen hen te getuigen. Ze waren met beschuldigingen blijven komen: hoe ze hen hadden behekst, ziekte over hen en hun familie hadden afgeroepen, bezweringen hadden uitgesproken om iemand een dodelijke kwaal te bezorgen.

De aanklagers bleven anoniem, maar iedereen wist hoe Agnes haar trouwste vrienden hiertoe had aangezet. 'Ze zal hier vast een fortuin voor hebben neergelegd', had Mina gezegd. Ze begreep niet hoe een goedhartig volk als dat van haar vrienden uit Perugia zoveel haat kon opwekken.

Ze probeerden de dagen net als anders door te brengen. Maar niemand kon de schaduw die plots over hun leven was gevallen, verjagen.

Tumult bij de woonwagen van Nona en Mina deed Bella opschrikken. Enkele ruiters waren het domein opgereden. Een van hen steeg af en reikte Nona een brief aan. Daarop nam hij een perkament uit zijn tas en las luidop: 'De rechtsprekenden hebben vanuit hun wijsheid en gezamenlijk oordeel beslist de vrouwen genaamd Zeborah, Anna, Bella en Alessia, naar aanleiding van de vele aanklachten tegen hekserij, aan te houden. Er zijn voldoende aanwijzingen om hen aan verder verhoor te onderwerpen.'

'Verder verhoor, wat bedoelt u?' vroeg Nona ontzet.

'Dat zal de raad van de vierschaar beslissen.'

Alle kleur trok uit Nona's gezicht weg.

'Dat kunt u niet menen.' Mina was overdonderd. 'Je kunt deze vrouwen niet zomaar meenemen. Het is een schande, ik zal bij *le grand Duc* mijn beklag doen.'

Luigi en Falco, die intussen bij hen stonden, gingen voor de hertogelijke garde staan. 'Wij laten onze vrouwen niet meenemen.'

'Jullie kunnen maar best zonder verzet met ons meegaan', zei een van de gardes.

'Jullie raken deze vrouwen niet aan. Over mijn lijk.' Luigi sprong voor de man en duwde hem opzij.

'Luigi!'

Bella liep naar de jongeman en omhelsde hem.

'Laat dat, wat kun je beginnen tegen vier mannen, en straks tegen een heel leger. Ik wil je danken. Dank je voor je liefde.'

'We zullen met u meegaan, maak u daar maar geen zorgen over', zei Nona bitter tegen de garde terwijl ze Mina met een laatste restje hoop aankeek.

De mannen namen hen mee.

Luigi wilde hen achterna gaan maar Falco hield hem tegen. 'Het enige wat we kunnen doen is steun zoeken bij Marie-Ange, onze vriendin aan het hof.'

IX

Oktober 1449

ie avond lag Alessia snikkend in de armen van Bella. Ze zaten al dagen in hun smalle kerker tussen de vochtige stenen muren.

Een fakkel hing boven een stinkende bak die als latrine diende.

Zeborah streelde het hoofd van haar dochter en zong zacht een wiegelied.

'Stil maar, wacht maar, alles wordt nieuw...'

Ze waren niet meer ondervraagd. Waarom lieten ze hen dan zo lang in deze donkere kerker zitten? En waar waren Marie-Ange en Mina?

Bella hoopte vurig dat haar vriendin hen zou komen redden.

Nona had al haar hoop op Mina gevestigd. Ze had een verborgen troef in handen en Mina had beloofd die uit te spelen.

Voor het eerst had Bella's grootmoeder haar familiegeheim prijsgegeven. Alleen in het Italiaanse gezelschap was geweten dat Bella de kleindochter was van de koning van Frankrijk, de toenmalige Dauphin. Nona had een kortstondige affaire gehad met Karel VII, was zwanger geraakt en bevallen van een dochtertje, Bella's moeder.

Ze had Mina de opdracht gegeven om, als er iets met hen zou mislopen, contact op te nemen met Marie-Ange en in een laatste reddingpoging haar te vragen een brief te schrijven aan de Franse koning.

Maar nu de dagen verstreken en ze niks van Mina of Marie-Ange had vernomen, nam haar onrust toe. Zouden haar vriendinnen de kans krijgen een koerier op te dragen de brief aan de koning van Frankrijk te bezorgen? Ze wilde op veilig spelen en ze wist hoe.

Regelmatig kwam een wachter of een van de raadgevers van Filips een kijkje nemen in de kerker bij hun cel. Het was Nona gedurende de ondervragingen niet ontgaan dat de heer Hugue de Lannoy hen goedgezind was geweest. In het bijzonder was het zijn sympathie voor Bella die haar was opgevallen. Hij leek gecharmeerd door het meisje. Nona dacht dat ze zelfs begeerte in zijn ogen had gelezen.

Was het toeval dat net hij hen hier regelmatig kwam controleren?

Zoals steeds kwam Hugue de Lannoy de gevangenen inspecteren.

Toen hij vlakbij Nona's cel was, riep ze naar hem met schorre stem: 'Mijn heer, hebt u wat vers water voor me?'

Hugue kwam dichterbij en toen hij vlakbij haar stond, stak ze haar hand door de tralies en trok hem naar zich toe.

'Help ons, heer, ik smeek u contact op te nemen met Marie-Ange of Mina. De brief, er moet een brief bezorgd worden aan de koning van Frankrijk.'

Verbouwereerd staarde Hugue de oudere vrouw aan.

'Ik zal zien wat ik kan doen', stamelde hij en maakte zich zachtjes van haar los.

De vierschaar was de meest voorkomende vorm van rechtspraak. Ze was samengesteld uit hertog Filips, kanselier Rolin, raadsheren Hugue en Gilbert de Lannoy.

'We kunnen hen onmogelijk nog een week langer in de kerker opgesloten houden. Morgen moeten ze hier weg voor er nog meer doden vallen. Dat Italiaans uitschot weet van geen ophouden. Nu Falco' – hij las de naam af van het perkament dat voor hem lag – 'door onze garde is neergestoken, worden de anderen helemaal gek. Het kan niet snel genoeg gaan.'

Filips knikte zijn kanselier instemmend toe. Hij voelde zich ongemakkelijk bij het hele voorval met de Italianen.

Zijn bewondering en sympathie voor deze artiesten had hij achterwege gelaten, maar hij kon zich moeilijk verzoenen met deze berechting. Voor hem was het dus ook maar best dat ze zo snel mogelijk van het hof verdwenen zodat die last van zijn schouders viel. Maandenlang was hij door vrouwe Agnes en haar kompanen lastiggevallen. Ze bleven als irritante bijen rond zijn hoofd zoemen tot hij niet anders kon dan toegeven. Toen ook zijn eigen vrouw zich ermee ging bemoeien en al evenveel haat bleek te koesteren voor het Italiaanse volk, ging hij door de knieën.

'Tot nader order geef ik de toestemming om de Italiaanse gevangenen morgen te transporteren naar Rijsel. Rolin, ik neem aan dat jij de hele verantwoordelijkheid hiervoor op jou neemt.'

Filips stond op en verliet het vertrek.

X

Brugge
eind oktober 1449

n wilde galop reed Marie-Ange het kasteel uit. De paarden-
hoeven klepperden over de ophaalbrug. Terwijl ze over de weg
draafde, hoorde ze de schelle lach van Anton achter zich. Hij
gaf zijn paard de sporen en galoppeerde haar voorbij. Al vlug lag het
Prinsenhof ver achter hen.

Anton leidde zijn rijdier van het pad af, een dichtbegroeid bos in.

'Laat ons even halt houden, neef, ik wil met je praten.' Marie-Ange
kwam stapvoets naast hem rijden.

'Praten, liefje? Ik dacht dat je iets heel anders op het oog had.' Hij
wierp haar een vette knipoog toe. Anton sprong van zijn paard, tilde
Marie-Ange van de merrie en schurkte zich tegen haar aan.

'Neem me niet kwalijk,' zei ze met alle waardigheid die ze kon
opbrengen, 'ik ga eerst naar de beek om me op te frissen.' Voor hij kon
antwoorden, liep ze van hem weg.

Marie-Ange had Anton met de smoes dat ze met hem alleen wilde zijn,
het paleis uitgelokt. Het was hem aan te zien hoe hij dat begrepen had.

Toch kon ze niet anders dan toegeven aan zijn lust. Hij was haar
laatste kans om Bella te redden en die mocht ze niet verprutsen.

Geknield bij het water bad ze een stil gebed tot God.

'Heer, red mijn lieve vriendin Bella, geef me een teken dat er nog
hoop is voor haar en geef me de kracht om haar bij te staan.'

Marie-Ange keek naar haar spiegelbeeld in het rimpelende wateroppervlak, maar er gebeurde niks. Snikkend kromp ze ineen.

Tevergeefs had ze geprobeerd Bella in de kerkers te bezoeken, maar
de toegang was haar telkens geweigerd.

Op een dag had Mina plotseling Marie-Anges vertrekken bezocht.

In naam van Nona had de min haar verzocht een smeekbrief te schrijven aan Karel VII van Frankrijk. 'Marie, je bent de dochter van Karels zus en daarom de uitgelezen persoon om bij de koning te pleiten om tussenbeide te komen.'

Marie-Ange had de brief geschreven maar had haar hoofd gebroken over de manier waarop dit belangrijk perkament op een vlugge en veilige manier bij de Franse koning kon geraken.

Later was, tot haar grote verbazing, Hugue de Lannoy met hetzelfde verzoek naar haar toegekomen. Ze kende Filips' raadsheer al sinds haar kindertijd, maar hij had nooit haar kamers bezocht.

'Ik zal er persoonlijk op toezien dat deze brief veilig in Parijs wordt afgeleverd.'

In zijn woorden had medeleven geklonken en ze wist dat ze deze man kon vertrouwen.

Er waren intussen dagen verstreken, maar zowel Hugue als Mina leken wel van de aardbodem verdwenen.

'Marie! Mijn geduld is niet eindeloos, lieve nicht!' Ze schrok op van Antons stem, fatsoeneerde zichzelf en droogde haar tranen.

'Eindelijk ben je daar!' riep Anton uit. Ze zag hoe hij het zadeldek van zijn paard als een bed op de grond had uitgespreid.

Anton boog zich om haar te kussen. 'Zo meisje, nu ben je van mij.'

Ze liet hem begaan en speelde lijdzaam de rol van de courtisane die aan al de wensen van haar heer tegemoet kwam.

'Oh liefje, wat was dit heerlijk.' Anton rekte zich uit en zuchtte voldaan. 'Kijk eens in de zadeltas, ik heb nog wat lekkers meegenomen.'

Marie-Ange wilde hem uitkafferen en die zelfingenomen glimlach van zijn gezicht krabben. Ze beet op haar tong, stond op en nam twee bekers en een kruik wijn uit de tas.

'Haast je niet, vrouwe, we hebben alle tijd.'

Bijna had ze hem een mep verkocht. Als ze iets niet had, dan was het wel tijd. Hopelijk zat ze die niet te verliezen bij dit stuk ongeluk.

Marie-Ange gaf hem een beker wijn en gulzig dronk hij die leeg. Ze vulde de kroes opnieuw, ging naast hem zitten en schraapte haar keel.

'Anton, mag ik je om een gunst vragen?'

Met een glimlach keek hij haar aan. 'Alles wat je maar wilt, schat, alles wat je maar wilt.'

Ze boog het hoofd. 'Dan vraag ik je met heel mijn hart om Bella en haar familie te redden voor het te laat is. Ze laat jou toch ook niet onverschillig, waarom vroeg je me anders vorige winter naar haar verblijfplaats? Ik smeek je, ga naar de vierschaar en pleit voor haar!'

Woest richtte Anton zich op en de beker vloog uit zijn handen. 'Heul jij nog steeds met die heks? Heb je me daarom naar hier gelokt?'

Marie-Ange schrok van zijn uitbarsting. 'Bella-Franca is geen heks en dat weet je maar al te goed.' Trillend schoof ze achteruit. 'Bella is geen heks', bleef ze zachtjes mompelen tot de razernij uit zijn ogen verdwenen was.

'Anton, help haar want...'

Hij stak zijn hand op. 'Bella is wel degelijk een heks die onschuldige mannen betovert en vervloekt. Ik kan niks meer voor haar doen. Ze heeft haar eigen doodvonnis getekend.'

Hij stak zijn beker in de hoogte. 'Op jouw gezondheid, Marie-Ange, naïef wicht. Je hebt geen greintje hersens in dat mooie hoofdje van je. Als jij zo dom bent om Bella te blijven beschermen, is ook jouw leven geen stuiver meer waard.'

Snuivend van triomf goot hij de wijn in een keer achterover. '*Salute*, nichtje, zoals jouw Italiaanse vriendjes zo mooi zeggen.'

Een verzengende razernij nam bezit van Marie-Ange. Kokend van woede voelde ze hoe haar maag samentrok. Ze proefde gal en boog zich kokhalzend voorover. In één keer spuwde ze al haar frustratie eruit.

'Anton van Bourgondië!' riep ze luid. '*Grand-bâtard*[26], hahaha! Je bent die naam onwaardig! Ik hoop dat je crepeert in de hel. Voor mij ben je dood, hoor je dat, dood!'

Bevend maakte ze de teugels van de merrie los.

Met een ruk hees ze zich op de gladde rug van het paard en met veel moeite trok ze haar been erover. Het dier zette een stap naar voren en ze boog zich over de glanzende hals. 'Goed zo, dame', sprak ze de merrie zachtjes toe. 'Breng me naar huis.'

'Vrouwe, wat doet u nog zo laat op? Het is na middernacht' riep Sofie.

Marie-Ange vloekte toen haar vinger uitgleed op de snaar en hard tegen het hout van de harp stootte. Ze kwam recht maar hield zich op tijd in. Haar kamenierster uitfoeteren zou niet helpen.

'Waarom stoor je mij op dit uur? Is er misschien een koerier gearriveerd?'

De kamermeid keek haar verdrietig aan. 'Nee, vrouwe, daarover heb ik niks te melden.'

'Goede nacht dan.' Met een kort gebaar joeg ze Sofie de kamer uit.

Misschien kon ze zich beter op het terras zetten om de verkoelende nachtlucht in te ademen. Slapen zat er niet meer in sinds Bella was opgepakt en in de kerkers van het paleis was opgesloten.

Moedeloos keek ze uit over de tuinen van het kasteel die, in het donkerste van de nacht, als schaduwen verzonken lagen.

Ze kon nog de snerende stem van Anton horen. '*Salute*, vrouwe, dom meisje...'

Ook Antoine de Croy had haar in de steek gelaten. In een laatste poging had ze een brief in zijn residentie laten bezorgen, waarin ze haar minnaar vroeg om Bella bij te staan.

Zijn antwoord had haar diep geraakt.

Edele vrouwe, ik heb u gewaarschuwd u niet in te laten met zaken die u niet aangaan. Ik heb u verzocht om mij de verblijfplaats van de Italianen kenbaar te maken. U hebt ervoor gekozen hier niet op in te gaan. Nu ze aan dit hof worden berecht, moet ik aan mijn positie denken. Ik kan u niet meer helpen, Marie-Ange. Hierbij verbreek ik elk contact tussen ons. Het gaat u goed, vrouwe.

Zijn harteloze woorden hadden zich snijdend in haar ziel gekerfd. Haar geliefde, haar Antoine, had zich van haar afgekeerd.

Karel, Filips wettelijke zoon, was haar eveneens afgevallen. Marie-Ange had nog een moment gedacht dat hij tenminste de moed zou opbrengen om op te komen voor Bella. Karel had haar uitgelachen en haar ook gewaarschuwd zich hier verder niet mee te bemoeien.

Ze sloot vermoeid de ogen en droomde weg. 'Bella, lieve vriendin, wees dapper en hou vol! We zien elkaar vlug weer.'

Iemand trok hevig aan haar arm. 'Vrouwe, word wakker, in godsnaam, vrouwe, de wacht is hier.'

Ze keek verdwaasd op en zag Sofie lijkbleek voor haar staan.

'Vrouwe, de garde van Filips...'

Geschrokken fatsoeneerde Marie-Ange haar gewaad. De hoofdofficier groette haar kort: 'Bent u de edele vrouwe Marie de Valois?'

Ze keek hem recht in de ogen. 'Ja natuurlijk, man, u kent mij toch, wat is het probleem?'

Het hoofd van de garde voelde zich duidelijk ongemakkelijk en nam een papier in zijn hand. Hij kuchte luid en begon te lezen: 'Hertog Filips van Bourgondië vordert dat u terstond, voor uw eigen veiligheid en voor onbepaalde duur, wordt weggevoerd naar *De Wingaard*, het begijnhof hier in Brugge. *Le Duc* wenst u verder alle goeds en hoopt u weldra terug aan dit hof te ontmoeten.'

Marie-Ange sprong overeind. 'Wat? Dat moet een vergissing zijn. Ik wens onmiddellijk de hertog te spreken', zei ze verontwaardigd.

De wacht versperde haar de weg. 'Het spijt me vrouwe, ik heb de opdracht gekregen u terstond naar het begijnhof te begeleiden.'

'Geef me dan tenminste de tijd om wat kleren in te pakken, en mijn harp. Zonder mijn harp kan ik niet vertrekken.'

Opnieuw zette de officier zich voor haar. 'U hebt niks nodig, dame. Waar u heengaat, is alles voorhanden.'

Marie-Ange liet zich berustend meevoeren. Misschien liep ze wel degelijk gevaar en moest ze Filips dankbaar zijn dat hij haar in bescherming nam.

Een hevige pijnscheut trok door haar lijf. Ze besefte plots dat ze nu helemaal niks meer voor Bella kon doen.

'Lieve vriendin, ik heb gefaald, vergeef me alsjeblieft.'

XI

November 1449

e werden uit hun slaap gewekt toen het nog nacht was.
Alessia rilde over haar magere lijfje. De voorbije dagen was er alleen
maar droog brood en water geweest. Bella drukte haar nichtje tegen
zich aan en sprak haar bemoedigend toe.

'We hebben nog vrienden daarbuiten. Mina en Marie-Ange zullen ons
niet in de steek laten. Vrees niet, mijn nichtje, we geraken hier wel door.'

De weg van Brugge naar Rijsel was lang. De vrouwen zaten op een open
kar, tegen elkaar gebonden aan enkels en polsen alsof ze bandieten waren.

Geen van hen zei een woord, maar samen zongen ze zachtjes liederen
die hen overeind hielden.

Zeborah bracht haar tijd door met het lezen van de toekomst in
hun verweerde handen. Telkens opnieuw vertelden de lijnen een ander
verhaal, maar altijd was het er een van wanhoop. Toch wilde ze niet
opgeven. Ze smachtte naar een teken van hoop en daarom bleef ze er
mee doorgaan.

Bella had gehoopt naar *Nevelland* te kunnen reizen toen ze opgesloten zat, maar de angst om haar lichaam onbeschermd achter te laten
was te groot geweest. Daarbij kwam een nog grotere angst: wat als de
wachters zouden komen en Alessia zouden meenemen of kwaad berokkenen? Ze moedigde haar nichtje daarentegen wel aan om te reizen, ze
overtuigde haar ervan dat zij over haar zou waken. Het gaf Alessia de
kans om de ontberingen beter te doorstaan. Het jonge meisje bracht
boodschappen mee uit het elfenrijk. Ze vertelde al haar ervaringen in
geuren en kleuren, zodat het voor Bella leek alsof ze was meegereisd.
Elim had beloofd over hen te waken, hij zou alles doen om de meisjes
te helpen, maar Bella wist dat zijn mogelijkheden beperkt waren.

De heer Hugue de Lannoy leidde het konvooi. Hij had al gevreesd dat Rolin hem dit zou opdragen. 'Het zal hem leren zijn ogen niet van dat heksenkind af te houden', had de kanselier wraaklustig gedacht.

Maar nu was Hugue in zijn schik met de opdracht. Hij leidde zijn paard tot bij de kar en richtte zich tot Nona: 'De brief is onderweg, dame.' Hugue gaf zijn paard de sporen en voegde zich opnieuw bij de wagenmenner.

Tranen sprongen in Nona's ogen. Kon ze Mina maar in haar armen nemen. Ze hoopte dat de vrouw haar raad zou opvolgen en naar Perugia zou reizen. Haar familie zou haar met open armen ontvangen. Maar ze vreesde dat de min op hen zou willen wachten. Hoe lang moest ze dan nog wachten en waar kon ze in die tussentijd naartoe? Weer hoopte ze dat Marie-Ange haar hierbij zou helpen.

De kar hield halt. Hun bestemming was bereikt. Ze waren in Rijsel aangekomen.

Het wisselvallige voorjaarsweer was omgeslagen in zware buien en de vrouwen werden doorweekt naar hun cel gebracht. Geradbraakt van het lange reizen op de hobbelige kar werden ze samen in één cel gegooid. Het was niet meer dan een klein en duister stinkend hol.

Er was geen aparte latrine, de uitwerpselen lagen her en der over de vloer verspreid. Ze plakten in iets wat ooit stro moest geweest zijn. De enige twee openingen waren de deur en een kier waar ratten in en uit konden kruipen.

Alessia huilde: 'Wat gaan ze met ons doen, *madre*? Ik wil hier weg, ik ben bang.' Geen van hen vond de juiste woorden van troost.

'We kunnen niet anders dan wachten en hopen. Er is nog hoop, kleintje', sprak Zeborah tenslotte en wiegde Alessia in haar armen.

De zaal was imposant. Voor de hoge vensters hing felrood fluweel. Flakkerende fakkels wierpen onrustige schaduwen op de muren en het beschilderde plafond.

Vooraan stond in het midden een eikenhouten stoel met een hoge rugleuning. De stoel stond pal voor een verhoging waarop drie mannen achter een rechte tafel zaten. Een van hen herkende ze: de heer de Lannoy.

Met een glimlach op het gezicht gebaarde de middelste man Bella om dichterbij te komen. Hij stelde zich voor als de inquisiteur, die het verhoor zou leidden.

Bella bekeek de man met afgrijzen. Zelden had ze zo'n lelijk schepsel gezien. Zijn kale hoofd was bedekt met een rond mutsje. Een priestermuts, dacht ze bij zichzelf. Zijn smalle gezicht zag er potsierlijk uit, met een uiterst lang voorhoofd. Hij zag grauw, had een sluwe blik en venijnig dunne, bleke lippen. Hij droeg een eenvoudige zwarte soutane. Links van hem, ook in het zwart gekleed maar dan in een zware mantel, zat een oudere man met een wantrouwige blik. Hij werd voorgesteld als de secretaris.

Bella zat nog maar net of de eerste vragen werden al op haar afgevuurd. De stem van de inquisiteur paste volledig in het plaatje: scherp en bijtend.

'Uw naam? Geboortedatum en plaats...'

Het werd een oneindige waslijst van vragen die Bella de strot uitkwamen.

Toen hij bij de zogenaamde feiten kwam, hield ze het niet meer. Ze stond op, haar groene ogen vernauwden zich tot spleetjes en uit razernij begon ze de inquisiteur te tutoyeren.

'Je wilt bewijzen dat wij heksen zijn? Doe geen moeite, honderden zogenaamde heksen die ons zijn voorgegaan, zijn gefolterd tot de pijn ondraaglijk werd en ze van pure ellende om het even wat bekenden. Wat een laffe, mensonwaardige praktijken!'

'Antwoord met respect voor zijne Heiligheid', blafte de secretaris.

'Beperk u tot het beantwoorden van de vragen', zei de inquisiteur koel.

Bella zakte neer op de stoel. Ze dacht aan Alessia die hier straks zou staan en tranen schoten haar in de ogen.

De ijzige stem deed Bella opschrikken: 'Wie niet luisteren wil, zal moeten voelen. Bezin u een laatste maal.'

Bella zei geen woord.

'Wij zien elkaar morgen weer, *signorina*, al dan niet op de pijnbank. Die keuze is aan u.'

Een fractie van een seconde waren alle zekerheden en ironie, zo eigen aan Bella, als sneeuw voor de zon verdwenen.

Tijdens de uitvoerige beschrijving van haar ondeugden door de inquisiteur was de zachte blik in de ogen van de heer de Lannoy op het beeldschone meisje gericht. Maar er was geen wellust meer in zijn gedachten. Een alles verterend verdriet om het lijden van deze jonge vrouw was daarvoor in de plaats gekomen.

Hugue sloeg een kruis en prevelde onhoorbaar: 'Wat een onrechtvaardigheid.'

Bella werd brutaal in de cel geworpen en al even bruut trok de garde Nona bij de armen met zich mee.

'Laat de goden met ons zijn,' bad Nona in zichzelf, maar toen ze in de zaal kwam, deed een naar voorgevoel haar huid samentrekken.

De inquisiteur hield de brief van de Franse koning hoog in de lucht. 'Laat me toe een passage voor te lezen.

In naam van de Franse koning, Karel VII, deel ik mede dat er geen tussenkomst mogelijk is van zijnentwege, voor de sancties en gevolgen van de uitspraak betreffende de vrouw Anna, geboren te Perugia, 11 januari 1399 en haar familieleden.'

De inquisiteur legde de brief weer neer.

Nona voelde haar benen slap worden en verloor, nog voor de man verder ging, alle moed. Haar laatste restje hoop, de Franse koning, was weggevallen. Het gekras van de pen van de griffier was even hard als de ijzeren ketens om haar enkels.

'*Ma donna*, wees toch redelijk, u hoeft ons enkel de waarheid te zeggen. Wij weten dat u godslasterende praktijken hebt toegepast. We weten dat mede door uw toedoen de halve hofhouding heeft geleden onder ziekten, waardoor hertog Filips dagenlang zijn eigen vrouw niet kon bestijgen. Er is zelfs een geval van doodslag.'

Nona stond op: 'Ik zal vanaf nu zwijgen', sprak ze kordaat, het hoofd trots geheven.

'Denkt u dat?' repliceerde de inquisiteur spottend.

'Als het me niet meer lukt te zwijgen, dan zal ik sterven.'

'Er bestaan ergere dingen dan de dood, *donna*.'

De blik van Nona bleef strak gericht op de inquisiteur die uiteindelijk zijn ogen afwendde en aan de wachters een teken gaf om haar weg te brengen.

Die avond hielden de vrouwen beraad. Nu ze wisten dat elke kans op hulp uitgesloten was, bereidden ze zich voor op het ergste.

'Ik weet dat ik dit niet van jullie mag vragen,' zei Nona met pijn in het hart, 'maar als je kunt, weiger dan te bekennen. Ik verzeker je, ik heb verhalen gehoord over martelingen die zo erg waren dat je om het even wat zou toegeven. Of we al bekennen of niet, sparen zullen ze ons toch niet. Wij zijn onschuldig en met die waarheid moeten we ook kunnen sterven. Scheld en roep en gil het uit, roep al je woede en pijn van je af terwijl ze je martelen. Vind de juiste toon zodat de klanken je uit de pijn verlossen.'

Alessia trilde als een espenblad.

De andere vrouwen omringden en koesterden haar tot ze in een rusteloze slaap viel.

'Angelina, mijn kindje, kom hier.' Bella werd rustig bij het horen van haar troetelnaam. Iets wat haar al jaren bedrukte, wilde ze nu aan haar grootmoeder kwijt.

'Zal de voorspelling die tante Zeborah lang geleden deed, dan toch uitkomen? Ze las in mijn handen dat ik een verre reis zou maken. Het zou een reis worden waar ik veel vreugde maar ook veel tegenspoed zou kennen, maar bovenal voorspelde ze dat ik nooit meer naar Perugia zou terugkeren.'

'Zo zie je maar dat je je lot toch niet kunt ontwijken, Bella,' zei Zeborah koel.

Nona keek haar verwijtend in de ogen. 'Waarom heb jij een jong kind lastiggevallen met het voorspellen van haar toekomst?'

'Omdat dat kind de oren van mijn kop bleef zeuren, Nona,' antwoordde Zeborah fel. 'Het heeft me vaak onrustig gemaakt. Toch durfde ik er niet over te spreken uit angst dat het dan misschien wel eens waarheid zou kunnen worden. Nu doet het deugd dat ik dit eindelijk kan vertellen. Wie weet, Nona, komen we hier toch nog goed uit.'

'Goed, kindje van me, nooit de hoop opgeven, zolang we leven kan het nog alle kanten uit.'

'Immigranten!' riep de inquisiteur woest. 'Jullie laatste kans om te bekennen is verstreken. Beulsknecht, neem hen mee!'

Hij richtte zich tot Hugue. 'Ik zou u willen vragen, heer de Lannoy, de pijnlijke ondervragingen bij te wonen. Ik vermoed dat er aan het hof voldoende interesse zal zijn voor een uitvoerig verslag hieromtrent.'

Hugue werd helemaal bleek. Hij dankte zijn tegenwoordigheid van geest toen hij de inquisiteur vlot van antwoord diende: 'Helaas, mijn heer, ik moet u teleurstellen, andere verplichtingen roepen mij. Ik kwam me enkel verzekeren van de afloop. Bij deze weet ik dat de vrouwen in de juiste handen zijn.'

Met een lichte buiging knikte hij beleefd en verliet zo snel hij kon de plek des onheils. Hij voelde zich een lafaard, maar wat kon hij doen? Moest hij zijn eigen leven riskeren terwijl hij goed wist dat Bella en haar familie toch niet gespaard zouden worden? Hoewel hij geen andere keuze had, bleef zijn stilzwijgen pijnlijk aan hem knagen.

De beulsknecht nam zijn mes en trok Bella's hoofd achterover. Terwijl hij haar haren afschoor werd haar schedel alsmaar duidelijker zichtbaar.

'Vergeet niet, alle haren moeten verwijderd worden.' De inquisiteur keek vermakelijk toe. 'Ja, ook die, alles', zei hij kordaat.

Bella keek naar haar grootmoeder die, net als de anderen hetzelfde, lot onderging. Naakt stond ze daar, vel over been, overgeleverd aan de handen van de beulsknecht. Bella hoopte maar dat Nona's gesloten ogen haar zouden helpen de vernederingen te doorstaan.

Alessia beefde van doodsangst. Ze hield haar ogen strak op Bella gericht. Dat gaf haar de kracht om vol te houden.

Toen de beulsknechten klaar waren, kwam de inquisiteur voor de vrouwen staan.

'Bekijk deze ruimte met de instrumenten en zie waartoe jullie ons dwingen door jullie stijfkoppigheid. Kijk me aan.' Hij richtte zich tot Bella en wees op een marteltuig dat vlakbij haar stond. 'Dit ijzeren toestelletje zal worden gebruikt bij het begin van de ondervraging. Ik kan je verzekeren dat het geen deugd doet als de vlijmscherpe plaatjes onder je nagels dringen.'

Met rustige stem ging hij verder.

'En dit tuig wordt meestal daarna gebruikt.'

Hij wees naar een houten bank met aan de uiteinden een stel touwen. 'De koorden dienen om je enkels en polsen vast te maken, zodat langs beide kanten je lichaam langzaam maar zeker uitgerekt wordt. Dat is, zoals ik zei, nog maar het begin. Maar zo hoeft het niet te gaan. Jullie kunnen alsnog bekennen. Niemand wil zich zo laten verminken...'

Bella keek naar de marteltuigen en naar de mannen die klaarstonden om aan het grote werk te beginnen. Doodsangst bekroop haar.

'Wij zijn onschuldig', fluisterde ze terwijl ze voor zich uit staarde.

De inquisiteur sloeg een kruis ter hoogte van haar voorhoofd: 'Heer, erbarm u over dit schepsel. Het zij zo.'

Bella hoorde nog hoe hij Nona uitdaagde en toen hij Alessia en Zeborah een laatste kans tot bekennen gaf, waren haar handen al aan de polsen vastgebonden en op een ijzeren plaat gelegd.

De martelkamer rook naar verbrand vlees. De oorverdovende kreten en vervloekingen van de vrouwen ergerden de inquisiteur mateloos. Het overtuigde hem eens te meer dat ze werkelijk heksen waren. Hij beschouwde folteren als een middel om achter de waarheid te komen. Hij zou de letter van de wet naar eigen believen wel verdraaien, zolang deze vrouwen hun gepaste straf maar kregen.

Het werd plots stil in de ruimte. De inquisiteur keek Bella aan.

Ze werd door de beulsknecht ondersteund.

'Meisje, waarom toch?'

Terwijl haar hoofd naar beneden ging en zonder de man een blik te gunnen, siste ze enkele Italiaanse scheldwoorden.

De inquisiteur gaf de knechten opdracht haar overeind te houden. 'Waarom maak je het jezelf zo moeilijk, kind?' Hij hief haar kin op. 'Bespaar jezelf toch al deze kwellingen en beken.'

'Wat valt er te bekennen?' Moeizaam vormden haar gebarsten lippen deze woorden.

'Geloof je nu echt dat wij jou bekentenissen in de mond willen leggen?' Zijn geduld raakte stilaan op.

'Goed dan. Beulsknechten, leg haar op de rekbank.'

Ze sleepten Bella naar het marteltuig en bonden haar aan handen en voeten vast.

'Trekken!' riep de inquisiteur meedogenloos.

Bella werd naar haar cel gesleept.

Haar lichaam was zwaar toegetakeld, haar ledematen leken losse flodders die slap aan haar lijf hingen. Moeizaam opende ze de ogen en ontzet keek ze om zich heen. Het leek alsof ze zich midden in een slagveld bevond. Alessia's naakte lichaam was één bloederige brij. De folteringen hadden een onherstelbare ravage aan hun lichamen aangericht, maar hun ziel was intact gebleven. De enige woorden die vielen waren vervloekingen geweest.

'Alessia, leef je nog?' Tevergeefs trachtte Bella haar arm naar haar nichtje uit te strekken. Geschokt keek ze naar haar eigen vingers die zwart als kooltjes waren.

Het meisje lag rochelend te kronkelen op de grond.

Een pijngolf overspoelde haar en beukte tegen haar borstkas, ze verloor bijna het bewustzijn toen onverwacht de stem van de inquisiteur ijzig tot haar doordrong.

'Zorg ervoor dat ze tegen het ochtendgloren naar Atrecht[26] kunnen worden vervoerd. Zo niet geraken ze nooit levend op de brandstapel. Er staat een kooi voor hen klaar bij de stallen.'

XII

e hele dag waren zware wolken langs de hemel getrokken. Ze hadden zich nu samengepakt aan de horizon. Van heinde en verre kwam de menigte toestromen. Het was op het marktplein drukker dan ooit.

In het midden van het plein was een brandstapel opgericht met honderden bussels hout en stro. Daar bovenop stonden, op enkele meters van elkaar, vier hoge staken.

Bella's lichaam was zo verlamd dat ze niks meer voelde dan een ijzige kou.

'Ik moet vluchten, zorgen dat ik wegkom. Als ik nu niet wegkom, zal ik sterven.' De woorden bleven in haar hoofd hameren, maar Bella's lichaam weigerde te reageren.

Overal rondom hoorde ze gegniffel dat luidruchtiger werd en aanzwol tot getier en geschreeuw. Mensen gooiden met verrotte etensresten. Ogen stonden hard van haat, monden schreeuwden vol leedvermaak. Ze jutten elkaar steeds verder op.

Op de bleke planken stonden de zwarte gestalten van de geloofsrechter, de geestelijke, de beul en zijn knechten. Ze brachten Nona, haar armen vastgebonden op haar rug, naar de voet van de brandstapel. De beul droeg Nona op de ladder naar boven, hief haar omhoog en bond haar tegen de eerste paal vast. Een beulsknecht volgde hem op de voet met Bella in zijn armen. Ze bonden haar op meerdere plaatsen aan de paal om haar lichaam rechtop te houden.

Bella's blik vond die van haar grootmoeder. 'Denk aan je trots, nog even en de zwaarte van dit aardse bestaan maakt plaats voor een nieuwe werkelijkheid van liefde en licht', hoorde ze haar in gedachten zeggen.

En met deze woorden stroomde al Nona's liefde naar haar kleindochter. Dat gaf haar de kracht om zich op te richten en haar hoofd naar Alessia te draaien. Ze zag haar nichtje, gekleed in een jute zak, slap als een lappenpop tegen de derde paal hangen. Het meisje leek buiten bewustzijn. Bella merkte een gouden gloed rond haar nichtje die steeds duidelijker contouren aannam.

Met een laatste krachtinspanning keek ze Zeborah aan die met een verbeten blik voor zich uitstaarde.

Trommels roffelden. De beulsknechten liepen met hun fakkels naar de hoeken van de stapel. De eerste rookwolken stegen op. De menigte juichte. Het vuur bereikte de palen en kronkelde knetterend omhoog. Een uitzinnig gejoel brak los.

Bella stikte bijna toen de vlammenzee haar voeten bereikte. Een gruwelijk moment gierde de pijn door haar zenuwbanen.

Toen hoorde ze zijn stem.

Kom hier, geef mij je hand
zweef weg van de pijn
kom hier, niet aan de rand
maar hier moet je zijn

ook hier zie je de zon
ontmoet je elkaar

kom hier, geef mij je hand
kom, maak dat gebaar

en dan reizen we verder
tot het weer een thuiskomst is
maar eerst, maar eerst
neem deze hindernis

je wonden zullen helen
je komt tot rust
als je bent genezen van de pijn en de rouw

kun je verder
als je bent genezen van de pijn en de rouw
dan verschijn je weer als vrouw.

Bella zweefde steeds verder weg op de klanken van Elims lied.

Zij vond zijn hand en hij leidde haar over de rand van haar fysieke bestaan, voorbij *Nevelland* naar een wereld vol stralend licht.

Daar stond, oogverblindend, Alessia haar op te wachten.

De meisjes vlogen elkaar troostend in de armen.

Een zachte hand op hun schouder onderbrak hun omhelzing. Nona en Zeborah keken hen teder aan.

Op een mooie dag
ben je weer daar
ja ergens op aarde
ontmoet je elkaar

plots een herkenning
in één oogopslag
bekijk je je naaste
alsof je haar gisteren nog zag

en heel diep vanbinnen
kleurt je hart warm en rood
want je voelt, ja je voelt
dit is een zielsgenoot

je wonden zullen helen
je komt tot rust
als je bent genezen van de pijn en de rouw

dan kun je verder
door nevel en dauw
als je bent genezen van de pijn en de rouw
dan verschijn je weer als vrouw.

Epiloog

e kleine kloostercel werd slechts verlicht door een kaars die op de wankele tafel stond.

Onophoudelijk kraste de ganzenveer over het perkament. Het schrijven louterde haar ziel. Met vermoeide hand nam Marie-Ange de vellen vast en fluisterend herlas ze de tekst.

Adegem, december 1450

Alles wat me dierbaar was, is me ontnomen.
Filips heeft me verbannen van het hof en weggestoken in dit slot-
klooster.
Elk contact met de buitenwereld is me verboden.
Tijdens de bidstonden mag ik mij tussen de nonnen begeven.
Praten is niet toegestaan maar vandaag heeft soeur Constance
deze regel overtreden.
Zij bracht de avondmaaltijd naar mijn cel en fluisterde me toe
dat haar nicht, vrouwe Hildegard, haar naar jaarlijkse gewoonte
had bezocht.

Ik dank de engelen dat ze Hildegard naar dit klooster hebben ge-
stuurd, want nu pas, na een jaar, weet ik wat er met mijn Italiaanse
vrienden is gebeurd.
Ook al heeft mijn hart de pijn en het leed gevoeld van wat hen is
aangedaan, de waarheid is erger dan ik voor mogelijk hield.
Constance vertelde me dat Hildegard had vernomen hoe Bella,
Nona en de anderen in Rijsel door de inquisitie zijn gemarteld
en dan naar Atrecht zijn gevoerd.
Daar zijn ze, voor de ogen van een uitzinnig joelend publiek, op
de brandstapel gezet.

Een zuchtje wind deed de vlam opflakkeren.

Marie-Ange slikte moeizaam. Haar zicht werd vertroebeld door de tranen die in dikke druppels op het papier vielen.

Ze kon het beeld van Bella, brandend in het vuur, niet meer van zich afzetten.

Hopelijk zou er ooit een hertog opstaan om het onrecht van de inquisitie te bestrijden.

Een oude tekst schoot haar te binnen.

Ik hoop dat jij zeer goed zult zijn,
rechtschapen en rechtvaardig.
Genadig voor je volk, zachtaardig...

Ze nam het papier weer op en las verder.

Ook Mina is door Filips gestraft en ze is in de kerkers van Brugge
en Rijsel opgesloten.
Ze overleefde de martelingen en werd vrijgelaten.
Sindsdien vernam niemand nog iets van haar.
Ik bid tot alle engelen dat die lieve Mina een veilig onderkomen
vond bij de familie van Nona.

Marie-Ange rilde. Ze droeg een eenvoudig, dun gewaad dat de slotzusters haar bij aankomst hadden gegeven. Verkleumd en uitgedoofd dacht ze aan de merkwaardige speling van het lot. Als kleindochter van de koning van Frankrijk was ook Bella verwant met haar.

Ze keek naar de laatste zinnen die ze had neergeschreven en sprak ze zachtjes uit.

Liefste Catharina en Bella,
het zijn jullie dromen die me bijblijven,
want daarin leven jullie voort.
Ik warm me aan het straaltje licht
dat vanuit jullie wereld tot me doordringt.
Zoals het koninklijk bloed door onze aderen stroomt

en ons met elkaar verbindt,
zo stroomt ook het licht vanuit de aarde en de hemel
in elkaar over.

Weldra zal ik jullie volgen,
Weldra zien we elkander weer.

Nawoord van de nalezer

Met trots, een open hart, veel liefde en nog meer dankbaarheid heb ik dit boek uit eerste hand mogen lezen. Een kroniek van drie vervlochten zielen die doorheen plezier en pijn het leven gulzig, rechtschapen en vurig verteren.

Hun zonsondergang dooft het vuur van de lezer niet, maar doet het net oplaaien in de koesterende waarheid van eeuwige eenheid.

Schoon. Echt schoon.

Dank je wel.

Hoofdpersonages

Bella
Uit Perugia. Dochter van Emilio, kleindochter van Nona.
Zangeres, acrobate, danseres.

Catharina
Koosnaam: Cath of Cathi.
Bastaarddochter van Filips de Goede, nichtje van Marie-Ange.

Marie-Ange
Koosnaam: Marie. Dochter van een zus van Karel VII van
Frankrijk. Hoofdharpiste aan het hof van Filips de Goede.

Belangrijkste familie en omgeving aan het Bourgondische hof.

Filips de Goede
Ook genaamd 'Filips III van Bourgondië'. Hij was hertog van
Bourgondië van 1419 tot aan zijn dood in 1467.

Isabella van Portugal
Derde vrouw van Filips de Goede.

Mina
Min van Catharina.

Coquinet
Dwerg, hoofdkamenier van Isabella van Portugal.

Karel de Stoute
Wettelijke zoon van Filips de Goede en Isabella van Portugal.

Anton van Bourgondië
Bastaardzoon van Filips de Goede.

Antoine de Croy
Militair, diplomaat, raadsheer en kamerheer van Filips de Goede.

Nicolas Rolin
Kanselier van Filips de Goede.

Het Italiaanse theatergezelschap: *La compagnia de la canta popular*

Bella
Hoofdpersonage.

Nona
Grootmoeder van Bella en Matteï.

Matteï
Broer van Bella. Zanger, acrobaat, paardenfluisteraar.

Emilio
Directeur van het theater. Vader van Bella en Matteï.

Alessia
Nichtje van Bella. Zangeres, acrobate, danseres.

Zeborah
Moeder van Alessia, tante van Bella. Waarzegster.

Franca
Muzikante, zangeres. Liefje van Bella.

Luigi
Muzikant, zanger. Broer van Franca.

Giovanni
Kleermaker en schoenmaker. Zorgt mee voor het huishouden.

Frederico
Fantastische acrobaat en zanger. Vriend van Giovanni.

Cristiano
Zanger, acrobaat.

Falco
Vuurspuwer.

Nicolaï
Muzikant en zanger.

Guiseppe
Woordkunstenaar, grappenmaker.

Naschrift

Deel I

Hoofdstuk II
1 Filips van Bourgondië
Filips III, ook genaamd 'Filips de Goede'(°1396 Dijon, +1467 Brugge).

Hij was hertog van Bourgondië van 1419 tot aan zijn dood en speelde als landsheer van Vlaanderen, Brabant, Namen en Limburg een belangrijke rol in de geschiedenis van de Nederlanden. Hij was de stichter van de Orde van het Gulden Vlies. Na de dood van zijn vader, Jan zonder Vrees, voerde hij veel hervormingen door in de Nederlanden, die het bestuur over heel zijn gebied moesten vergemakkelijken. Hij liet zich *grote hertog van het westen* noemen om zijn onafhankelijkheid van Frankrijk te beklemtonen.

Hij huwde in 1409 met Michelle van Valois, dochter van Karel VI van Frankrijk en Isabella van Beieren. Zijn tweede huwelijk, met Bonne van Artesië, werd voltrokken in 1424.

Op 7 januari 1430 huwde hij in Sluis opnieuw met Isabella van Portugal. (°1397, +1472) In 1433 werd hun zoon, Karel de Stoute, geboren.

Filips had dertig gekende maîtresses en achttien toegegeven bastaardkinderen.

Hoofdstuk III
2 Kanselier Rolin
Nicolas Rolin (°1376, – +1462) was een belangrijke persoon in de politiek van het hertogdom Bourgondië. Hij was kanselier van Filips de Goede en bekleedde die positie veertig jaar.

Rolin had nauwe betrekkingen met Jan zonder Vrees, de vader van Filips, omdat hij peetoom was van Filips' derde zoon. In 1435 gaf Rolin aan Jan van Eyck de opdracht de beroemde *Maagd van kanselier Rolin* te schilderen, een werk dat nu in het Louvre hangt.

3 Gilbert de Lannoy

Geboren in 1386 en gestorven in 1462. Hij was heer van Villerval, Tronchiennes, Saintes. Ridder in de Orde van het Gulden Vlies. Ook zijn broers Hugues de Lannoy (°1384, +1456) en Baudouin de Lannoy (°1388, +1474) behoorden tot deze ridderorde. Gilbert was een van de belangrijkste figuren aan het hof van Filips de Goede, voor wie hij regelmatig als gezant optrad, onder andere op het Concilie van Basel in 1433. Hij was ook een krijgsheer die op bijna elk slagveld te vinden was. Zijn talrijke reizen heeft hij uitgebreid beschreven in *Voyages en Ambassades* en deze werken vormen een belangrijke bron van kennis over de toestanden en levensomstandigheden in de landen die hij bezocht. De familie de Lannoy was vanaf de vijftiende eeuw in het bezit van talrijke baronieën en graafschappen en telde heel wat vooraanstaande en belangrijke leden.

Hoofdstuk IV

4 Jean de la Court

Belangrijkste minstreel aan het Bourgondische hof in het midden van de vijftiende eeuw. Hij leerde de jonge Karel de Stoute harp spelen.

5 De Orde van het Gulden Vlies

Een ridderorde die op 10 januari 1430 door Filips de Goede werd opgericht bij gelegenheid van zijn huwelijk met Isabella van Portugal. De Orde beklemtoonde de gelijkwaardigheid van Filips met de andere Europese vorsten. Ze werd geïnstalleerd in Rijsel (Lille) en de ridders werden door Filips benoemd. Hij zelf was grootmeester van de Orde. Het was een exclusieve ridderorde, die bestond uit dertig ridders, vier officieren, en zijn beste medewerkers en buitenlandse bondgenoten. Ze droegen als symbool een kleine gouden ramsvacht met kop en poten, die door een ring

werd gehaald en aan een gouden keten hing, waarvan de tweeënvijftig schakels het Bourgondische vuurslagmotief vertoonden. De
Orde werd erkend door de paus en genoot zo ook de pauselijke
privileges. Een van de voorrechten van de ridders in de Orde was
dat ze van de paus het recht kregen om in hun slaapkamer een mis
te laten opdragen, wat toen enkel toegestaan werd aan de hoge
geestelijken en katholieke vorsten. Om drie redenen kon je uit de
Orde worden gezet: ketterij of hekserij, verraad en lafheid. Later
werd de Orde uitgebreid tot meer dan veertig leden.

6 Gilles Binchois

(°rond 1400, +1460). Ook Gilles de Bins genoemd. Hij was een
van de stichters van de Nederlandse polyfonie en componist aan
het hof van Filips de Goede. Hij bracht de toegankelijkheid in
de muziek terug door relatieve eenvoud en een sterke melodie.
Gilles Binchois was een componist van de Bourgondische school
(zoals Guillaume Dufay) en werd beroemd om zijn chansons
(liederen), vooral rondeaus of balladen, die hij schreef voor het
hof en die de hoofse liefde bezongen.

7 Antoine de Croy (Croÿ)

Of Anton van Croy, bijgenaamd 'de Grote Croy', geboren rond
1385 (sommige bronnen zeggen 1390) en gestorven in 1475.
Hij was een Frans-Bourgondisch staatsman uit het Picardische
Huis Croy. Antoine was de eerste van het huis Croy die zich in
de Nederlanden kwam vestigen en zich in dienst stelde van de
Bourgondische hertogen. Na de moord op Jan zonder Vrees in
1419 werd hij een van de belangrijkste medewerkers van Filips
de Goede. Hij was een uitstekende militair en diplomaat. Hij
was een van de eerste leden van de Orde van het Gulden Vlies
in 1430 en werd kamerheer aan het Bourgondische hof. Filips
de Goede belastte hem onder meer met het gouverneurschap
van Namen en het stadhouderschap van Luxemburg. Ten slotte
werd hij aangewezen als gouverneur-generaal der Nederlanden
tijdens Filips' afwezigheid, toen die op kruistocht trok om

Constantinopel te bevrijden. Hij trouwde in 1410 met Maria van Roubaix en rond 1434 met Margaretha van Lotharingen-Vaudémont. Uit dit huwelijk werd Filips I van Croy geboren, die samen met Karel de Stoute aan het hof werd grootgebracht en die de stamvader van de tak Croy-Aarschot werd.

Hoofdstuk VIII
8 La chambre ducale
Het huis ('maison') van de hertog was verdeeld in 'offices'. De eerste office was 'la chambre ducale'. Zij omvatte de families van de monseigneur, hun dienaars en de raadsheren van *le Duc*.

Hoofdstuk IX
9 De vier officieren van de Orde
Naast de dertig ridders in 1447 bestond de Orde ook uit vier officieren: de schatbewaarder, de wapenmeester, de kanselier en de griffier. Zij waren van lagere adel en daarom ook van ondergeschikt belang.

10 Anton van Bourgondië
(°1421, +1504) Anton was de tweede zoon van Filips de Goede en een zoon van een van zijn maîtresses, Jeanne de Presle de Lizzy. Hij droeg de titel van *grand-bâtard* (groot-bastaard) *van Bourgondië* en was, samen met de oudere Corneille, de lievelingsbastaard van Filips. Hij werd samen met zijn halfbroer Karel de Stoute opgevoed aan het Bourgondisch hof. Pas in 1456 werd hij tot ridder in de Orde van het Gulden Vlies geslagen en kreeg de bijbehorende prestigieuze ketting. Hij overleed in Tournehem bij Calais in 1504.

11 Karel de Stoute
Geboren in 1433 als enige wettelijke zoon van Filips de Goede. Hij werd hertog van Bourgondië, Brabant, Limburg en Luxemburg en graaf van Vlaanderen, Artesië, Bourgondië, Henegouwen, Holland, Zeeland en Namen. Zijn bijnaam betekende

'de stoutmoedige' en sloeg dus niet op ondeugend gedrag. Hij huwde drie keer, een tweede keer met Isabella van Bourbon die moeder werd van zijn opvolger, Maria van Bourgondië. Hij was een verwoed krijgsheer, bijna constant bezig met oorlogen in buurlanden of het neerslaan van opstandige vazallen. Hij sneuvelde op 5 januari 1477 tijdens de Slag bij Nancy. Zijn stoffelijk overschot bleef op het slagveld liggen en werd pas dagen later geborgen. Intussen werd zijn gezicht aangevreten door wolven en zijn kleren en wapenrusting geroofd. Zijn identificatie moest plaatsvinden aan de hand van de littekens op zijn lichaam die bij zijn lijfarts bekend waren.

12 Een 'gigot de mouton'
Een lams- of schaapsbout, in de oven gegaard op een bedje van ui, wortelen, knoflook, tijm, gebonden met een verjus en diverse kruiden.

Deel II

Hoofdstuk I
13 Pilota veloce
Italiaans voor 'vlugge renner'.

Hoofdstuk II
14 Hypocras
Kruidenwijn of 'clareit' die al sinds de vroege middeleeuwen bekend is.

Hoofdstuk VII
15 Orde van de Roos
Opgericht in 1402 tijdens een groot feest van de Roos, in het kasteel van de hertog van Orléans. De aanwezige mannen verklaarden tot deze Orde te willen toetreden om de eer van de vrouwen te verdedigen.

16 Jeanne d'Arc

De maagd van Orléans. Geboren rond 1412 en gestorven in 1431 in Rouen. Ze kwam in 1429 van de grens van Lotharingen om de afgewezen kroonprins, zoon van Karel VI van Frankrijk, hulp te bieden en aan het beleg van de Engelse soldaten een einde te maken en Orléans te bevrijden. Met Jeannes hulp werd de kroonprins op 17 juli 1429 gekroond tot Karel VII van Frankrijk. In 1430 werd Jeanne gevangengenomen door de Bourgondiërs en door Filips de Goede aan de Engelsen verkocht. Die brachten haar in 1431 in Rouen voor de inquisitie, waar ze op 30 mei 1431 als ketter op de brandstapel werd verbrand.

Hoofdstuk VIII

17 Catharina van Valois

Geboren in 1428 en gestorven in 1446. Zij was de eerste vrouw van Karel de Stoute, met wie ze op 19 mei 1440 trouwde in Sint-Omaars (Saint-Omer). Zij was de dochter van Karel VII van Valois en Maria van Anjou. Karel was nog maar zeven jaar toen hij haar huwde en Catharina zelf was 12. Ze stierf al op achttienjarige leeftijd. Karel huwde in 1454 voor een tweede keer met Isabella van Bourbon, de moeder van zijn opvolger, Maria van Bourgondië.

Hoofdstuk IX

18 Steen der wijzen

Een alchemistische substantie om metaal in goud te veranderen, dat tot een levenselixir leidde met verjongende en levensverlengende eigenschappen.

19 Hieros Gamos

Het heilige huwelijk tussen god en godin, en in het bijzonder het symbolisch ritueel waarin mensen deze goden voorstelden. De vereniging van tegendelen.

Hoofdstuk X

20 Broekzele
De naam die aan Brussel werd gegeven in de vijftiende eeuw.

21 Teylingen
Slot Teylingen ligt in de provincie Zuid-Holland aan de Noordzeekust. Het is een Nederlands kasteel in het buurtschap Teylingen. Het was het stamslot van de adellijke familie Van Teylingen. Het werd oorspronkelijk gebouwd om in het graafschap Holland de noord-zuidroute te beschermen. Het kasteel was een ronde waterburcht. Van het slot is nu nog slechts een ruïne over die bestaat uit een ringmuur en een donjon die door water omgeven is. Een van de bekendste bewoners van het slot was Jacoba van Beieren, die er in 1436 overleed.

22 Warande
Stond in de twaalfde eeuw in het Coudenbergpark bekend als wildbaan. Op die manier kon het wild vrij toegang krijgen en kon er vlakbij het kasteel gejaagd worden. Na verloop van tijd was er niet veel ruimte over om te jagen. Er kwam een schare dieren in de bijgebouwen van het neerhof in Coudenberg (onder meer twee beren en een everzwijn) en de warande werd omgevormd tot een dierenpark en toevertrouwd aan een hoofdbewaker die de dieren moest verzorgen.

DEEL III

Hoofdstuk IV

23 Frank van Borssele
Hij was edelman en stadhouder en trouwde in 1432 met Jacoba van Beieren. Samen brachten ze enkele gelukkige jaren door op het slot Teylingen in de buurt van Sassenheim, waar Jacoba in 1436 stierf. Frank van Borssele leefde nog tot 1470.

Hoofdstuk V
24 Engelse kapers
In 1449 liep in Vlaanderen het bericht binnen dat Engelse kapers een Bourgondische koopvaardijvloot van wel honderd schepen, in konvooi varend om de eigen veiligheid te verzekeren, in de baai van Bourgneuf hadden gekaapt.

De vrede met Engeland stond hierdoor op het spel en Bourgondische gezanten trokken naar Londen om het vrijgeven van de eigen schepen te bepleiten, terwijl Filips de Goede de verbeurdverklaring van alle Engelse bezittingen en goederen in zijn staten afkondigde.

Maar Hendrik VI van Engeland gaf na verloop van tijd de Bourgondische vloot vrij en trad hard op tegen zijn onderdanen die, omwille van de beslagname van Engels bezit in de Nederlanden, wraak hadden gepleegd op Vlaamse kooplieden in Londen.

Hoofdstuk VI
25 Kales
De naam die aan Calais werd gegeven in de vijftiende eeuw. Calais behoorde tot het Bourgondische rijk.

Hoofdstuk X
26 Grand-bâtard
'Groot-bastaard' was een te benijden titel in de tijd van Filips de Goede, vermits Filips heel veel bastaardkinderen had. Alleen Anton van Bourgondië en zijn broer Corneille, kregen deze titel omdat zij de lievelingsbastaards van Filips waren.

Hoofdstuk XI
27 Atrecht
De naam die aan Arras werd gegeven in de vijftiende eeuw. Arras behoorde tot het Bourgondische rijk.

Bronvermelding

Talloze boeken hebben ons geholpen om de historische realiteit in deze roman zo dicht mogelijk te benaderen. In deze vermelding noemen we slechts de belangrijkste, als referentiekader voor de lezer die zelf meer te weten wil komen over de periode van de geschiedenis waarin dit verhaal is gesitueerd.

'Philippe Le Bon – le grand lion des Flandres' (Emmanuel Bourassin – Editions Tallandier – Paris 1983)

'Vreemde ogen. Een kijk op de zuidelijke Nederlanden' (Joey De Keyser – Uitgeverij Meulenhoff – Manteau 2010)

'De Bourgondische vorsten: 1315-1530' (Edward De Maesschalck – Uitgeverij Davidsfonds 2011)

'De laatsten der Bourgondiërs' (Wim Povel – Uitgeverij Conserve 1993)

'De Bourgondische Nederlanden' (Juliaan van Belle – Uitgeverij Herman Cools, uitgeverij Historie 1984)

Hendrik Conscience bibliotheek Antwerpen

'Philippe Le Bon' (Paul Buschmann, Antwerpen 1888)

'Filips de Goede: grote hertog van het Westen' (Brussel-EHC)

'De Bourgondische Nederlanden' (Walter Prevenier, Wim Blockmans, Antwerpen 1983)

'De Bourgondische uitdaging' (Jean-Philippe Lecat, Brussel 1985)

'Bourgondische pracht van Filips de Stoute tot Filips de Schone' (Van Luttervelt, Amsterdam 1951)

'Christine de Pisan' (Régine Pernoud, 1982 – Uitgeverij Calmann-Lévy, Parijs)

'Les tres riches heures du duc de Berry' (ideeën voor de letterversieringen)

Dankwoord

Onze dank gaat uit naar onze ouders: onze papa Jan Bervoets voor het vele opzoekingswerk en onze mama Paula Daems eveneens voor het tekenen van de verluchtingen bij elke letter van een nieuw hoofdstuk. We danken hen allebei ook voor hun grote ondersteuning.

Daarnaast zijn we Krist Pauwels ontzettend dankbaar voor de review van ons manuscript.

Wij danken ook Nicole Ceulemans voor haar opmerkzaamheid bij het nalezen.

Cover – Toni Mulder, Mulder-van Meurs
Foto auteurs: Laurens Van der Veken
Binnenwerk – Phaedra creative communications

© Linkeroever Uitgevers nv
Katwilgweg 2 bus 3
B-2050 Antwerpen
info@linkeroeveruitgevers.be
www.linkeroeveruitgevers.be

ISBN 978 90 5720 477-7
NUR 300
D/2012/1676/27